EINE
Verlobung
IN DEN HAMPTONS

SHELIA FISHER

ROMAN

Shelia Fisher ist das Pseudonym der deutschen Autorin Silke Fischer, die 1967 das Licht in dieser verrückten Welt erblickte und viele Jahre später Betriebswirtschaft studierte.

Heute ist sie mit ihrer Familie und Hund ansässig am schönen Niederrhein.

2017 erfüllte sie sich ihren lang gehegten Jugendtraum und veröffentlichte ihr erstes Buch. Seitdem schreibt sie Liebesromane sowie romantische Thriller, die meistens mit einer Portion Humor gespickt sind.

Besuchen Sie die Autorin im Internet:
www.sheliafisher.de

Bereits in dieser Reihe erschienen:
Eine Hochzeit in den Hamptons

Shelia FISHER

EINE
Verlobung
IN DEN HAMPTONS

SHELIA FISHER

ROMAN

Bibliografische Information der Deutschen Nationalbibliothek: Die Deutsche Nationalbibliothek verzeichnet diese Publikation in der Deutschen Nationalbibliografie; detaillierte bibliografische Daten sind im Internet über dnb.dnb.de abrufbar.

Deutsche Erstausgabe
1. Auflage, November 2024
Copyright © 2024 by Shelia Fisher
Cover-Design: Acelya Soylu
Lektorat: Daniela Humblé-Janßen
Verlag: BoD · Books on Demand GmbH,
In de Tarpen 42, 22848 Norderstedt
Druck: Libri Plureos GmbH, Friedensallee 273, 22763 Hamburg
ISBN: 978-3-7693-0991-1

Alle Rechte vorbehalten.
Ein Nachdruck oder eine andere Verwertung ist nur mit schriftlicher Genehmigung der Autorin möglich.

Die Personen und Handlungen sind frei erfunden. Jegliche Ähnlichkeiten mit lebenden oder verstorbenen Personen sind rein zufällig.

*Am Ende wird alles gut.
Wenn es nicht gut ist, ist es noch nicht das Ende.*

Oscar Wilde

Chapter 1

Emily

San Carlos. Ibiza. Diese für mich magischen Buchstaben auf dem Ortseingangsschild bescheren mir ein leichtes Kribbeln in der Magengrube. „I'm back", rufe ich und singe laut – und falsch – den Refrain von einem meiner Lieblingssongs von Teddy Swims.

Nach der vierten Wiederholung bin ich bereits heiser, weil ich die letzten Worte nicht nur gesungen, sondern geschrien habe. Das verbessert nicht mein Gefühlschaos, welches sich hoffentlich mit meiner Ankunft auf Ibiza wieder auf ein normales Level einpendelt.

Mit dieser Zuversicht biege ich in die kaum befahrene Hauptstraße der kleinen Ortschaft ein. Mein Ziel ist die Boutique meiner Tante Sofia. Das kleine Eckladengeschäft befindet sich in der Nähe des traditionellen Dorfkerns mit der inseltypischen weißen Kirche.

Bereits wenige Augenblicke später sind es die knallbunten Kleidungsstücke, welche vor ihrer Boutique an der Hauswand hängen, die mir symbolisieren, dass genau hier ein neuer Lebensabschnitt für mich beginnt. Nicht, weil ich von der Kleidung so fasziniert bin, sondern weil Ibiza mein neues Zuhause sein wird. Von Long Island – wo ich viele Jahre gelebt habe – verabschiedete ich mich gestern. Ob es für immer ist, das werde ich in der nächsten Zeit herausfinden. Ein Grund für meine Flucht ist – wie sollte es auch anders sein – eine unerfüllte Liebe.

Direkt vor der Boutique parke ich mein geliehenes Auto, welches mir ein guter Freund meiner Tante zur Verfügung gestellt hat. Beim Aussteigen höre ich aus der gegenüberliegenden kleinen Bar laute Musik. Es ist Ende Oktober und die Party-Saison auf der Insel ist doch längst vorbei. Vielleicht sind es ein paar Einheimische, die etwas zu feiern haben.

„Bist du hierher geschwommen oder warum kommst du so spät?" Diese rauchige Stimme mit dem spanischen Akzent würde ich unter Tausenden immer wieder erkennen.

„Es freut mich auch, dich zu sehen, Tante Sofia."

„Ich mag es nicht, wenn du dieses furchtbare Wort vor meinen Vornamen setzt!"

„Das ist mir bekannt", antworte ich.

Der Anblick ihres leuchtend pinkfarbenen, weiten Kleides nötigt mich, meine Augen zusammenzukneifen, weil die Farbe so grell ist. Trotzdem entgeht mir nicht, dass sie in ihre grau melierten Haare ein paar dünne Zöpfe und pinkfarbene Bänder geflochten hat. Diese Frau ist der Hippie-Ära definitiv nicht entwachsen.

„Willst du vor der Boutique Wurzeln schlagen?" Sofia schielt mich über den Rand ihrer rosa getönten Nickelbrille an.

„Nein! Ich muss noch ein paar Sachen ausladen."

„Das kann warten. Jetzt komm erst mal rein. Ich koche uns zur Feier des Tages eine Kanne Rum."

„Es ist früher Nachmittag", entgegne ich. Mit den Trinkgewohnheiten meiner Tante werde ich mich nie anfreunden können. Ich bin schon nach zwei Gläsern

Alkohol betrunken. Sturzbetrunken.

„Du musst noch viel lernen, wenn du hier auf der Insel überleben willst", murmelt Sofia und schickt sich an zu gehen.

Das wird ein Abenteuer.

Die plötzlich lauter werdenden Stimmen von der Bar gegenüber fordern nicht nur meine Aufmerksamkeit. Neugierig, wie ich nun einmal bin, sehe ich hinüber und entdecke zwei Männer, die in unsere Richtung wild fuchtelnd winken.

Die meinen bestimmt nicht uns.

„Was hat Manuel ihnen zu trinken gegeben?" Sofia schüttelt den Kopf und scheint genauso irritiert zu sein wie ich.

„Kennst du diese Typen?" Bei ihrer Frage stellt sich meine Tante neben mich. Im Gegensatz zu ihr wirke ich wie ein zierliches blondes Püppchen, was beschützt werden muss.

„Ich habe keine Ahnung. Hast du heimliche Verehrer?"

„Eine Menge. Nur tragen die keine Sonnenbrillen oder diese fürchterlich aussehenden Basecaps."

Ich lache. „Diese Art von Kopfbedeckung hast du noch nie gemocht. Aber vielleicht sind es Bekannte von früher?" Immerhin habe ich meine gesamte Kindheit sowie Jugend in den Sommermonaten hier auf der Insel verbracht. Da lebte meine Mutter noch. Diese schöne und zugleich traurige Erinnerung schiebe ich schnell zur Seite, denn plötzlich stehen beide Männer auf und kommen geradewegs auf uns zu.

„Jetzt bin ich aber gespannt", raunt mir Sofia ins Ohr.

Nicht nur sie.

„Vielleicht wollen sie bei dir einkaufen?" Dabei betrachte ich abwechselnd die beiden Männer und plötzlich spüre ich ein mulmiges Gefühl in der

9

Magengegend.

Das kann nicht sein!

„Wolltest du nicht eine Kanne Rum kochen?", erinnere ich Sofia. Ich versuche, so normal wie möglich zu klingen. Meinen immer schneller werdenden Puls ignoriere ich.

„Gleich. Erst nehme ich mir diese Don Juans vor."

Solange kann ich nicht warten.

„Jetzt komm schon!", dränge ich.

Sofia schenkt mir einen prüfenden Blick. „Du weißt, wer sie sind, oder?"

Lügen ist jetzt zwecklos.

Bevor ich ihr eine Antwort geben kann, hat man mich bereits enttarnt. „Emily? Bist du es wirklich?"

Nein!

Ich bin die nicht existierende Zwillingsschwester.

„Wer will das wissen?", bölkt meine Tante.

Es dauert nur ein paar Sekunden und das Unglück steht vor mir. Es präsentiert sich in großer stattlicher Figur mit Namen Logan Harper, ein erfolgreicher Architekt und Rockmusiker. Aus Erfahrung weiß ich, dass sich hinter der dunklen Sonnenbrille eisblaue Augen verbergen, die mich nicht nur einmal frech angefunkelt haben.

Ich bin sowas von erledigt.

„Du bist es tatsächlich", ruft Logan. Zeitgleich reißt er sich sein Basecap vom Kopf und startet einen Versuch, mich zu umarmen.

Im letzten Moment kann ich noch ausweichen, indem ich vortäusche, dass mich gerade ein Insekt gestochen hat.

„Ihr kleinen Viecher. Lasst mich in Ruhe!" Während ich mich noch mit meinem angeblichen Stich beschäftige, begutachte ich verstohlen Logans hellere Haare. Diese lösten beim Auftauchen des ersten Fotos auf Instagram eine wahre Hysterie aus. Viele Fans erinnerte dies wohl an die alten Zeiten. Zu meinem Leidwesen musste ich mir ebenfalls eingestehen, dass es seiner Attraktivität keinen Abbruch getan hat. Im Gegenteil.

Logans Freund Damian, der gleichzeitig auch meiner ist, lallt mir unterdessen schon zum dritten Mal die gleiche Frage zu: „Was machst du hier?"

Leicht schwankend betrachtet er mich und greift nach Logans Arm, damit er nicht umfällt. Sein Alkoholpegel scheint recht hoch zu sein.

„Ich wohne ab jetzt hier", antworte ich auf seine Frage.

Plötzliches Schweigen. Weder Damian noch Logan äußern sich zu meiner Offenbarung. Vielleicht haben sie es auch nicht richtig verstanden. Das wäre kein Wunder in ihrem Zustand.

Stattdessen empört sich Sofia. „Ihr riecht, als hättet ihr das gesamte Lager von Manuel leergetrunken."

Das ist nicht gelogen – zumindest, was den Geruch betrifft.

„Wir haben auch etwas zu feiern", berichtet Damian stolz und scheint meine Offenbarung vergessen zu haben.

„Ich tippe auf einen Junggesellenabschied", brummt Sofia.

Oh nein. Bitte nicht!

Das ist ein Grund, warum ich hierher geflüchtet bin, damit ich nicht miterleben muss, wie Logan seine große Liebe Roxy heiratet.

Schicksal, ich hasse dich!

Während Damian beginnt, Sofia seltsame Fragen zu stellen, verhält sich Logan auffallend ruhig. Zu meinem Selbstschutz vermeide ich – trotz seiner dunklen Sonnenbrille – jeden Blickkontakt zu ihm. Ungeachtet dessen beschleicht mich das Gefühl, dass er mich ununterbrochen beobachtet.

„Emily!", sagt er plötzlich.

Ich habe mich nicht getäuscht.

„Warum hast du meine Anrufe, E-Mails und Ein-

Stattdessen schenke ich ihm ein erzwungenes Lächeln und frage ihn tatsächlich, wann seine Hochzeit stattfindet. Dabei gebe ich mir besonders viel Mühe, dass meine Stimme nicht so gebrochen klingt, wie mein Herz es ist. Damian fängt plötzlich an, hysterisch zu lachen. „Emily! Nicht er heiratet, sondern ich. Das weißt du doch." Dabei haut er sich mit der flachen Hand mehrmals hintereinander auf die Brust, wohl um seine Aussage zu bekräftigen. Dadurch gerät er erneut ins Schwanken und Logan hat alle Mühe, ihn wieder ins Gleichgewicht zu bringen.

Ich kann meine Gefühle nach seiner Aussage nicht definieren. Es stimmt, dass Damian mir von seiner bevorstehenden Hochzeit erzählt hat. Ich habe sogar eine Einladung erhalten, die ich kurz darauf weggeschmissen habe, weil ich schon wegen Logan nicht zu dieser Feier gegangen wäre.

„Das ist ja gerade nochmal gut gegangen", raunt mir Sofia ins Ohr.

„Untersteh dich, irgendetwas zu sagen", schnarre ich ihr so leise wie möglich zu.

„Warum flüstert ihr denn immer miteinander?", beschwert sich Damian.

„Tante Sofia wollte nur wissen, wer die glückliche Braut ist." Dass meine Aussage bezüglich des Verwandtschaftsgrades von Sofia ironisch gemeint ist, bemerkt mein Gegenüber nicht. Die betroffene Person schon, denn plötzlich spüre ich einen leichten Puff mit dem Ellenbogen im Rücken.

Dessen ungeachtet torpediert uns der glückliche Bräutigam mit unzähligen Worten, die keinen Zweifel daran lassen, wie fasziniert er von seiner zukünftigen Ehefrau ist, was zu erwarten war. Ich höre dieses Loblied heute nicht zum ersten Mal.

Logan scheint mein amüsiertes Verhalten zu bemerken, denn plötzlich unterbricht er Damian und sagt zu mir: „Du weißt, wer sie ist?"

„Natürlich!", antworte ich. „Du hast sie die männerhassende Anwältin genannt."

Madison Jenkins ist eine renommierte New Yorker Scheidungsanwältin, die hauptsächlich Frauen in dieser Angelegenheit beisteht. Deshalb bekam sie von Logan diesen befremdlichen Beinamen. Dass sie jetzt für seine Familie arbeitet und ausgerechnet mit Damian, der eher den feurigen italienischen Liebhaber verkörpert, vor den Traualtar tritt, war für mich eine echte Überraschung. Außerdem war sie die Anwältin seiner Ex-Frau.

„Madison, deine Traumfrau", sage ich. „Und wann findet die Hochzeit statt? Wolltet ihr nicht ursprünglich an Weihnachten auf Hawaii heiraten?"

„Das war meine Idee. Aber Madison liebt Ibiza so sehr und deshalb sind wir hier. Jetzt hast du keine Ausrede mehr, nicht zu kommen. Die Hochzeit ist übermorgen!" Damian klingt plötzlich nüchtern.

Das ist keine Option!

„Nein, nein!", wehre ich sofort ab.

„Du kommst! Das bist du mir schuldig! Schon wegen unserer langen Freundschaft. Hast du vergessen, wie wir uns kennengelernt haben?"

Natürlich nicht! Es war Damian, der mich nach meinem Umzug – von meinem Wohnort in Kalifornien nach New York – der kleinen Gruppe von Surfern vorgestellt hat. Daraus hat sich eine tiefe Freundschaft entwickelt, die ich sehr zu schätzen weiß. Außerdem konnte ich nur durch seine Geschäftsbeziehungen zu Immobilienmaklern die Boutique in East Hampton mieten.

Ich bin ihm tatsächlich etwas schuldig.

Doch der Preis ist hoch. Zu hoch. Das hat sich auch nicht geändert, weil die Hochzeit jetzt hier stattfindet, denn höchstwahrscheinlich werde ich Logan mit seiner Freundin auf der Feier treffen und das schafft mein ramponiertes Herz nicht.

Ich brauche eine neue glaubhafte Ausrede.

Gedanklich wäge ich jede Möglichkeit ab, die von einem erfundenen Date mit einem imaginären Traummann bis zu einer im Sterben liegenden, nicht existierenden Großmutter reicht. Doch wenn ich ehrlich zu mir bin, dann eignet sich nur Sofia als sicheres Alibi und ich habe auch schon eine Idee.

„Damian, es tut mir wirklich leid, aber samstags findet immer im Nachbarort Las Dalias der legendäre Hippiemarkt statt und wir haben dort einen Stand. Das ist doch so, Tante Sofia?" Die letzten zwei Worte betone ich besonders scharf und hoffe, dass sie ihre Wirkung nicht verfehlen.

Das leise Grunzen, welches die Frau, die neben mir steht, von sich gibt, verwirrt mich. Hilfesuchend sehe ich sie an, doch Sofia ignoriert meinen Blick.

Stattdessen wendet sie sich an Logan und sagt: „Ich vertraue dir für diesen einen Tag meine Nichte an. Vermassele es nicht!"

Nein! Das hat sie jetzt nicht gesagt? Warum tut sie mir das an?

***

Enttäuscht und wütend zugleich wende ich mich abrupt ab und stürme zu meinem Auto, das nur wenige Meter entfernt steht. Ungehalten öffne ich die Kofferraumklappe und greife nach dem erstbesten Koffer. Ich muss irgendetwas tun, um mich abzulenken.

„Emily!" Logans Stimme klingt besorgt und verdammt nah.

Bitte lass mich in Ruhe.

„Sag mir, was passiert ist! Dein Umzug hierher ist ein Scherz, oder?"

Ist er nicht!

Unwirsch drehe ich mich zu ihm um und blicke direkt in seine eisblauen Augen. Zu meiner Verwunderung leuchten diese nicht so, wie ich sie in Erinnerung habe. Vielleicht ist es wegen dem Alkohol oder der Sehnsucht nach seiner großen Liebe Roxy. Ob sie schon hier auf der Insel ist und mit der Braut den Junggesellinnenabschied feiert?

Wieso mache ich mir darüber Gedanken?

„Meine Tante braucht mich hier", antworte ich schroff.

Um weitere Erklärungen zu vermeiden, zerre ich den sperrigen Koffer hinten aus dem Auto und will ihn wegtragen, doch Logan stellt sich mir in den Weg. „Was habe ich dir getan, dass du mich so konsequent ignorierst?"

Nichts! Gar nichts! Überhaupt nichts!

Ich weiß, dass mein Verhalten ihm gegenüber nicht fair ist. Doch bis jetzt war es die beste Methode, meine Gefühle zu bekämpfen.

„Es hat nichts mit dir zu tun", sage ich leise. Ich vermeide es, ihn dabei anzusehen.

„Was ist das für eine beschissene Antwort? Ich glaube dir nicht!"

Ist auch eine glatte Lüge.

„Anscheinend willst du mir nicht erzählen, warum du mir aus dem Weg gehst und deshalb werde ich dich auch nicht mehr belästigen. Ich habe mir große Sorgen um dich gemacht, aber das ist anscheinend nicht mehr nötig. Pass auf dich auf und alles Gute für dich." Mit diesen Worten setzt er seine Sonnenbrille wieder auf, dreht sich um und geht weg.

Gut gemacht!, giftet meine innere Stimme.

Ich bin nicht stolz auf mich und muss nicht lange warten, bis mich eine Welle voller Schmerz überrollt.

Aber das kenne ich schon und weiß nur zu gut damit umzugehen.

Nachdem ich Logan erfolgreich in die Flucht geschlagen habe, widme ich mich mit übertriebenem Eifer meinen zwei Koffern, um sie in die Boutique von Sofia zu schleppen. Darin sind Restbestände aus meinem Geschäft in East Hampton, die ich hier auf dem Hippiemarkt verkaufen möchte. Ich befürchte zwar, dass die doch eher edleren Sachen hier keine Abnehmer finden werden, aber Sofia ist anderer Meinung. Vielleicht hat sie recht, denn die Erlöse aus dem Verkauf würden meinen tiefen Kontostand erheblich nach oben katapultieren.

Während ich mich im Lager der Boutique zu schaffen mache, taucht Sofia auf. Lässig lehnt sie sich an den Türrahmen und ich bin mir sicher, dass sie mir gleich eine bissige Bemerkung verpasst.

„Ich glaube nicht, dass einer von seinen unzähligen silbernen Ringen der Verlobungsring ist ..."

Wie jetzt?

Irritiert über ihre Aussage sehe ich hoch und Sofia wirkt plötzlich warmherzig auf mich. Sie hat selbst keine Kinder, aber seit dem Tod meiner Mutter vor zwanzig Jahren ist sie mein Anker, an dem ich mich bei Bedarf festklammern darf.

„Er ist noch mit Roxy zusammen. Sie haben erst letzte Woche ein gemeinsames Foto gepostet. Ich stalke ihn bei Instagram", gebe ich kleinlaut zu.

„Das mag sein, aber du bist ihm alles andere als egal. Das konnte ich spüren. Und aus Erfahrung weiß ich, dass eine aufgewärmte Liebe nur am Anfang heiß ist. Irgendwann schleichen sich wieder die alten Gewohnheiten ein, weswegen man sich getrennt hat. Bist du dir sicher, dass da nicht mehr zwischen euch war?"

„Keine Ahnung. Vielleicht habe ich mir unseren damaligen kleinen Flirt auch nur schöngeredet."

„Es gab doch eine gemeinsame Nacht, oder?" Sofias rauchige Stimme hat einen fordernden Unterton.
„Ja, schon ...", murmle ich.
„Und da ist nichts passiert?"
„Nope!"
„Du bist nicht meine Nichte."
„Ich war betrunken!", wende ich energisch ein.
„Das lass ich gelten."

Chapter 2

Logan

Damian davon zu überzeugen, dass eine Pause von den vielen alkoholischen Getränken ratsam wäre, die besonders er in den letzten Stunden zu sich genommen hat, erwies sich nicht nur für mich schwerer als gedacht. Unsere mitgereisten Freunde bettelten ihn förmlich um eine Trinkpause an und nur widerwillig bestieg der Bräutigam den grünen und nicht mehr ganz neuen VW-Bus, der uns zu der gemieteten Finca ins Hinterland von San Carlos brachte.

Mein Alkoholpegel war – aufgrund meiner bewegten Vergangenheit, die exzessiven Alkohol- und Drogenkonsum beinhaltete – sehr niedrig und ist jetzt nach der unerwarteten Begegnung mit Emily fast auf dem Nullpunkt. Sobald ich realisierte, dass die anziehende junge Frau, die vor mir stand, tatsächlich Emily ist, war ich schlagartig nüchtern. Doch gibt mir ihre eindeutige Zurückweisung Rätsel auf und ich weiß nicht, wie ich damit umgehen soll. Allerdings ist Aufgeben keine Option für mich, auch wenn ich ihr das gesagt habe.

Mit diesem Gedanken lasse ich mich rücklings auf das

Doppelbett in dem geräumigen Gästezimmer der landestypisch eingerichteten Finca fallen. Ein wenig Schlaf nachholen kann nicht schaden, denn die letzten zwei Nächte waren verdammt kurz.

Dass mein iPhone ausgerechnet zu dem Zeitpunkt klingelt, als ich meine Augen schließen will, nenne ich eine böse Vorsehung. Beim Blick auf das Display verfluche ich den Erfinder des Gerätes. Ständig erreichbar und somit verfügbar zu sein, empfinde ich mittlerweile als sehr anstrengend. Von der Social-Media-Präsenz ganz zu schweigen. Aber das ist ein ganz anderes Thema.

Missmutig nehme ich das Gespräch an und stelle es auf laut. „Mum! Was ist los?"

„Du wurdest mit einer blonden Frau gesehen."

Nicht schon wieder!

„Hier gibt es eine Menge davon."

„Aber die heißen nicht alle Emily Torres!"

„Verflucht! Ist man denn vor diesen Scheißpaparazzi nirgendwo sicher?" Vor Wut schlage ich mit der Faust aufs Bett und setze mich auf.

„Ich habe die Fotos von euch vor mir liegen", sagt meine Mutter.

„Die können nicht älter als eine Stunde sein ..."

„Was soll ich damit machen?" Dass ihre Frage rein rhetorisch ist, höre ich schon an ihrer Tonlage.

„Deine *Bluthunde* sollen sie sofort vernichten! Ich möchte nicht, dass Emily erneut in die Schusslinie gerät!"

„Madison kümmert sich schon darum."

„Wieso sie? Sie arbeitet hauptsächlich für mich und ich habe ihr Urlaub gewährt, weil sie übermorgen heiratet."

„Auch wenn du ihre Honorarrechnung zahlst, heißt das noch lange nicht, dass du über sie bestimmst. So langsam müsstest du gemerkt haben, dass sie eine eigenständige Frau ist."

Mittlerweile ist das Verhältnis zwischen der einst männerhassenden Anwältin und mir recht entspannt geworden. Seit sie dem Scheidungsrecht abgeschworen hat, steht sie mir und meiner Mutter treu zur Seite und gehört nun zu dem Rudel der *Bluthunde*, die – getarnt als Anwälte – alles vernichten, was sich ihren Mandanten in den Weg stellt. Obwohl ich nicht um deren Gunst geworben habe, bin ich momentan derjenige, der ihre Unterstützung am meisten braucht. Nicht, weil ich andauernd Blödsinn verzapfe, sondern weil ich nach über zwanzig Jahren – zusätzlich zu meinem Architektendasein – wieder in die Musikbranche eingestiegen bin. Auf der Höhe unseres damaligen Erfolgs als Rockband stürzte ich so tief ab, dass ich einen Freifahrtschein in die Hölle buchte. Es waren meine Eltern, die mir das Rückfahrticket ermöglichten und deren engagierte *Bluthunde* übernahmen den Rest.

Noch bis vor über einem Jahr habe ich jeden Gedanken an die Band vehement verdrängt, weil mir dabei das Herz blutete. Meine damalige große Liebe Roxy ist ein Grund dafür. In der letzten Zeit hat sich so viel verändert und mein Umfeld ist sich wohl nicht sicher, ob ich wieder in der Hölle lande. Deshalb stalkt mich Madison regelrecht. An manchen Tagen bin ich sogar ein bisschen froh darüber. Heute zum Beispiel ist so einer.

„Vernichte die Fotos!", sage ich schroff.

„Nichts anderes habe ich angenommen."

„Wusstest du, dass Emily nach Ibiza zieht?"

„Höre ich da einen versteckten Vorwurf?"

„Dir entgeht auch nichts." Meine Ironie paart sich gerade mit meiner Enttäuschung.

„Ja, ich wusste es und Emily wollte nicht, dass ich es dir sage."

Das tut weh!

„Verflucht! Was habe ich ihr angetan? Ich verstehe ihr

Verhalten nicht."

„Wie auch? Du bist ein Mann. Ihr begreift immer erst alles, wenn es vorbei ist", zetert meine Mutter.

Wie jetzt?

„Mum, rede nicht in Rätseln. Was weißt du?", frage ich und werde ungehalten.

„Wie wichtig ist dir Emily wirklich?"

„Sehr!"

„Dann solltest du anfangen, nachzudenken. Wie war euer Verhältnis, bevor du mit Roxy wieder zusammengekommen bist?"

„Wir haben miteinander geflirtet und wer weiß, was daraus entstanden wäre, wenn Emily keinen Heiratsantrag erhalten und ich Roxy wiedergetroffen hätte. Jedenfalls ist sie mir nicht egal. Jetzt mach daraus kein Ratespiel." Ich hasse es, wenn meine Mutter diese Art von Konversation mit mir führt.

„Es gab keinen Antrag." In der Stimme meiner Mutter schwingt ein mitleidiger Ton mit.

„Wie jetzt? Emily hat es mir selbst erzählt."

„Das war eine Lüge. Ich finde, das solltest du wissen."

„Und warum erzählst du mir das erst jetzt?"

„Weil du mich in der letzten Zeit nicht nach ihr gefragt hast. Wie du weißt, mische ich mich nicht in dein Privatleben und schon gar nicht in deine Frauengeschichten ein. Würde ich es tun, dann bräuchte ich einen Psychologen, der mich für den Rest meines Lebens betreut."

„Ich liebe dich auch", brumme ich.

„Dann haben wir auch das geklärt. Dein Vater und ich werden morgen Abend erst spät auf Ibiza landen ..."

„Das weiß ich doch. Du stehst am OP-Tisch in der Kinderklinik und Dad streitet sich mit New Yorks Baudezernenten wegen eines geheimnisvollen Großprojekts."

„Du hast mir tatsächlich zugehört."

„Darauf erhältst du keine Antwort!"

„Wahrscheinlich nicht, aber ob deine Verlobte morgen mit uns fliegt, lässt du mich noch wissen …"

„Sie ist nicht meine Verlobte!", grolle ich.

„Verzeihung. Dann deine Ex-Verlobte."

„Mum! Lass es! Ich weiß es nicht und mittlerweile ist es mir auch egal."

„Auch gut. Dann musst du auf Madisons Hochzeit mit mir tanzen, sofern sich dein Vater wieder weigert. Außer, du kommst doch in Begleitung …" Dass sie das letzte Wort besonders betont, ignoriere ich. Ich kenne ihre dezenten Anspielungen, denn ich bin seit sechsundvierzig Jahren ihr Sohn.

***

Nach dem Gespräch mit meiner Mutter fühle ich mich nüchterner als zuvor. Allerdings regt mich der Vorfall mit den Paparazzi zunehmend auf. Emily ist durch mein Verschulden schon einmal auf deren Fotos gelandet. Das war zu der Zeit, als die Medien verrücktspielten, weil meine Identität als ehemaliger Rockstar an die Öffentlichkeit geriet. Damals renovierten wir gerade ihre Boutique und hatten unheimlich viel Spaß. Ich war so fasziniert von ihrer unkomplizierten Art, dass ich mich sehr zu ihr hingezogen fühlte. Sobald ich in ihrer Nähe war, hatte ich das Gefühl, dass uns nicht nur die Leidenschaft für das Surfen verband. In ihre dunkelblauen Augen zu sehen, erinnerte mich immer an die Tiefe des Meeres und ihre blonden langen Haare untermalten ihr bezauberndes Aussehen.

Natürlich habe ich auch nicht unsere einzige gemeinsame Nacht vergessen. Der Anblick ihres halbnackten Körpers in den schwarzen Dessous verfolgt mich noch immer. Mein damaliges selbst auferlegtes Zölibat war zwar gentlemanlike, aber nur mit großer Mühe durchzustehen.

Ich bin mir nicht sicher, ob ich mich tatsächlich so schnell wieder auf Roxy eingelassen hätte, wenn Emily noch im Spiel gewesen wäre. Sie heute zu treffen und zu erfahren, dass sie zukünftig auf dieser Insel leben wird, fühlt sich wie ein Schlag in die Magengrube an.

Warum eigentlich?

Meine Beziehung mit Roxy gestaltet sich anders, als ich gedacht habe; womöglich, weil wir mittlerweile zwanzig Jahre älter sind. Doch das kann nicht der Grund sein, wieso mir die Begegnung mit Emily so zusetzt.

Ich muss unbedingt mit ihr reden!

Vorher benötige ich eine Dusche, um einen klaren Verstand zu bekommen. Hastiger als nötig ziehe ich meine verschwitze Kleidung aus und werfe sie auf den schon vorhandenen Wäscheberg neben dem Doppelbett. Auf dem Weg zur Dusche ignoriere ich den Vibrationston meines iPhones. Ich bin für den Rest des Tages für niemanden mehr zu erreichen.

***

Eine Stunde später lasse ich mich von Sancho – der sich neben der Vermietung der Finca um unser Wohlbefinden kümmert – zu der Boutique bringen, wo ich Emily heute getroffen habe. Natürlich hätte ich einen weiteren Versuch wagen können, sie anzurufen, doch ich habe keine Lust, erneut ignoriert zu werden.

„Willst du bei Sofia einkaufen?" Mit seiner Frage reißt mich Sancho aus meinen Gedanken.

„Eher weniger. Eigentlich möchte ich ihre Nichte treffen …"

„Emily! Kennst du sie? Endlich ist sie für immer hier

bei uns auf der Insel." Die Freude in seiner Stimme ist nicht zu überhören.

Leider kann ich sie mit ihm nicht teilen und schweige deshalb.

„Die Ärmste hat so viel durchgemacht", spricht er weiter. Dabei starrt er mit trauriger Miene geradeaus. „Jetzt kehrt endlich Ruhe in ihr Leben ein." Seine letzten Worte klingen melancholisch und machen mich stutzig.

Schlagartig wird mir klar, dass ich eigentlich keine Ahnung habe, was Emily für eine Person ist.

Es wird Zeit, das herauszufinden. Schnell.

Chapter 3

Emily

Mit zittrigen Händen zerre ich die Kleidungsstücke aus den zwei mitgebrachten Koffern und schmeiße sie auf einen alten Holzstuhl. Die unerwartete Begegnung mit Logan hat mich so aufgewühlt, dass ich mich nicht mehr unter Kontrolle habe. Wenn ich nicht aufpasse, dann werde ich Dinge tun, die ich später bestimmt bereue.

„Die Kanne Rum ist fertig." Sofias rauchige Stimme klingt verdammt nah.

„Die wird nicht reichen", antworte ich.

„Weißt du, was ich nicht verstehe ...", beginnt Sofia und baut sich direkt vor mir auf, „warum du ... ohne um ihn gekämpft zu haben, einfach aufgibst. Du bist eine geborene Torres und die ergeben sich nicht kampflos."

„Ganz einfach ... er passt nicht zu mir, weil er zu reich, zu attraktiv und obendrauf auch noch ein Rockmusiker ist, der ständig unterwegs sein wird. Ich will irgendwann eine Familie und ..." Weiter komme ich nicht, denn plötzlich kämpfe ich gegen einen sich anbahnenden Monsun aus Tränen an. Zu sehr leide ich darunter, dass meine eigene Familie mit dem Tod meiner

Mutter zerrüttet wurde. Mein Vater hat damals seinen Kummer in Alkohol ertränkt und ist bis heute nicht mehr davon losgekommen. Alle meine Bemühungen, ihn zu retten, ignorierte er und mittlerweile beschränkt sich unser Kontakt auf jeweils einen Anruf zum Geburtstag.

„Ja, so ein reicher, attraktiver Rockstar ist wirklich nichts für dich. Aber für mich schon …"

Bevor ich mein Entsetzen über Sofias ironische Bemerkung kundtun kann, überfällt sie mich mit einer festen Umarmung, die ich in diesem Moment wirklich gebrauchen kann. „Du hast mir gefehlt", schluchze ich.

Sofia drückt mich noch fester an sich, verpasst mir einen Kuss auf die Stirn und sagt: „Jetzt bist du Zuhause und alle deine Probleme werden sich auf die eine oder andere Weise lösen lassen. Wenn die passende Zeit gekommen ist, dann wirst du auch deine eigene Familie haben. Zwar nicht mit dem Rockstar, denn der ist nun für mich. Allerdings bin ich mir sicher, dass ich so einen Langweiler für dich finde, der dir jeden Wunsch erfüllt, bevor du ihn überhaupt gedacht hast und der natürlich immer an deiner Seite sein wird."

„Du bist so gemein!" In der nächsten Sekunde muss ich lachen, denn Sofia hat genau den Typ Mann beschrieben, der für mich nie in Frage kommen würde. Ich erwarte von einem Mann Respekt, aber keine Unterwürfigkeit. Das würde mich tatsächlich langweilen.

„Der Rockstar gehört mir. Du kannst Sancho weiterhin den Kopf verdrehen. Er steht schon so lange auf dich und du lässt ihn in seiner unendlichen Leidenschaft für dich einfach schmoren."

„Pah, Sancho! Du hast wohl vergessen, dass er mich für eine andere verlassen hat?", giftet Sofia.

„Ernsthaft? Da warst du sieben Jahre alt. Wie lange willst du ihm das noch nachtragen?"

„So lange, bis er reumütig vor meiner Tür steht." Ihr

trotziger Unterton ist nicht zu überhören.

„Du bist unglaublich. Mehr sage ich dazu nicht!"

„Das ist gut, denn nicht ich bin das Hauptthema, sondern du. Also? Wie geht es weiter?"

Eine gute Frage, auf die ich absolut keine Antwort habe.

„Ich trinke die Kanne Rum leer und hoffe, dass der Rausch solange anhält, bis Logan wieder abgereist ist", verkünde ich und ziehe eine dümmliche Grimasse.

„Was für ein beschissener Plan", regt sich Sofia auf. „Da mache ich nicht mit!"

Verständlich.

„Das war ...", beginne ich.

Doch Sofia mahnt mich mit einer harschen Handbewegung zu schweigen. „Du bleibst hier und machst dich unsichtbar", sagt sie schroff. Dann verlässt sie mit ernstem Gesichtsausdruck das kleine Lager.

Was hat sie denn plötzlich?

Völlig perplex von ihrer Sinneswandlung sehe ich ihr nach und erst jetzt vernehme ich das dröhnende Geräusch von einem Sportwagen, welcher anscheinend vor der Boutique hält.

Hat sie einen neuen Verehrer, den ich nicht sehen soll?

Mich an die Anweisung meiner Tante zu halten, widerstrebt mir – zumal mich die Neugierde gepackt hat. Deshalb verstecke ich mich so, dass ich den Verkaufsraum sowie die Straße einsehen kann.

Auf den Anblick des arroganten, glatt gegelten jungen Schnösels, der jetzt aus dem Auto steigt und zielstrebig die Boutique betritt, hätte ich verzichten können. Außerdem wird mir schlagartig klar, dass er kein neuer Verehrer ist.

Wer ist es dann?

Gebannt beobachte ich, wie herablassend der Jüngling in seinem teuren Maßanzug durch den Verkaufsraum

stolziert und abwertend die Kleidungsstücke betrachtet.
Was soll das?
Sofias Boutique ist kein Luxusmodengeschäft. Das erkennt man schon von außen. Also, was will er hier und dann noch mit diesem unmöglichen Auftreten?

Leider kann ich meine Tante nicht sehen und habe deshalb keine Ahnung, was sie gegen ihn unternimmt. Dass er im nächsten Moment ein paar Kleidungsstücke vom Haken reißt und sie mit Abscheu fallen lässt, treibt mir ein paar Zornesfalten auf die Stirn. Eigentlich müsste ich jetzt nach vorn stürmen und Sofia unterstützen, doch halte ich mich erst einmal zurück. Sie hat mir nicht umsonst untersagt, dass ich mich zeigen soll.

Als plötzlich Sofias raue Stimme lautstark durch den Raum hallt, zucke ich automatisch zusammen. Dem Schnösel ist es egal. Er lacht hysterisch und droht ihr: „In drei Tagen komme ich wieder! Du solltest vorbereitet sein."

Sofia reagiert darauf mit einem lautstarken Rausschmiss und tatsächlich dreht sich der Jüngling um und schlendert zu seinem überteuerten Sportwagen.

Ich warte so lange, bis er weggefahren ist und stürme dann nach vorn in den Verkaufsraum. Meine Tante steht neben dem Kassentisch und ist kreidebleich.

„Wer war das?", frage ich.

„Niemand!", antwortet Sofia.

„Wirst du erpresst?"

„Emily! Das war niemand und wir schließen jetzt die Boutique. Und keine weiteren Fragen!"

***

Auf der zehnminütigen Fahrt zu Sofias Anwesen, welches sich in den Hügeln rund um San Carlos befindet, ist es erneut Teddy Swims, der mich mit seinem Song daran erinnert, warum ich die Hamptons verlassen habe.

Ich verfluche noch heute meine Torheit, Logan in der Strandbar angesprochen zu haben. Mein Leben wäre unkomplizierter ohne ihn. Anderseits ist es gelogen, dass ich nur wegen meiner unglücklichen Liebe zu ihm die Flucht ergriff.

Die hohen Mieten für die Boutique in East Hampton sowie die darüberliegende Wohnung konnte ich nach dem Auszug von David kaum noch stemmen. Außerdem hatte ich das Gefühl, dass mich nach dem Bekanntwerden von Logans früherer Identität jemand beschattete. Vielleicht lag es auch an meiner wilden Fantasie und ich bildete mir nur etwas ein. Trotzdem weiß ich bis heute nicht, wer mir die schwarz gefärbten Rosen hinter den Scheibenwischer meines Autos klemmte. Beim ersten Mal hielt ich es für ein Versehen, beim zweiten Mal wurde ich bereits stutzig und danach warnte mich mein Bauchgefühl. Ich vertraute mich damals Logans Mutter an, die meine zahlungskräftigste Kundin war und sie schaffte es – wohl durch ihre weitreichenden Beziehungen –, dass der Spuk eine Zeit lang aufhörte.

Doch in den letzten drei Wochen vor meinem Umzug nach Ibiza zeigte mir mein Rosenkavalier, zu was er imstande war und plötzlich fand ich wöchentlich eine schwarze Blume vor. Bei dem Gedanken daran schaudert es mich. Zusätzlich findet mein Magen die kurvenreiche Auffahrt zu Sofias Villa sehr anstrengend.

Mit Erleichterung passiere ich die Toreinfahrt und parke neben dem Auto meiner Tante. Schon beim Aussteigen empfängt mich eine warme Brise, die den herben Pinienduft und die Frische des Meeres mit sich trägt.

Wie wohltuend.

Um meinen Magen wieder milde zu stimmen, gehe ich ein paar Schritte und genieße dabei die überwältigende

Aussicht auf das vor mir liegende Tal und das entfernte Meer. Bei gutem Wetter kann man von hier aus sogar die Nachbarinsel Formentera sehen.
Hier ist mein kleines Paradies.
Mit diesem Gedanken schlendere ich zum Eingang der großen Villa. Wenn ich den Erzählungen meiner verstorbenen Großmutter glauben darf, zog diese Ende der Sechzigerjahre von Madrid nach Ibiza, wo sich in San Carlos die meisten Aussteiger ansiedelten. Die Lebenseinstellung der Hippies war ein Dasein ohne jeglichen Komfort, ohne Arbeit und demzufolge auch ohne Geld. Hier auf der Insel lernte sie meinen Großvater kennen, der aus einer Bauunternehmer-Dynastie stammte. Er kaufte für wenig Geld Land, baute darauf ein kleines Haus und lud meine Großmutter ein, mit ihm zu leben. Angeblich weigerte sie sich anfangs und gab der Bitte erst nach, als sie mit meiner Mutter schwanger war. Kurz darauf folgte die Geburt von Sofia und das Haus wurde um ein Stockwerk erweitert.

Heute beherbergt die weiße Villa mehrere Wohn-, Schlaf- sowie Badezimmer, einen Außenpool und noch viele andere Annehmlichkeiten. Als Kind brachte der kleine Turm meine Fantasie zum Überlaufen, weil ich mir ausdachte, wie ich als Prinzessin darin leben und gerettet werden würde. Ein Prinz ist bis heute nicht vorbeigekommen, sondern es war meine Familie, die mich aufforderte, mein Domizil zu verlassen, um mich im Haushalt nützlich zu machen. Ich habe hier eine wunderbare Kindheit verbracht. Dieser Ort ist oft mein Zufluchtspunkt gewesen. Dass ich jetzt vielleicht für immer hier wohnen werde, fällt mir noch schwer zu glauben.
Doch wo ist eigentlich meine Tante abgeblieben?
Mit dieser Frage im Kopf gehe ich vorbei an den großen Terrakottatöpfen – in denen hochgewachsene

Strelitzien wunderschön blühen – und betrete den Eingangsbereich der Villa. Sofort erregt der nicht zu überhörende Krach, der wohl aus der Küche kommt, meine Aufmerksamkeit.

Eigentlich ist Sofia kein lauter Mensch und deshalb nehme ich an, dass ihr etwas gehörig zusetzt. Um nicht aufdringlich zu wirken, bewege ich mich im Zeitlupentempo durch das große Wohnzimmer und kann dabei in die angrenzende offene Küche sehen.

Meine Tante steht mit den Rücken zu mir und schimpft unaufhörlich vor sich hin. Dabei schlägt sie die Türen des Hängeschranks lautstark zu, die sie zuvor erst geöffnet hat. Zu meinem Verdruss verstehe ich nur Bruchstücke und diese ergeben für mich keinen Sinn. Ob ihr Unmut mit dem Auftauchen des arroganten Schnösels in der Boutique zu tun hat?

Anscheinend hat sie mich noch nicht bemerkt und um sie nicht zu erschrecken, räuspere ich mich kurz.

Sofort fährt sie herum, funkelt mich böse an und droht mir zusätzlich mit einem scharfen Küchenmesser.

Völlig perplex weiche ich zurück und hebe abwehrend die Hände. „Ich bin es nur!"

„Warum schleichst du dich so an?" Aufgebracht legt sie das Messer zur Seite und sagt: „Es tut mir leid. Ich dachte, du bist jemand anderes." Dann greift sie nach einer schwarz gefärbten Rose, die sie mit Abscheu in den Mülleimer schmeißt.

„Du hast auch eine erhalten?", rufe ich.

„Auch?" Sofia sieht mich mit weit aufgerissenen Augen an.

„Bei mir klemmten sie alle hinter dem Scheibenwischer."

„Moment!" Meine Tante wirkt unbeherrscht und kommt ein paar Schritte auf mich zu. „Von was reden wir hier?"

„Von der schwarzen Rose ...", sage ich. Gleichzeitig zeige ich in die Richtung des Mülleimers, in der die Blume verschwunden ist.

„Du hast bis gestern noch in den versnobten Hamptons gewohnt ..."

„Das ist mir durchaus bewusst. Trotzdem beschenkte mich mein Rosenkavalier viele Male damit."

„Und warum hast du mir das nicht erzählt?" Sofia brüllt mich an, als wäre ich ein kleines Mädchen, was zu spät nach Hause gekommen ist.

Bevor ich antworten kann, vernehme ich eine mir bekannte, dunkle, männliche Stimme. „Kommen wir ungelegen?"

Blitzartig drehe ich mich um und nur ein paar Schritte entfernt von uns stehen zwei Männer.

Oh my goodness.

Für einen Moment habe ich tatsächlich gedacht, dass es der Rosenkavalier sein könnte. Deshalb freue ich mich, dass es Logan mit Sancho ist, wobei ich mir bei dem Ersteren gewünscht hätte, ihn nicht gleich wiederzusehen.

„Emily, meine Kleine", ruft Sancho. Ich liebe seinen spanischen Akzent.

Einen Atemzug später umschlingen mich seine starken Arme und er drückt mich fest an sich. „Ich freue mich so sehr, dass du nun für immer hier bist."

„Bist du dir sicher?", nuschle ich. Die Luftzufuhr ist recht gering durch seine Umarmung.

Sancho ist einer der herzlichsten Menschen, die ich in meinem Leben kennengelernt habe. Wenn er sich nicht unter fadenscheinigen Umständen um Sofia kümmert, dann findet man ihn in seinem Atelier. Er wohnt nur unweit von hier in einer Finca und bei ihm herrscht – laut seiner Aussage – ein künstlerisches Chaos. Sofia dagegen bezeichnet es gerne als Tohuwabohu der höchsten Klasse und weigert sich strikt, dieses Haus zu betreten. Mich hat schon als Kind dieser besondere Spirit, den man dort spüren kann, in seinen Bann gezogen. Damals lebte Sanchos Frau noch, die genauso liebenswürdig und chaotisch war. Sie ist im gleichen Jahr gestorben wie meine Mutter. Für mich ist das bis heute unfassbar, dass ich in so kurzer Zeit so wichtige Menschen verloren habe.

„Emily?", flüstert Sancho. Gleichzeitig lockert er seine Umarmung. „Gibt es Probleme? Ich habe euren Streit unfreiwillig mit angehört."

Das war zu befürchten!

„Ich glaube …", sage ich leise. Ich bin mir nicht sicher, ob er von dem Rosenkavalier weiß. „Aber deshalb bist du nicht hier. Und wieso befindest du dich in Begleitung von Logan Harper?"

„Er hat die Finca von Carlos gemietet …"

„Dein Nachbar?", rufe ich.

„Ja. Er ist zu seiner Tochter nach Madrid gezogen und vermietet das Haus. Ich fungiere als Verwalter." Dabei zwinkert er mir verschwörerisch zu. „Du lenkst vom Thema ab."

„Seid ihr bald fertig mit eurer Tuschelei?" Sofias Unmut ist nicht zu überhören.

„So leise waren wir nicht und vielleicht hättet ihr die Güte, mir zu erzählen, warum ihr streitet?" Sancho tritt einen Schritt zur Seite und sieht erst mich und dann meine Tante an.

Ich schweige.

Sofia ebenfalls.

Missmutig nimmt das Sancho zur Kenntnis und fährt fort: „Ich war bei deiner Boutique und überraschenderweise ist diese schon geschlossen. Hattest du etwa wieder Besuch von diesem fragwürdigen Kerl?"

„Das geht dich nichts an!"

Verdammt! Warum verschweigt sie es?

„Ja! Hatte sie!", antworte ich. „Was will er von ihr?"

„Sofia!", mahnt Sancho. „Emily muss es wissen. Es betrifft auch sie!"

„Das weiß ich!", ruft sie. Dabei schlägt sie mit der Faust auf die Arbeitsplatte. „Ich wollte sie schützen! Doch das hat nicht funktioniert."

Von was redet sie? Ich verstehe gerade gar nichts.

Chapter 4

Logan

Eigentlich habe ich mir das Wiedersehen mit Emily anders vorgestellt. Ich war darauf vorbereitet, von ihr abgewiesen oder ignoriert zu werden. Stattdessen gerate ich in eine für mich undurchschaubare Situation, in der es wohl um grundlegende Probleme geht.

Wenn ich die Aussagen richtig verstanden habe, dann scheint Emily die Hauptperson in diesem Konflikt zu sein. Vielleicht ist es mein Beschützerinstinkt oder die pure Neugier, die mich dazu bringt, mich in das Geschehen einzumischen.

„Ich möchte nicht aufdringlich wirken, aber kann mir bitte jemand erklären, um welches Problem es sich handelt?" Mit meiner Frage ziehe ich ungewollt alle Aufmerksamkeit auf mich.

Sofia murmelt erst etwas Unverständliches vor sich hin, bevor sie sagt: „Bitte verstehe es nicht falsch, aber das muss ich allein klären."

„Jetzt reicht es mir!" Sancho stampft vor Unmut mit dem Fuß auf. „Wenn du es jetzt nicht erzählst, dann werde ich es tun!"

„Untersteh dich!"

„Moment!", mischt sich Emily ein. Dann wendet sie sich an Sofia. „Du hast, genauso wie ich, diese schwarzen Rosen erhalten. Also betrifft es nicht nur dich."

Schwarze Rosen?

„Welcher Idiot schickt die euch?" Ich bin mehr als irritiert.

„Ich weiß es nicht", sagt Emily. „Die klemmten hinter dem Scheibenwischer an meinem Auto."

„Heute?", frage ich.

„Nein. Das passierte noch in den Hamptons."

Jetzt bin ich noch verwirrter. „Verstehe ich das richtig? Irgend so ein Spinner schickt dir schon länger schwarze Rosen und deine Tante bekommt welche hier auf Ibiza?"

„Das ist noch nicht alles", sagt Sancho.

„Schweig!", ruft Sofia.

„Stopp!", sage ich. „Erst klären wir das mit den Rosen. Der Farbe nach zu urteilen ist das kein stiller Verehrer. Für mich ist das eine Warnung oder sogar eine ernstzunehmende Bedrohung. Habt ihr die Polizei verständigt?"

„Die lachen nur darüber", sagt Sofia.

„Das glaube ich nicht! Emily, was ist mit dir?"

Anstatt mir zu antworten, sieht sie zu Boden und vergräbt ihre Hände in den Taschen ihrer Jeans. „Emily?"

„Deine Mutter ... hat sich um dieses Rosenproblem gekümmert ...", stammelt sie.

Meine Mutter?

„Das ist ein Scherz, oder? Davon weiß ich nichts!"

„Das sollte auch unter uns bleiben." Emily schafft es nicht, mich anzusehen.

„Was in aller Welt habe ich dir getan, dass du mich nicht einmal in dieser Situation um Hilfe bittest?" Ich bin fassungslos. Nicht nur wegen Emily, sondern auch wegen meiner Mutter, die nicht zum ersten Mal Dinge hinter meinem Rücken regelt.

„Sorry ...", flüstert Emily.

Das reicht mir nicht. Ich will die Wahrheit und die werde ich hier nicht erfahren. Da bin ich mir sicher.

„Ich muss dringend telefonieren", sage ich und benutze es als Ausrede. Auf eine Erklärung für mein merkwürdiges Verhalten verzichte ich und verlasse mit großen Schritten das Haus.

Ich gehe ein Stück und sobald ich mich unbeobachtet fühle, ziehe ich mein iPhone aus der Hosentasche und rufe Madison an. Dass diese im Moment bestimmt andere Dinge im Kopf hat, ist selbstverständlich. Doch ich muss wissen, ob sie Ahnung von den Vorgängen hat.

Zu meiner Überraschung nimmt sie das Gespräch sofort an. „Sorry, dass ich dich belästige ...", sage ich.

Madison wiegelt sofort ab und beteuert mir, dass sie froh ist, vor ihren feiernden Freundinnen fliehen zu können.

„Ist es so schlimm?", witzele ich.

Es wäre viel schlimmer, als sie jemals erwartet hätte, erhalte ich zur Antwort. Doch dann wird sie ernst und will den Grund meines Anrufs wissen.

„Ich glaube, Emily sowie ihre Tante werden genötigt oder sogar bedroht."

Madison sagt darauf nichts. Ihr Schweigen fühlt sich seltsam an. „Was weißt du?"

Auf meine Frage erhalte ich keine Antwort. Stattdessen möchte sie meinen Standort wissen, denn sie will sich jetzt mit mir treffen.

Dann muss es verdammt wichtig sein, wenn sie dafür ihre Junggesellinnenparty verlässt.

***

Unschlüssig, ob ich wieder ins Haus gehen oder am Eingang des Grundstücks auf Madison warten soll, entscheide ich mich, den traumhaften Ausblick zu genießen. Das mediterrane Klima ist weitaus angenehmer als das raue Klima in den Hamptons. Hier kann man das gesamte Jahr über surfen. Zu Hause kostet das im kalten Atlantik in den Wintermonaten eine große Überwindung.

Das Motorengeräusch eines herannahenden Autos lässt mich aufhorchen.

Ist das schon Madison?

Im Sturmschritt begebe ich mich zur Einfahrt. Sobald ich am Tor angekommen bin, hält ein Taxi. Tatsächlich steigt meine Anwältin aus, die kaum wiederzuerkennen ist.

„Spielst du in der Fortsetzung von Barbie mit, oder warum bist du völlig in Pink gekleidet?", rufe ich ihr zu.

Madison zieht darauf eine dümmliche Grimasse und droht mir zusätzlich mit dem Mittelfinger. Daraus schlussfolgere ich, dass ihre Verkleidung nicht freiwillig ist.

Nachdem sie den Taxifahrer bezahlt hat und dieser die Rückfahrt antritt, bittet sie mich um einen kleinen Spaziergang.

„Ich möchte nicht in diesem Aufzug gesehen werden. Und ... untersteh dich, weiter darüber Witze zu machen."

„Ich bin ganz still." Um meine Absicht zu verdeutlichen, verschließe ich symbolisch meinen Mund.

„Hör auf mit dem Blödsinn! Ich bin genervt genug."

„Von was genau? Hoffentlich nicht von mir."

„Nein! Ich wollte eine intime Hochzeit und jetzt ist alles total ausgeartet. Was macht eigentlich mein zukünftiger Ehemann?"

„Schlafen!", antworte ich.

„Um diese Zeit?" Madison schnaubt leise.

„Die letzte Nacht war kurz ..."

„Du bist ein echter Freund."

„Das hoffe ich!" Ich bin mir nur nicht sicher, ob Madisons Aussage zweideutig gemeint war. Doch das ist jetzt nicht wichtig. „Du bist nicht hier, um dich nach Damian zu erkundigen."

„Nicht?", sagt sie scherzhaft.

„Ich kann mich auch gern wieder über dein Barbie-Outfit lustig machen ..."

„Ich hasse es. Ich wollte einen Junggesellinnenabschied im Hippie-Style. Ich liebe alles, was damit zu tun hat. Leider haben meine Mädels das irgendwie falsch verstanden ..." Ihr ist die Enttäuschung darüber anzumerken.

Madison ist privat ein ganz anderer Typ Mensch. Das erste Mal ist mir das aufgefallen, als wir letztes Jahr zusammen in London waren. Meine Mutter hatte sie mir als Anstandsdame hinterhergeschickt, damit ich als wiederauferstandener Rockmusiker keinen Blödsinn verzapfe. Damals entpuppte sie sich – im Gegensatz zu ihrem steifen Gehabe als Anwältin – als hippe Frau. Wirklich sympathisch wurde sie mir erst, als sie Damian zum Liebestrottel machte. Ihren ersten gemeinsamen Urlaub verbrachten sie auf Wunsch von ihr hier auf Ibiza. Laut seiner Aussage schleifte sie ihn über alle Hippie-Märkte der Insel, was er ihr nicht abschlagen konnte. Dass nun die Hochzeit hier stattfindet, war für die eingeladenen Gäste keine Überraschung.

„Die Sache ist nicht so einfach ...", sagt Madison leise. Verstohlen sieht sie sich um und fordert mich auf, ihr zu folgen. Zielstrebig steuert sie eine Art Trampelpfad an, der in einen Pinienhain führt.

„Du willst mich aber nicht verführen?", frage ich vorsichtshalber nach. Mittlerweile versteht sie meine nicht immer ernst gemeinten Kommentare.

„Keine Angst. Ich möchte nur verhindern, dass ich auf

so einem beschissenen Paparazzi-Foto mit dir lande."
„So wie Emily?"
„So wie Emily."
Abrupt bleibt Madison stehen.
Ich schaffe es gerade noch, ihr nicht in die Fersen zu treten. „Beim nächsten Mal kündigst du bitte deine Vollbremsung an. Außerdem … ist es wirklich so schlimm, mit mir fotografiert zu werden?"
„Wenn du nicht willst, dass man dir eine Vaterschaft andichtet, dann ist es besser, wir werden zukünftig nicht zusammen gesehen."
Was hat sie jetzt gesagt?
„Bist du schwanger?", rufe ich.
„Ja."
„So richtig schwanger … ich meine … mit Baby und so …"
Madison dreht sich zu mir um und ihr Blick ist glasig.
„Sind das Freudentränen?", frage ich, weil ich mir nicht sicher bin.
„Logan! Ich habe so eine Angst."
Ehrlicherweise bin ich mit der Situation völlig überfordert. Ich weiß nicht, ob ich sie in die Arme nehmen und trösten soll oder besser schweige.
Mein Gegenüber nimmt mir die Entscheidung ab. Schluchzend schmiegt sich Madison an mich und automatisch drücke ich sie behutsam. Ich warte einen Moment, bis ich sie leise frage: „Was kann ich für dich tun?"
Unter Tränen erzählt sie mir, dass ihr vor zwei Jahren die Ärzte bescheinigt haben, dass sie nie Kinder bekommen könnte. „Deshalb passt das so gut mit Damian, weil er auch keine möchte. Gestern Abend erhalte ich einen Anruf von meinem Hausarzt und dieser berichtet mir, dass mein routinemäßiger Bluttest in Ordnung sei. Ich sollte nur eine Frauenärztin aufsuchen, da der

Verdacht einer Schwangerschaft besteht. Ich war völlig geschockt und konnte die ganze Nacht nicht schlafen. Heute früh habe ich mir einen Test aus der Apotheke geholt, der ... tatsächlich positiv ist. Was mache ich denn jetzt? Ich kann Damian nicht heiraten."

„Du musst mit ihm reden. Oder soll ich das für dich übernehmen?"

„Nein!" Jäh löst sie sich aus meiner Umarmung, wischt sich genervt ihre Tränen ab und strafft ihren Körper. „Entweder er akzeptiert die neue Situation oder ich werde eine alleinerziehende Mutter. Irgendwie bekomme ich das schon hin."

„Darüber mache ich mir keine Sorgen. Du erhältst alle Unterstützung von mir, die du brauchst."

„Mittlerweile kenne ich dich so gut, dass ich dir vertrauen kann. Deshalb auch meine Bitte an dich! Es darf niemand von der Schwangerschaft erfahren. Ich möchte Damian nicht bloßstellen, wenn er sich dagegen entscheidet."

„Wow! Mit so viel Verständnis habe ich nicht gerechnet."

„Als wir uns kennenlernten, war seine Bedingung für eine Beziehung, dass ich keine Kinder möchte. Theoretisch sind wir auch fast zu alt dafür ..."

„Wir werden sehen, was er sagt", versuche ich sie zu beruhigen. Zudem fühle ich mich unwohl mit diesem Thema, denn das prägt auch mein Leben.

Vor über zwanzig Jahren war Roxy von mir schwanger und wir haben beide zu diesem Zeitpunkt komplett versagt. Das verzeihe ich mir bis heute nicht. Manchmal habe ich das Gefühl, dass über unserer erneuten Beziehung ein Damoklesschwert schwebt, was jederzeit alles zerstören könnte. Vielleicht machen wir uns beide nur etwas vor.

„Was mache ich denn jetzt?" Mit ihrer Frage holt mich

Madison aus meinen trübsinnigen Gedanken.

„Warum rufst du ihn nicht an?"

„Weil wir vereinbart haben, dass wir bis zum Tag der Trauung weder miteinander sprechen und uns auch nicht sehen."

„Ich dachte, als Damian mir den Blödsinn erzählte, dass er mich veralbert."

„Nein. Wir kommunizieren nur über die Hochzeitsplanerin ..."

„Und warum das alles?" Ich möchte diese ungewöhnliche Vorgehensweise verstehen.

„Um die Spannung zu steigern."

„Aha. Das gibt Hochspannung, sobald du ihm die freudige Nachricht überbringst."

***

Madison fand meine zweideutige Bemerkung weniger lustig, doch das interessiert mich nicht. Schließlich haben wir uns nicht getroffen, weil wir über ihre Probleme reden wollen, sondern über die, die Emily sowie Sofia betreffen.

„Was hast du über diese ominösen schwarzen Rosen herausgefunden?"

„Logan, das ist eine heikle Sache. Ich erfuhr von deiner Mutter davon und schaltete einen Privatdetektiv ein. Dieser fand heraus, dass es ein 12-jähriger Junge war, der Emily diese Rosen hinter die Scheibenwischer klemmte. Zuerst hielten wir das für einen Scherz und wollten den Auftrag beenden. Doch der Detektiv hatte Bedenken und fand heraus, dass es eine Verbindung zu einem zwielichtigen Immobilienmakler hier auf Ibiza gibt. Dieser Mann ist dafür bekannt, dass er keine Skrupel kennt. Es besteht der Verdacht, dass er die Villa von Emilys Tante einem Kaufinteressenten angeboten hat, der bereit ist, viel Geld dafür zu bezahlen ..."

„Moment! Sofia will doch gar nicht verkaufen, oder?"
„Nein. Zumindest ist die Villa nirgends gelistet. Was wir wissen, ist, dass dieser Immobilienmakler gern Leute erpresst, um an sein Ziel zu gelangen. Das ist eine gängige Methode und bisher konnte ihm nichts dergleichen nachgewiesen werden."

„Solche Vorgehensweisen sind nicht neu. Doch was hat Emily damit zu tun?"

„Sie ist die Alleinerbin von Sofia und wir vermuten, dass er sie als Druckmittel benutzen wird, sollte ihre Tante nicht freiwillig verkaufen. Zusätzlich befürchten wir, dass er die einzige finanzielle Einnahmequelle, die Boutique, ebenfalls sabotieren könnte ..."

„Was für ein Scheißkerl! Sag mir, wie wir das verhindern können." Innerlich koche ich vor Wut.

„Wir befinden uns auf spanischem Boden. Da sind uns die Hände gebunden." Madison zuckt die Schultern und sieht mich betreten an.

„Diese Antwort akzeptiere ich nicht!"

„Das dachte ich mir schon. Die einzige Möglichkeit, die vor jedem Gericht standhalten würde, wäre ..." Weiter spricht sie nicht. Ich kann mir schon denken, was es ist.

„Ich kaufe die Villa ..." Dann muss sich dieser miese Makler mit mir auseinandersetzen und das wird er bitter bereuen.

„Logan! Bei allem Verständnis. Der Schätzwert dieser Immobilie liegt bei circa drei Millionen Euro."

„Und? Ich wollte schon immer ein Haus auf Ibiza haben", sage ich trotzig.

Madison sieht mich mitleidig an und schweigt.

„Es ist mein Geld! Das habe ich selbst verdient!", setze ich nach.

„Darum geht es nicht ...", sagt sie. Ihr Blick schweift ab.

„Um was dann?"

„Kein Mann würde so etwas für eine Frau tun, für die er keine Gefühle hat. Du liebst Emily, stimmt doch, oder?" Madison betrachtet mich herausfordernd.

„Das ist nicht das Thema! Außerdem will ich nicht darüber reden!" Ich werde jetzt bestimmt nicht zugeben, dass ich Gefühle für sie habe.

„Natürlich! Wie konnte ich nur den törichten Gedanken hegen, dass Männer über ihre Gefühle reden würden", keift sie. Dann wendet sie sich ab und sagt leise: „Das wird ein Chaos geben. Ich bin schwanger und er liebt zwei Frauen."

„Das habe ich gehört", rufe ich ihr hinterher.

Chapter 5

Emily

Nachdem Logan sich für ein dringendes Telefonat zurückgezogen hatte, nutzte ich die Gelegenheit, meine Tante zur Rede zu stellen. Wie befürchtet, wollte sie mir weiterhin die Wahrheit verschweigen. Es war Sancho, der sie schon fast nötigte, endlich mit mir zu reden. Insgeheim rechnete ich mit dem Verlust ihrer Boutique. Ich dachte, sie wäre nicht mehr rentabel und deshalb müsste sie sie schließen. Das wäre ein herber Schock für mich gewesen.

Doch nun zu erfahren, dass nicht nur ihre gesamte Existenz, sondern auch meine bedroht ist, lässt mich erschaudern. Welcher Mensch ist so skrupellos, dass er – um sein Ziel zu erreichen – so weit geht und anderen die Lebensgrundlage entzieht?

„Das lassen wir uns nicht gefallen!", sage ich mit fester Stimme.

„Ihr müsst die Polizei einschalten." Sancho fleht förmlich meine Tante an.

„Als könnten die etwas ausrichten …" Sofia scheint wütend und niedergeschlagen zugleich.

„Gibst du etwa auf?", frage ich.

„Natürlich nicht! Ich bin schon auf der Suche nach einer geeigneten anwaltlichen Unterstützung. Nur leider möchte mich niemand gegen Alvaro Rodriguez vertreten."

„So heißt dieser aufgeblasene Schnösel, der heute in deiner Boutique war?" Auch wenn ich ihn nur von Weitem gesehen habe, werde ich seinen unmöglichen Auftritt nicht vergessen.

„Ich bin nicht sein erstes Opfer", klärt mich Sofia auf. „Er lässt sich jedes Mal eine neue miese Masche einfallen. Theoretisch können wir uns glücklich schätzen, dass wir nur die schwarzen Rosen erhalten haben. Von anderen Betroffenen weiß ich, dass diese mit toten Ratten beehrt wurden."

Nur der Gedanke daran lässt mich schwer schlucken. Trotzdem werde ich nicht zusehen, wie er das Lebenswerk meiner Großeltern und meiner Tante zerstört. Von meinem Interesse ganz abgesehen.

Wer in aller Welt könnte uns helfen?

Wenn ich ehrlich zu mir bin, wusste ich es schon, sobald Sofia erwähnte, dass sie anwaltliche Hilfe benötigt. Ich scheue mich nur, diesen Schritt zu unternehmen. Allerdings ist jetzt keine Zeit für mein zögerliches Verhalten.

„Ich werde Hilfe für uns organisieren." Dies verkünde ich so emotional, dass Sofia sowie Sancho mich irritiert ansehen.

„Liebes! Das ist nicht dein Kampf, sondern meiner", sagt Sofia.

Jetzt nicht mehr!

„Vertrau mir!" Bevor sie versucht, mich von meinem Vorhaben abzubringen, ergreife ich die Flucht. Dass mein Ziel ausgerechnet Logan ist, macht die Sache nicht einfacher.

***

Eigentlich hatte ich gehofft, dass ich ihn vor der Eingangstür vorfinde, was sich als falsch herausstellt.
Wo ist er?
Das angrenzende Grundstück ist durch seine Hanglage nicht einfach zu überblicken und vielleicht wäre es eine gute Idee, nach Logan zu rufen. Doch irgendwie missfällt mir der Gedanke und ich gehe stattdessen um das Gebäude herum. Mein Blick zur Außenterrasse mit dem daneben liegenden Swimmingpool erfasst nicht das gesuchte Objekt. Außer ein paar Insekten, die mir plötzlich um den Kopf schwirren, ist niemand zu entdecken. So langsam werde ich stutzig.
Er wird doch nicht einfach gegangen sein?
Bevor ich mir die Blöße gebe und ihn anrufe, versuche ich es vorn am Eingang des Grundstücks. Vielleicht kann ich ihn noch sehen, sollte er tatsächlich einfach ohne Verabschiedung verschwunden sein.
Ein plötzliches Stimmengewirr, welches aus dem vor mir liegenden Pinienhain kommt, lässt mich aufhorchen. Skeptisch gehe ich ein paar Schritte nach vorn und bin im nächsten Augenblick schockiert.
Das glaube ich jetzt nicht!
Händchen haltend kommen Logan und eine blonde Frau – die ein grässliches pinkfarbenes Outfit trägt – den Trampelpfad entlang. Beim Anblick des Pärchens beginnt mein Herz schneller zu schlagen. Regungslos starre ich beide an und spüre eine Schwere in meinen Beinen. Zusätzlich kämpfe ich mit Atemnot.
Als Logan meinen Namen ruft, klingt seine Stimme weit weg. Erst als er mit seiner Begleitung vor mir steht, erkenne ich, dass es sich nicht – wie angenommen – um Roxy, sondern Madison handelt.
Puh. Glück gehabt!

Entspann dich Emily, mahnt meine innere Stimme.

„Siehst du ...", sagt Logan. „Emily ist von deinem Barbie-Outfit genauso erschrocken wie ich."

Madison verkneift sich eine Bemerkung und knufft ihn stattdessen mit dem Ellenbogen in die Seite. Mir schenkt sie eine herzliche, doch nur kurze Umarmung. Auch wenn ich gut mit Damian befreundet bin, kenne ich seine zukünftige Ehefrau kaum. Würde sie surfen, wäre das wahrscheinlich anders.

„Sehe ich tatsächlich so schlimm aus? Du hast gerade geguckt, als ob ich ein Alien bin."

Ihr habt keine Ahnung, was ich gerade für Ängste durchgestanden habe.

Allerdings könnte ich keine bessere Vorlage für mein wunderliches Benehmen erhalten als die von Madison.

„Na ja. Ich denke schon, dass du dich für die Hauptrolle im nächsten Barbie-Film bewerben solltest ..."

„Das habe ich zu ihr auch gesagt." Logan freut sich sichtlich über meine Aussage. Dann fügt er leise hinzu: „Schön, dass du mich wenigstens jetzt nicht ignorierst."

Als Antwort ringe ich mir ein Lächeln ab und frage mich, was ihn und Madison in den Pinienhain verschlagen hat. „Gibt es einen bestimmten Grund eures Treffens hier?"

Logan beginnt zu grinsen und meint: „Ich habe Barbie nicht verführt, solltest du das denken."

„Hör ihm einfach nicht zu", sagt Madison. „Logan hat mich um Hilfe gebeten ... wegen dieses Immobilienhändlers, der die Villa deiner Tante kaufen möchte. Du weißt davon?"

„Ich habe es gerade erfahren." In diesem Moment bin ich so unsagbar dankbar darüber, dass Logan schon tätig geworden ist. Das werde ich ihm nicht vergessen.

Sofort berichte ich den beiden, was ich von Sofia weiß

und hoffe aufrichtig, dass ich nun die benötigte Hilfe von Madison erhalten werde.

„So leid es mir auch tut", sagt sie, „deine Tante ist relativ chancenlos. Wenn sie nicht freiwillig verkauft, wird er noch bösartigere Dinge in Auftrag geben …"

„Heißt das etwa, du kannst auch nichts tun?" Innere Panik breitet sich in mir aus.

„Wir sind nicht in den USA … mir sind die Hände gebunden …"

„Eine Möglichkeit gibt es", mischt sich Logan ein. „Doch diese erfordert dein Vertrauen, welches du anscheinend nicht mehr in mich hast." Sein Vorwurf trifft mich hart, weil er so nicht richtig ist. Nur woher soll er es wissen, wenn ich ihm vehement aus dem Weg gehe?

Ich brauche eine plausible Ausrede.

„Es tut mir leid. Das hat wirklich gar nichts mit dir zu tun …" Lügen kann ich.

„Das glaube ich dir nicht!" Logan sieht mich fordernd an.

„Könnt ihr das bitte ein anderes Mal klären!", mischt sich Madison ein. „Uns rennt die Zeit davon!"

Innerlich danke ich ihr für ihre Ablenkung. Ich weiß aber auch, dass Logan auf eine ehrliche Antwort bestehen wird und auch verdient hat. Schließlich bin ich das Dummerchen, was sich in ihn verliebt hat. Dass er eine andere Frau bevorzugt, ist Schicksal.

„Ich gehe schon mal vor und setze mich in den Schatten", sagt Madison. Sie sieht tatsächlich ziemlich mitgenommen aus. So eine Junggesellinnenparty scheint sehr anstrengend zu sein.

Ich sehe ihr noch kurz hinterher, bis Logan meinen Namen sagt. Die Art, wie er ihn ausspricht, klingt so besonders. „Ich möchte dein abwehrendes Verhalten mir gegenüber verstehen. Rede mit mir!"

Eine Aussprache? Jetzt?

„Ähm ... können wir das nicht später ..."
„Nein! Jetzt!"
Logan baut sich vor mir auf und betrachtet mich kritisch. Seine Arme hat er demonstrativ vor seiner Brust verschränkt. Wenn ich seine Körperhaltung richtig deute, dann wird er keine Ausrede dulden.
Ich fühle mich dadurch unter Druck gesetzt. „Was zur Hölle willst du hören?"
„Die Wahrheit!"
„Glaube mir, die willst du nicht ...", sage ich.
„Doch!"
„Bist du immer so hartnäckig?"
„Ja. Besonders, wenn ich das Gefühl habe, man verschweigt mir etwas." Logans eindringlicher Blick macht mich nervös. Ich fühle mich ihm ausgeliefert und langsam nervt es mich. Vielleicht sollte ich ihm von meinen Gefühlen erzählen. Die wenigsten Männer können mit solchen Offenbarungen umgehen. Logan wird keine Ausnahme sein.
Was ist, wenn ich mich täusche? Egal.
„Ich verschweige dir nichts!", sage ich und versuche, selbstbewusst zu klingen. „Meine finanzielle Lage nötigte mich, die Reißleine zu ziehen."
„Warum hast du mich nicht um Hilfe gebeten?", fragt er.
„Logan! Das ist mein Problem und nicht deins. Ich weiß ... du kennst keine finanziellen Sorgen ..."
„Stopp! Ich kann nichts dafür, dass ich in eine wohlhabende Familie geboren wurde. Du weißt genau, dass Geld für mich nie wichtig war und ist ..."
„Trotzdem! Deine Mutter ist meine beste Kundin und zum Dank grabe ich ihren Sohn an, um meine finanzielle Misere abzuwenden ..."
„Was redest du für einen Schwachsinn? Sorry, Emily, ich verstehe dich nicht!" Logan zieht die Stirn kraus und

streicht sich die ins Gesicht gefallenen Haarsträhnen zurück. Dann nimmt er mich wieder ins Visier und sagt mit fester Stimme: „Sag es mir ehrlich! Soll ich dich zukünftig in Ruhe lassen?"

„Nein!", platze ich heraus.

„Was willst du dann?"

„Das weiß ich nicht!", lüge ich.

„Du musst über hundert verpasste Anrufe von mir haben. Von den zahlreichen Nachrichten ganz abgesehen. Ich war bei deiner Boutique und habe dir sogar E-Mails geschrieben, weil ich dachte, dass du eine neue Telefonnummer hast." Logan ist richtig ungehalten.

Um ihn zu berichtigen: Es waren 175 Anrufe, 349 Nachrichten, 25 E-Mails sowie 5 Besuche.

Ich habe es tatsächlich geschafft, alles zu ignorieren oder mich zu verstecken.

„Du hast die Konzertkarten von deiner Band vergessen", sage ich leise.

„Was soll das, Emily?" Sein Ton ist so scharf, dass ich mich nicht traue, ihn anzusehen. Automatisch trete ich einen Schritt zurück und flüstere: „Du hast eine Freundin. Sie ist der Grund für meine Zurückhaltung."

Jetzt ist es raus.

Bevor mir Logan irgendeinen Vortrag über Freundschaft halten kann, beschließe ich, zu gehen. „Ich warte im Haus auf dich."

„Bleib! Bitte!", sagt er. Gleichzeitig greift er nach meinem Arm und hält mich fest. Ich sehe auf und dummerweise direkt in seine eisblauen Augen. Seinem intensiven Blick kann ich nur kurz standhalten.

„Ist das wirklich der einzige Grund?", fragt er zögerlich nach.

„Ja! Und nein, ich will keine Freundschaft mit dir. Das schaffe ich nicht!"

Habe ich das jetzt wirklich gesagt?

Um mich zu vergewissern, wage ich einen Blick zu Logan und er scheint ebenfalls überrascht zu sein, wenn ich seine Mimik richtig deute. Diesen Umstand muss ich nutzen, um mich aus seiner Umklammerung zu befreien.

Mit einem Ruck reiße ich mich los und will mich abwenden, doch Logan packt mich erneut.

„Lass das, bitte! Ich muss zurück ins Haus", sage ich.

„Musst du oder willst du?" Seine Stimme klingt kehlig und zusätzlich spüre ich seinen starren Blick auf mir.

„Beides!", antworte ich, ohne ihn anzusehen.

„Dann treffen wir uns dort."

„Okay!", sage ich und reiße mich erneut los.

Die letzten Meter bis zum Hauseingang renne ich, weil ich das Gefühl habe, dass mich Logan verfolgt, was sich schnell als völliger Blödsinn herausstellt.

Schwer atmend betrete ich die Villa und suche sofort nach meiner Tante. Wenn ich mich auf mein Gehör verlassen kann, dann befindet sie sich in der Küche und streitet erneut mit Sancho. Das leidige Thema ist ihre Sturheit in Bezug darauf, Hilfe anzunehmen.

Ich frage mich gerade, ob ich mich in ihrer Situation anders verhalten würde. Lange brauche ich nicht nachzudenken, denn mein Handeln wäre ähnlich. Trotzdem muss jetzt eine Entscheidung getroffen werden.

„Hallo ...", rufe ich zögerlich. Weder Sancho noch Sofia reagieren auf mich.

Okay. Dann auf die harte Tour.

„Wir müssen reden!", brülle ich, um auf mich aufmerksam zu machen.

Gleichzeitig fahren beide herum und sehen nicht mich an, sondern an mir vorbei. Instinktiv folge ich ihren Blicken und entdecke Logan, der mit Madison im Schlepptau auf uns zukommt.

Sobald er neben mir steht, sagt er: „Lass mich das bitte regeln."

„Du bist wirklich mutig", antworte ich anerkennend, denn ich kenne meine Tante gut genug, um zu wissen, dass sie es ihm nicht leicht machen wird.

„Einen Versuch ist es wert", sagt er und wendet sich an Sofia. „Ich weiß, dass es unangebracht ist, mich in deine Angelegenheiten einzumischen ..."

„Warum tust du es dann?" Sofia ist sichtlich empört.

„Weil du ohne meine Hilfe wahrscheinlich alles verlieren wirst!"

„Glaubst du wirklich, ich habe nur auf so einen reichen Amerikaner gewartet, der sich als Held aufspielen will?", blafft Sofia.

„Bestimmt nicht! Aber hier geht es nicht um mich oder dich. Es geht um Emily, richtig?", sagt Logan.

Automatisch sehen alle zu mir und ich kann mit ihren mitleidigen Blicken nichts anfangen.

„Du hast recht! Wie kannst du uns helfen?" Sofia wirkt plötzlich wie ausgewechselt.

Was habe ich verpasst?

„Madison ist meine persönliche Anwältin, die mich in allen Belangen vertritt. Sie wird euch jetzt alles erklären." Logans Stimme ist sanft und trotzdem ausdrucksstark. Er wirkt auf mich wie ein Mann, der genau weiß, was er will und das macht ihn auf eine gewisse Art attraktiv und sexy zugleich.

Tief durchatmen, befehle ich mir.

Dagegen wirkt Madisons Auftritt eher grotesk. Sie jetzt in ihrem fürchterlich anzusehenden Outfit zu respektieren, fällt meiner Tante bestimmt schwer. Doch Madison wäre nicht sie selbst, wenn sie sich von Äußerlichkeiten beeinflussen lassen würde. Sie schildert die Lage in präziser juristischer Sprache und nicht nur ich bin verwundert, dass sie so detailliert über die Vorgehensweise des Immobilienmaklers informiert ist.

„Diese Villa ist theoretisch schon an einen Interessenten verkauft und deshalb wird der Makler euch so lange terrorisieren, bis ihr aufgebt. Momentan fällt uns nur eine Lösung ein. Logan kauft die Villa und sobald sich der Spuk gelegt hat, gibt es eine Rückabwicklung des Vertrages. Natürlich müssen die Details noch besprochen werden."

Wow. Ich habe mit einigen Überraschungen gerechnet, aber diese übertrifft alles.

„Der Deal gilt!", sagt Sofia prompt.

„Wie jetzt? Einfach so?" Ich bin total verwirrt. Hilfesuchend blicke ich zu Logan und dieser sieht mich an und zuckt kurz mit den Schultern. Damit hat er wohl auch nicht gerechnet.

„Wenn der Verkauf ordnungsgemäß abgewickelt wird, dann ist es wirklich die einzige Chance. So einen ähnlichen Plan hatte ich auch, nur gab es leider keinen vertrauenswürdigen Käufer, der in der finanziellen Lage gewesen wäre, die Summe zu stemmen. Ich habe eine wichtige Bedingung: Emily wird die Immobilie wieder zurückkaufen. Das muss unbedingt in dem Vertrag festgehalten werden."

„Nein, das möchte ich nicht!", werfe ich sofort ein.

„Erstens frage ich dich nicht um deine Erlaubnis und zweitens bist du meine einzige Erbin. Ich liebe dich wie mein eigenes Kind und mir reicht es, wenn ich bis zu meinem Lebensende hier wohnen bleiben darf. Habe ich mich klar ausgedrückt?" Sofia bedenkt mich mit einem mahnenden Blick.

„Wir klären das unter vier Augen", antworte ich. Das letzte Wort ist in dieser Sache noch nicht gesprochen. Außerdem geht mir das alles viel zu schnell. Und ich frage mich ernsthaft, ob ich Logan wirklich so wichtig bin, dass er sich auf diesen Deal einlässt.

Oder verfolgt er eigene Pläne?

Chapter 6

Logan

Ich hatte nicht erwartet, dass Sofia so schnell in den Deal einwilligt. Entgegen meiner Einschätzung rechnete ich mit erheblich mehr Widerstand.

„Ich benötige die Baupläne sowie alle wichtigen Unterlagen, die das Objekt betreffen", sage ich.

Sofia sieht mich ungläubig an. „Kannst du diese denn lesen? Ich meine ... die Baupläne?"

Echt jetzt?

„Als zugekokster Rockmusiker, der ich mal war, wohl weniger ... doch als Architekt habe ich fast täglich damit zu tun. Also traue mir ruhig was zu ..."

„Dann bin ich beruhigt", murmelt sie. „Ich wollte nur sichergehen."

„Das ist dein gutes Recht", sage ich. Das hört sie schon nicht mehr, denn sie verlässt eilig den Raum. Ich nehme an, dass sie die Unterlagen holt.

Was ist das für ein irrer Tag?

Als ich heute früh aufgestanden bin, war meine einzige Sorge, wie ich diesen Tag ohne Alkoholabsturz überstehe. Etliche Stunden später bin ich nüchtern, kaufe auf die

Schnelle eine Villa auf Ibiza, erfahre, dass meine persönliche Anwältin ungewollt schwanger ist und treffe auf Emily, mit der ich überhaupt nicht rechnen konnte. Wenn ich sie tatsächlich richtig verstanden habe, dann hegt sie ähnliche Gefühle für mich wie ich für sie. Viel mehr Chaos geht nicht.

Sofia scheint gut organisiert zu sein, denn sie ist schneller wieder da als erwartet. Mit einer ausladenden Geste knallt sie zwei Aktenordner auf den Küchentresen und sagt: „Viel Spaß damit. Solltest du Fragen dazu haben, dann wende dich an Sancho. Ich habe keine Ahnung davon."

„Ich auch nicht!", wirft Sancho sofort ein. „Bin ja schließlich kein Bauunternehmer."

Auf was habe ich mich eingelassen?

Eine Bewertung und Beurteilung von so einer hochwertigen Immobilie dauert ein paar Tage und diese Zeit habe ich nicht. Mir bleibt nur die Möglichkeit, Hilfe zu organisieren und ich weiß auch schon, wer das sein wird. „Ich muss nur schnell telefonieren", entschuldige ich mich.

Zielstrebig verlasse ich erneut das Haus und suche mir am Pool ein sonniges Plätzchen auf einer der Liegen. Ein paar Sekunden gönne ich mir, um den herrlichen Ausblick zu genießen. Erst dann ziehe ich mein iPhone aus der Hosentasche. Die zahlreich eingegangenen Nachrichten sowie Anrufe ignoriere ich weiter und wähle die Nummer von Mrs. Perkins. Beim ersten Klingelton stelle ich das Gerät auf laut, lege es neben mich auf die Liege und lehne mich zurück. Zusätzlich schließe ich die Augen und genieße die warmen Strahlen auf meinem Gesicht.

„Mr. Harper", meldet sich meine Assistentin, die seit sechzehn Jahren für mich arbeitet.

„Mrs. Perkins", antworte ich brav.

„Du meldest dich bestimmt, weil du das Hochzeitsgeschenk vergessen hast."

„Was?", rufe ich und blinzle in die Sonne. „Verdammt! Verdammt! Nicht schon wieder." Vor Verzweiflung schlage ich mir mit der flachen Hand gegen die Stirn und setze mich auf.

„Doch, wie bei deiner Nicht-Cousine Miranda. Das ist kein gutes Omen. Die Hochzeit fand damals nicht statt."

„Mrs. Perkins. Jetzt sei bitte nicht so pessimistisch. Miranda hat Jayce trotzdem noch geheiratet."

„Mal sehen, wie lange sie das noch sind." Meine Assistentin sagt das mit einem gewissen Unterton.

„Wie muss ich das verstehen?" Miranda und ich hatten ein ganz besonderes inniges Verhältnis zueinander. Wir sind zusammen aufgewachsen und unsere Beziehung war wie Bruder und Schwester. Allerdings weiß ich nicht, was aus uns geworden wäre, wenn wir uns außerhalb unserer Familie getroffen hätten. Teilweise waren die Gefühle füreinander schon verwirrend. Ganz schlimm wurde es, als sie am Tag ihrer geplanten Hochzeit herausfand, dass sie adoptiert wurde. Das stürzte nicht nur mich in ein Gefühlschaos, sondern stellte auch meine Freundschaft zu ihrem damaligen Verlobten Jayce, der gleichzeitig mein bester Freund ist, auf eine harte Probe. Nach einer kurzen Aussprache mit ihm beschloss ich, mich von Miranda zu distanzieren und das hat sich bis heute nicht geändert.

„Deine Nicht-Cousine tauchte plötzlich hier im Büro auf. Sie wusste nicht, dass du auf Ibiza bist. Komisch."

„Mrs. Perkins!"

„Ich habe nur laut gedacht."

„Und woraus schließt du, dass Mirandas Ehe in Gefahr ist?" Natürlich interessiert mich das. Schließlich ist sie mir trotzdem nicht egal.

„Sie sah verweint und fürchterlich unglücklich aus …"

„Vielleicht geht es Marisa nicht gut?" Sie ist ihre Zwillingsschwester. Die Geschwister wurden nach ihrer

Geburt getrennt und bis zu dem Tag, wo Mirandas Adoption bekannt wurde, wussten sie nichts voneinander. Das ist wirklich schwer zu begreifen. So eine Lebenslüge muss man erst mal verarbeiten.

„Das wüsste ich! Immerhin arbeitet Marisa ein paar Stunden hier im Büro. Nein, ich bin mir ganz sicher. Ihr plötzliches Auftauchen hatte einen ganz anderen Grund."

„Der aber im Moment nicht zur Diskussion steht."

„Mr. Harper. Du lenkst ab."

„Ja, Mrs. Perkins. Ich habe hier ein viel größeres Problem …"

„Stimmt. Das vergessene Geschenk."

„Nein! Ich kaufe hier auf Ibiza eine Villa und die Abwicklung muss innerhalb von drei Tagen erfolgen."

„Mr. Harper. Ich kann dir gerade gedanklich nicht folgen. Ein Haus auf Ibiza?"

„Ja. Emily und ihre Tante …"

„Sagtest du gerade Emily?"

„Ja!", antworte ich. Ich ahne schon, was ich mir gleich anhören darf.

„Du hast sie endlich gefunden? Wie geht es ihr?" Mrs. Perkins hört sich ganz aufgeregt an.

Um mich vor weiteren unangenehmen Fragen zu schützen, schildere ich ihr in Kurzform die Sachlage und bitte sie um ihre professionelle Unterstützung.

„Das ist doch selbstverständlich, dass ich dir in dieser Situation zur Seite stehe. Können wir auf Madison zurückgreifen?"

„Was soll diese Frage?", blaffe ich.

„Ganz einfach. Erstens will sie in zwei Tagen heiraten und zweitens ist sie anscheinend etwas unpässlich. Wenn dieser Immobilienmakler wirklich so ein abgezockter Mistkerl ist, dann brauchst du eine funktionierende Kavallerie. Oder sehe ich das falsch?"

Diese Frau macht mir Angst und das nicht zum ersten

Mal.
„Woher weißt du von Madisons Unpässlichkeit?"
„Intuition. Außerdem musste sie sich bei ihrem letzten Besuch hier im Büro mehrmals übergeben ..."
„Sie hatte einen Magen-Darm-Infekt!", werfe ich ein.
„Das dachte sie ..."
„Das bleibt unter uns! Kein Wort zu irgendjemandem. Verstanden?!"
„Natürlich. Deine Mutter schweigt ebenfalls ..."
„Sie weiß es auch?"
„Du weißt doch, dieser Frau entgeht nichts. Außerdem ist sie Ärztin ..."
„Ihr seid mir alle unheimlich!"
„Das kommt dir nur so vor. Also, wie lautet dein Befehl?" Mrs. Perkins klingt, als zöge sie tatsächlich in den Kampf.
„Sofia hat mir die Unterlagen der Immobilie zur Verfügung gestellt. Ich scanne die Baupläne und alles weitere Wichtige ab und schicke sie dir per E-Mail. Informiere bitte meinen Vater, dass er sich um einen Baugutachter kümmert und meine Mutter soll ihre *Bluthunde* von der Leine lassen."
„Wird sofort erledigt. Und was machst du in der Zwischenzeit?"
„Ich? Na, ich habe Urlaub. Im Moment sitze ich bei warmem Wetter in der Sonne und genieße die traumhaft schöne Landschaft hier."
„Vernehme ich einen ironischen Unterton?"
„Mrs. Perkins. Was denkst du von mir?"
„Diese Gedanken behalte ich für mich. Aber gut, fassen wir zusammen: Deine Nicht-Cousine Miranda ist unglücklich in ihrer Ehe, Emily ist wieder aufgetaucht und steckt in Schwierigkeiten, deine Anwältin ist unpässlich und von deiner Ex-Verlobten Roxy sprichst du gar nicht mehr. Du glaubst gar nicht, wie glücklich mich

diese Verkettung von Umständen machen."

„Ernsthaft? Und dir geht es wirklich gut?", frage ich mit Skepsis in der Stimme.

„Natürlich! Endlich ist wieder etwas los in deinem Leben. Es war ja schon richtig langweilig."

Diese Frau ist unglaublich. Ich brauche sie hier.

„Mrs. Perkins. Schnappe dir deinen Laptop, ein paar Klamotten und setze dich in den nächsten Flieger nach Ibiza!"

„Mr. Harper. Wir sitzen schon seit gestern auf gepackten Koffern ..."

„What? Wer wir?"

„Amanda und ich. Müssen wir Holzklasse fliegen oder darf ich die Businessklasse buchen?"

„Wieso kommt deine Schwester mit?" Das verstehe ich jetzt nicht.

„Sie hat als deine PR-Managerin eine Menge Fragen wegen der baldigen Veröffentlichung des neuen Albums."

„Echt jetzt? Wir haben doch schon vor meinem Abflug darüber gesprochen." Nicht dieses Thema jetzt auch noch.

„Das ist deine Baustelle und nicht meine", sagt Mrs. Perkins. Es folgt ein kurzer Abschiedsgruß von ihr und schon ist das Gespräch beendet.

Was war das gerade?

Ich möchte nicht darüber nachdenken.

Rücklings lasse ich mich auf die Liege fallen, schließe die Augen und genieße weiter die warmen Strahlen der Sonne. Es dauert nicht lange und es stellt sich ein wohliges Gefühl ein. Zusätzlich befällt mich die Müdigkeit. Leider darf ich ihr nicht nachgeben, denn man wartet bestimmt schon auf mich. Schade.

Unbeholfen hieve ich mich wieder hoch und dabei gerät Emily in mein Blickfeld. So wie es aussieht, steuert sie geradewegs auf mich zu. Dabei wirkt sie ein wenig unsicher und ihre ausdrucksstarken Augen hat sie hinter einer blaugetönten Sonnenbrille versteckt. Der sanfte Wind weht ihre blonden Haare leicht durcheinander und eine Strähne bleibt an ihren Lippen kleben. Sie scheint es nicht zu bemerken und kommt so direkt auf mich zu.

Mit einem viel zu großem Abstand bleibt sie vor mir stehen. Anstatt etwas zu sagen, sieht sie mich nur an.

Ich weiche ihrem Blick nicht aus. Dass ich jetzt keinen Skrupel hätte, sie zu küssen, wundert mich nicht. Unsere gemeinsame Zeit habe ich nicht vergessen.

***

Emilys Liebreiz zu widerstehen, fällt mir schwer. Doch jetzt ist nicht der richtige Zeitpunkt dafür. Außerdem möchte ich ihr keine falschen Hoffnungen machen. Immerhin bin ich noch mit Roxy liiert, auch wenn unsere Beziehung gerade in einer schwierigen Phase steckt.

Wenn ich ehrlich bin, traten die Probleme schon nach einer Woche des erneuten Zusammenseins auf. Ich bin es nicht gewohnt, dass ich Tag und Nacht mit einer Frau verbringe. Ich brauche viel Zeit für mich. Meine Leidenschaft für das Surfen muss ich stillen. Dafür hat Roxy überhaupt kein Verständnis. Außerdem wollte sie unbedingt meine PR-Managerin werden und deshalb sollte ich Amanda kündigen. Das war und ist keine Option für mich. Ich schätze Amanda als Mensch ebenso wie ihre Arbeit für mich. Außerdem ist sie Mrs. Perkins Schwester.

Ob ich mit Roxy eine gemeinsame Zukunft haben werde, wird sich in der nächsten Zeit herausstellen. Im Moment gibt es die größte Diskussion über die bevorstehende kleine Club-Tournee anlässlich der Veröffentlichung unseres neuen Albums. Roxy hat mir offenbart, dass sie ihren Job kündigen und mit mir reisen möchte. Das habe ich kategorisch abgelehnt. Ich brauche weder eine Anstandsdame noch eine eifersüchtige Freundin, die mir bei jeder weiblichen Begegnung eine Szene macht.

Warum denke ich über Roxy nach, wenn Emily vor mir steht?

„Sorry, ich war in Gedanken", sage ich und kann nicht aufhören, sie anzusehen.

„Ich wollte dich auch nicht stören. Hast du eine Ahnung, was mit Madison los ist? Ich mache mir Sorgen um sie."

„Warum genau?"

„Ihr geht es gar nicht gut. Sie erbricht sich immer wieder."

„Ich bin unschuldig!", platze ich heraus. Zusätzlich hebe ich die Arme, um mich zu rechtfertigen. Ich möchte nicht, dass Emily falsche Schlüsse zieht.

Diese sieht mich irritiert an. „Was meinst du? Ich kann dir gerade nicht folgen."

Wie auch?

„Ich bin zur Schweigepflicht verdonnert. So viel kann ich sagen ... sie ist nicht krank."

Emilys Gesichtszüge erhellen sich. „Ich glaube ... ich verstehe. Selbstverständlich ist mein Mund verschlossen."

„Aber mit mir redest du bitte. So eine Funkstille ertrage ich nicht noch einmal."

„Vielleicht ..."

„Nein! Das lasse ich nicht zu."

„Wir werden es herausfinden. Um dir den Grund zu nennen, warum ich dich suche ..."

„Du suchst mich?" Ich weiß, dass es nicht richtig ist, mit ihr zu flirten, aber ich kann einfach nicht anders. Sie ist so entzückend.

„Notgedrungen. Sofia hat noch ein paar Fragen an dich."

„Schade. Und ich dachte …"

„Logan! Wie geht es jetzt weiter?" Emilys Tonart ist fordernd.

„Ich habe gerade mit Mrs. Perkins telefoniert. Sie wird mich hier unterstützen."

„Dafür fliegt sie extra nach Ibiza?"

„Sie bringt ihre Schwester mit. Für mich wird das nicht lustig."

„Für mich schon." Emily freut sich sichtlich.

„Hast du schon eine Unterkunft für die Ladys gefunden?", fragt Emily.

Ach herrje!

„Da sagst du was. Daran habe ich noch gar nicht gedacht." In der Finca, wo ich mit Damian und den Jungs wohne, ist kein Zimmer mehr frei. „Hast du einen Vorschlag?"

Emily grinst mich breit an und zeigt dann auf die Villa hinter ihr. „Die Ladys können bei uns nächtigen."

What?

Vor Entsetzen reiße ich die Augen auf. Die passenden Worte fehlen mir, denn der Gedanke daran, dass Sofia, Amanda und Mrs. Perkins ein Team bilden könnten, beschert mir Gänsehaut. „Du weißt, was das bedeutet?"

Emily kichert. Dann setzt sie eine ernste Miene auf und sagt: „Ich werde Mrs. Perkins Kaffeetasse bewachen und vielleicht darf ich dann auch einmal daraus trinken …"

Plötzlich hege ich Fluchtgedanken.

Chapter 7

Emily

Bis vor einer halben Stunde war ich mir nicht sicher, ob ich Logan wegen des überraschenden Kaufs von Sofias Villa trauen kann. Das änderte sich schlagartig, nachdem ich von ihm erfuhr, dass Mrs. Perkins sich im Anflug befindet. Er hätte sie nie zu sich gerufen, wenn er ein falsches Spiel verfolgen würde, denn er weiß, dass wir eine ganz besondere Verbindung haben. Jetzt muss ich nur noch lernen, mit Logans Anwesenheit hier – und wahrscheinlich auch in der Zukunft – umzugehen.

Seine kleine Flirterei von eben habe ich auf eine gewisse Art genossen. Es fühlte sich wie bei unserem ersten Treffen an. Vielleicht war es falsch, dass ich mich damals so zurückhaltend gezeigt habe. Dadurch verpasste ich wohl eine realistische Chance, dass er sich für mich entscheidet und nicht für Roxy.

Das ist echt blöd für mich gelaufen.

Doch nicht nur ich habe mit meinen Problemen zu kämpfen. Madison scheint sich ebenso in einem Dilemma zu befinden. Ihr zukünftiger Mann ist mein wirklich guter Freund und ich weiß ziemlich genau, dass er ein

besonderer Kerl ist. Doch mit Kindern möchte er nichts zu tun haben und nun schickt ihm das Schicksal eine schwangere Braut.
Wie soll das funktionieren?
Besondere Bedenken habe ich, sollte Madison ihm vor der Hochzeit nichts davon erzählen. Wie verhalte ich mich ihm gegenüber? Soll ich mich einmischen?
„Emily?" Logan holt mich aus dem Wirrwarr meiner Gedanken.
„Ähm ... was hast du gesagt?"
Anstatt mir zu antworten, springt er plötzlich auf und bewegt sich mit großen Schritten auf mich zu.
Nicht doch.
Unmittelbar und mit wenig Abstand bleibt er vor mir breitbeinig stehen und bevor ich mich versehe, umschließen seine Hände mein Gesicht.
Küss mich!
Nein! Tu es nicht!
„Emily ...", flüstert er. „Ich bitte dich inständig ... lass mich morgen nicht allein mit den Ladys ..."
„Keine Angst ...", presse ich hervor. Der Kloß in meinem Hals schwillt so schnell an, dass ich Bedenken habe, die Sprache vollständig zu verlieren. „Ich pass auf dich auf!"
Habe ich das wirklich gesagt?
Ich meinte das eher ironisch und was ist, wenn er es falsch versteht?
„Versprochen?" Seinem intensiven Blick kann ich nicht ausweichen. Wie hypnotisiert betrachte ich sein attraktives Gesicht und bleibe irgendwann an seinen schmalen geschwungenen Lippen hängen. Jetzt habe ich nur noch einen Wunsch.
Er soll mich küssen.
Automatisch schließe ich die Augen und plötzlich spüre ich seine weichen Lippen auf den meinen.

Ich träume.
Ich spüre das warme Gefühl, welches mich durchströmt und dabei kommt der Wunsch auf, dass ich Logan an mich ziehen möchte, um ihn am ganzen Körper zu spüren.

Doch plötzlich vernehme ich ein lautes Räuspern, welches mich in die Realität zurückholt. Ich öffne die Augen und tatsächlich ist Logans Gesicht verdammt nah.

Der Kuss war kein Traum. Er war echt.
„Sorry", flüstert er. Dann lässt er mich los, räuspert sich ebenfalls und tritt einen Schritt zurück.

Völlig verwirrt versuche ich, mich zu sammeln. Verstohlen sehe ich zu Logan, der kurz meinen Blick erwidert. Wenn ich seine Körperhaltung richtig deute, dann wirkt er auf mich, als wüsste er genau, was er tut.

Hoffentlich.
„Madison! Geht es dir besser?", fragt er und blickt dabei in ihre Richtung.

Dass gerade sie uns beim Küssen erwischt hat, erleichtert mich ein wenig. Nicht auszudenken, wenn es Roxy gewesen wäre. Trotzdem vermeide ich es, Madison anzusehen. Ich schäme mich ein wenig. Auch wenn Logan die Initiative ergriff, hätte ich den Kuss verhindern müssen. Er ist ein liierter Mann und somit tabu für mich.

Eigentlich.
Schön wäre es, wenn Herz und Verstand zusammenarbeiten würden. Dann gäbe es viel weniger Probleme.

Logans Smartphone klingelt erneut und dieses Mal nimmt er den Anruf nicht an. Stattdessen wendet er sich an Madison und berichtet ihr von der morgigen Ankunft der Kavallerie.

Als Reaktion auf seine Ankündigung verdreht diese genervt die Augen und sagt dann zu ihm: „Ich hoffe, du weißt, was du tust und dass es das auch wert ist."

„Definitiv!", antwortet er. „Ich hole die Unterlagen und bitte Sancho, dass er dich in deine Unterkunft bringt. Du solltest dich schonen."

„Logan, ich weiß deine Fürsorge zu schätzen. Ich entscheide aber, wann ich Ruhe brauche. Außerdem habe ich mir schon ein Taxi bestellt."

„Okay, Frau Anwältin", antwortet er und klingt dabei nicht lustig. Im nächsten Moment wendet er sich ab und geht in Richtung Villa.

Madison nimmt das schweigend zur Kenntnis und sieht ihm noch kurz hinterher. Sobald er sich ein Stück entfernt hat, dreht sie sich zu mir und sagt: „Darf ich dir einen Rat geben?"

Ich brauche jetzt keine Moralpredigt.

Als Einverständnis nicke ich ihr zu und hoffe, dass sie meine Geste dementsprechend versteht.

Sie nimmt das zum Anlass und kommt ein paar Schritte auf mich zu. Jetzt stehen wir uns direkt gegenüber. „Pass bitte auf dich auf! Ich möchte nicht, dass du die Verliererin in diesem Krieg sein wirst", sagt sie leise.

Da ich eher mit einer Moralpredigt gerechnet habe, bin ich jetzt völlig überrascht von ihren Worten. „Wie meinst du das?", frage ich deshalb.

„Hast du eine Ahnung, wie mächtig die Harpers sind?" Madison sieht mich so eindringlich an, dass ich mich ein wenig bedroht fühle.

„Nicht wirklich", sage ich. „Ich weiß nur, dass sie sehr einflussreich sind."

„Du brauchst einen klaren Verstand, damit du die Dinge begreifst, die um dich herum passieren werden …"

Wie soll ich das denn verstehen?

„Madison! Rede bitte Klartext mit mir! Um was geht es genau?"

„Sobald die Presse davon Wind bekommt, dass Logan hier auf Ibiza ein Haus kauft, wird sie nicht nur ihn erbarmungslos jagen. Es wird alle Menschen betreffen, die in seinem unmittelbaren Umfeld sind ..."

„Ach so, ich verstehe. Aber ich bin doch völlig bedeutungslos."

„Ich muss dich leider in deiner Naivität enttäuschen. Die Paparazzi haben heute schon Fotos von euch beiden gemacht ..."

„Was? Wann soll das gewesen sein?"

Anstatt mir zu antworten, kramt Madison in ihrer pinkfarbenen Handtasche und holt ihr Smartphone heraus. Bereits einen Moment später zeigt sie mir Fotos, auf denen nur Logan und ich zu sehen sind.

„Was soll das?", rufe ich aufgebracht. „Damian und meine Tante waren ebenfalls anwesend. Die Aufnahmen spiegeln nicht die wahre Geschichte wider."

„Die wäre für die Presse auch zu langweilig. Verstehst du jetzt, was ich meine? Ich möchte nicht, dass du verletzt wirst. Wie ich anfangs sagte, sind die Harpers eine wirklich mächtige Familie, die dadurch immer wieder in den Fokus gerät. Zu gerne möchten die Medien ihnen irgendwelche Unterstellungen andichten. Die Familie hat genug finanzielles Potenzial, sich dagegen zu wehren. Doch was wird aus dir?"

„Du meinst wegen des Kusses?"

„Nicht nur der. Klar, dieses Foto wäre viel Geld wert und würde für eine Sensation sorgen. Logans weibliche Fans haben sich auf Roxy eingeschworen. Und diese Frau wäre nicht nett zu dir. Das kannst du mir glauben. Ich sage das jetzt nicht, weil ich sie nicht mag. Ich möchte einfach erreichen, dass du dich nicht von deinen Gefühlen leiten lässt. Für Logan bist du ein ganz besonderer Mensch und er hat echte Gefühle für dich. Er ist wirklich bald wahnsinnig geworden, weil du plötzlich aus seinem Leben verschwunden bist. Vor Roxy musst du dich in Acht nehmen. Ihr traue ich eine Menge zu. Vor Kurzem hat sie mich darauf angesprochen, ob ich wüsste, wen Logan suchen würde. Sie muss wohl irgendein Gespräch mitgehört haben …"

Wow. Mit so viel Ehrlichkeit habe ich jetzt nicht gerechnet.

„Wo ist sie eigentlich? Ich meine Roxy?"

„Noch in New York. Sie ist der Meinung, wenn sie sich rarmacht, dann wird Logan ihr endlich einen Antrag machen …"

„Oh, das ist noch nicht passiert?" Sofia hatte wieder einmal recht. Keiner der silbernen Ringe, die Logan trägt, ist ein Verlobungsring.

„Wenn du mich fragst, wird das auch nicht passieren. Sie stalkt Logan regelrecht und das macht ihn mächtig wütend. Außerdem gibt es nun wieder dich in seinem Leben und deshalb werden die Karten neu gemischt."

„Du klingst jetzt nach so einer Klatschtante aus dem Fernsehen ..."

„Sorry, Emily. Das sind die Schwangerschaftshormone."

„Die was?" Ich muss jetzt so tun, als hätte ich keine Ahnung.

„Du hast schon richtig gehört. Aber das ist jetzt ein anderes Thema", wiegelt sie schnell ab.

„Okay. Willst du darüber wirklich nicht reden?"

„Später! Jetzt geht es um dich!"

„Dann gib mir einen Rat, wie ich mich Logan gegenüber verhalten soll."

„Heißt es nicht so schön … lass los und alles, was bei dir sein möchte, kommt zurück und bleibt …"

So oder so ähnlich habe ich den Spruch schon mal gehört.

***

Nachdem ich Madison verabschiedet habe, kann ich nicht

aufhören, über ihre Worte nachzudenken. Dass Logan aus einer einflussreichen Familie stammt, ist mir bewusst. Allerdings habe ich die Tatsache unterschätzt, dass reiche Menschen auch eine gewisse Macht besitzen. Die Harpers geben sich bodenständig und das hat wohl mein Urteilsvermögen getäuscht. Ich muss tatsächlich aufpassen, dass ich nicht alles verliere, was mir im Leben wichtig ist.

Mit dieser Erkenntnis schlendere ich zurück ins Haus. Dort angekommen treffe ich nur auf Sofia. „Wo sind Logan und Sancho?"

Meine Tante brummt irgendetwas vor sich hin, was ich nicht verstehe.

„Bist du verärgert oder soll ich nicht wissen, wo die beiden sind?"

„Warum sollte ich dir das verschweigen?"

„Deshalb meine Frage ..."

„Sancho bringt Logan zurück in seine Unterkunft. Ich muss das erst mal alles begreifen und meine Gedanken sortieren. Mit so einer Wendung der Geschehnisse habe ich nicht gerechnet ...", sagt sie.

„Mir geht es nicht anders."

„Ich mag diesen Logan. Nur flößt mir seine enorme Macht Respekt ein. Außerdem schäme ich mich vor dir. Es tut mir aufrichtig leid, dass ich dich in diese Situation gebracht habe."

„Das muss es nicht. Alles was jetzt zählt, ist, dass unsere Bedingungen erfüllt werden."

„Dafür sorge ich! Das ist ein Versprechen."

Ich weiß, dass Sofia dieses einhalten wird. Darüber muss ich mir keine Gedanken machen.

***

Die Temperaturen sind auch am späten Nachmittag noch angenehm warm und deshalb beschließe ich, ans Meer zu fahren. Nicht irgendwohin, sondern genau an den Strand der Cala Nova, wo ich die Sommermonate in meiner Kindheit und Jugend verbracht habe.

Je näher ich meinem Ziel komme, umso lebhafter werden meine Erinnerungen an diese unbeschwerten und schönen Zeiten. Ich habe hier nicht nur meine erste große Liebe getroffen, sondern auch das Surfen gelernt. Die Cala Nova ist eine der wenigen, die eine anständige Brandung hat. Sie ist daher bei der überschaubaren Anzahl von Surfern äußerst beliebt.

Nach einer zehnminütigen Fahrt mit dem Auto parke ich am Rand des kleinen Pinienwaldes. Von hier aus führt ein Feldweg zum Strand.

Bevor ich losgehe, atme ich tief durch und genieße den herben Pinienduft, vermengt mit der Frische und dem Salz des Meeres. Danach entledige ich mich meiner Sneakers und begebe mich barfuß auf den sandigen Feldweg hinunter zum Strand.

Es dauert nicht lange und vor mir liegt die kleine Bucht. Das kristallklare Wasser schimmert in verschiedenen Blau- und Türkistönen. Begrenzt wird sie von wild bewachsenen Felsen.

Mein Blick streift über den menschenleeren Strand. Ich hatte gehofft, dass ich heute Abend hier allein bin. Der Tag war anstrengend und ereignisreich genug.

Das Rauschen der Wellen überträgt sich auf meine Stimmung. Ich beschließe, mich ans Wasser zu setzen und dort noch etwas zu verweilen. Etwas Zeit bis zum Sonnenuntergang habe ich noch.

Es trennen mich nur noch wenige Schritte von meinem Ziel, als plötzlich hinter mir eine männliche Stimme laut sagt: „Für mich ist das hier immer noch der schönste Platz der Welt …"

Jesus.

Abrupt bleibe ich stehen und verharre in dieser

Position. Die markante Stimme jagt mir einen Schauer über den Rücken. Nur zu gut kenne ich sie, obwohl ich sie lange nicht gehört habe. Ich muss mich nicht umdrehen, um zu wissen, wer hinter mir steht.

„Pepe? Du bist hier? Im Oktober?", sage ich.

„Diesen Gedanken hatte ich auch, als ich dich sah ...", antwortet er.

„Du hast mich erkannt?"

„Dich würde ich überall auf der Welt erkennen."

Jetzt ist es meine Neugier, die mich veranlasst, sie zu stillen. Langsam drehe ich mich um und mein Blick trifft auf dunkelbraune wache Augen, die mich unverhohlen anstarren.

„Wow ...", sagt Pepe und kommt ein paar Schritte auf mich zu. „Du siehst fantastisch aus. Die langen Haare stehen dir richtig gut."

Jetzt nur nicht verlegen werden.

Ich bedanke mich für das liebevolle Kompliment und versuche, mir meine Überraschung über Pepes Attraktivität nicht anmerken zu lassen.

Er ist tatsächlich meine erste große Liebe. Bis heute weiß er nicht, dass er der wahre Grund war, warum ich unbedingt surfen lernen wollte. Ich schwärmte schon als kleines Mädchen für ihn und genau in dem Sommer, als wir beide vierzehn Jahre alt wurden, fragte er mich, ob ich seine Freundin sein möchte. Ich konnte damals mein Glück kaum fassen.

„Wie lange haben wir uns nicht gesehen?", frage ich als Ablenkung. Ich bin ein wenig aufgeregt und das soll er nicht merken.

„Genau dreizehn Jahre", antwortet er prompt und steht jetzt genau vor mir.

Halleluja!

Er macht mich tatsächlich ein wenig nervös.

„Das könnte passen. Und? Erzähle was von dir. Wie

geht es dir? Hast du Kinder? Ich will alles wissen." Dass er vor einigen Jahren geheiratet hat und in Madrid wohnt, weiß ich natürlich von Sofia.

Pepe starrt plötzlich hinaus auf das Meer. Dann sagt er schwermütig: „Meine Frau ist letztes Jahr bei einem schweren Autounfall ums Leben gekommen." Oh, ist das traurig. Das wusste ich nicht.

Warum hat mir das Sofia verschwiegen?

„Das tut mir unendlich leid für dich. Ehrlich."

Plötzlich habe ich das Bedürfnis, ihn zu umarmen. Allerdings hatte ich nicht erwartet, dass er meine freundschaftliche Geste erwidert. Pepe drückt mich fest an sich und scheint mich nicht wieder loslassen zu wollen. Vielleicht ist er froh, dass er in seiner Trauer eine ihm vertraute Person getroffen hat. Ich harre noch einen Moment aus, bis ich mich aus seinen Armen winde. Irgendwie fühle ich mich nicht wohl.

Warum, kann ich nicht deuten.

Chapter 8

Logan

Seit mindestens zwei Stunden sitze ich in einer winzigen Bar am Strand der Cala Nova. Sancho war so nett und hat mich mit seinem VW-Bus hergebracht. Laut seiner Aussage ist das hier das Surferparadies von Ibiza. Abgesehen von drei unerschrockenen jungen Kerlen war hier weit und breit kein Surfer zu entdecken. Wahrscheinlich ist das in der Hochsaison anders.

Nachdem, was in den letzten Stunden alles passiert ist, hätte ich mir am liebsten eine Flasche Wodka bestellt. Wie ich nur zu gut aus Erfahrung weiß, sind nach dem Genuss die Probleme immer noch vorhanden, meistens sogar noch größer. Deshalb beschränkte ich mich auf eiskalte antialkoholische Getränke und dies hat zur Folge, dass nicht nur mein Blutzucker das höchste Level erreicht hat, sondern auch meine Blase im Dauerbetrieb ist.

Trotzdem genieße ich diesen Ort und die Ruhe, die hier herrscht. Das Rauschen des Meeres hat nach wie vor eine hypnotische Wirkung auf mich. Deshalb denke ich bestimmt auch, dass die zierliche Frau, die weiter weg von mir barfuß den Strand entlang zum Wasser läuft, Emily

ist.
Bin ich echt schon so verrückt?
Anstatt den Blick abzuwenden oder endlich zu gehen, beobachte ich die Traum-Emily weiter. Interessant wird es, als plötzlich ein Mann auftaucht und er dicht hinter ihr stehen bleibt.

Instinktiv möchte ich meiner Traumfrau zu Hilfe eilen, doch irgendetwas hält mich zurück. Sekunden später weiß ich, was: der Besitzer der Strandbar fordert mich höflich auf, zu bezahlen. Ich bin tatsächlich nur noch der einzige Gast.

Notgedrungen muss ich meinen Blick abwenden, um meine kleine Geldbörse aus der Hosentasche zu holen. Ich ziehe den erstbesten Geldschein heraus und reiche ihm den Besitzer.

„Das ist zu viel …", wehrt dieser ab.

„Ich bezahle auch nicht die Drinks, sondern die perfekte Aussicht", antworte ich mit einem freundlichen Lächeln.

„Dann komme bitte täglich vorbei…", sagt er mit einem fetten Grinsen im Gesicht.

Ich will ihm gerade eine passende Antwort geben, doch wird meine Aufmerksamkeit erneut auf meine Traum-Emily und den Unbekannten gelenkt. Tatsächlich umarmen sich die beiden. Bei dem Anblick verspüre ich ein merkwürdiges Gefühl.

Bin ich etwa eifersüchtig?

Natürlich nicht auf dieses Pärchen. Aber der Gedanke daran, dass es tatsächlich Emily sein könnte, gefällt mir gar nicht.

„Ist alles okay bei dir?", fragt der Strandbarbesitzer. Er steht noch neben mir am Tisch.

„Sorry, ich dachte ich habe dort eine Freundin entdeckt …"

Unwillkürlich folgt er meinem Blick und ruft ein paar

Sekunden später: „Ist das Emily? Und der Mann neben ihr sieht doch aus ... als wäre es Pepe ..."

Pepe? Wer zur Hölle ist das?

Und genau diese Frage stelle ich dem Barbesitzer. Dieser sieht mich an und sein verträumter Blick gefällt mir gar nicht. Ganz zu schweigen von seiner schwärmerischen Art, wie er mir von den beiden erzählt. „Wir waren alle so traurig, als sich Emily nach fünf Jahren Fernbeziehung von Pepe getrennt hat. Sie zog damals nach New York und er ging nach Madrid."

Glück für mich.

„Wie ... Fernbeziehung?" Das verstehe ich gerade nicht.

„Emily lebte doch nur in den Sommermonaten hier auf Ibiza."

„Natürlich. Und jetzt ist er wieder zurückgekommen?", frage ich bissig.

„Es sieht so aus. Seine Ehefrau ist letztes Jahr bei einem Autounfall verstorben. Vielleicht möchte er wieder zu seinen Wurzeln zurück."

Das hoffe ich nicht!

„Wenn ich das so richtig verstanden habe, dann seid ihr so eine richtig eingeschworene Gemeinschaft. Ihr wisst alles, was in eurem Örtchen passiert, oder?"

„Natürlich. Wir stammen alle aus der sogenannten Hippie-Ära. Unsere Eltern teilten alles. Du verstehst, was ich meine?" Breit grinsend verpasst er mir einen freundschaftlichen Schlag auf die Schulter.

So genau wollte ich das jetzt auch nicht wissen.

Deshalb nicke ich nur verhalten und grinse ihn dann dümmlich an.

Plötzlich verändert sich sein Gesichtsausdruck in eine starre Grimasse.

„Was ist los?", frage ich.

„Kannst du mal deine Sonnenbrille abnehmen?",

„Wie bitte?" Jetzt wird der Typ mir unheimlich.

„Sorry. Ich wollte nicht aufdringlich sein. Ich dachte nur gerade, du wärst Marc Rowell ... der Leadsänger von The Masters ..."

Verdammt! Gebe ich mich jetzt zu erkennen oder nicht?

„Logan ist mein richtiger Name", antworte ich monoton.

„Natürlich! Sorry, also bist du es doch. Ich war und bin immer noch ein großer Fan von euch. Du glaubst gar nicht, wie glücklich ich bin, dass ihr wieder Musik macht." Gleichzeitig zu seinem Lobgesang erleidet meine Schulter einen weiteren Schlag.

Bevor ich etwas zu meiner Verteidigung erklären kann, rennt er plötzlich los.

Wo will er hin?

Irritiert sehe ich ihm nach und schnell erahne ich, wer sein vermeintliches Ziel ist: Emily. Mir wird schnell klar, dass sie pure Realität ist, denn er ruft ihren Namen in Dauerschleife.

Ehrlich gesagt, weiß ich nicht, wie ich mich jetzt verhalten soll. Besonders macht mir meine aufkommende Eifersucht auf diesen Pepe zu schaffen. Ich kann mit diesem Gefühl überhaupt nicht umgehen, weil ich es in den letzten Jahren nie gespürt habe. Nicht einmal bei Roxy habe ich diese Gefühlsregung.

Was stimmt nicht mit mir?

Skeptisch beobachte ich von Weitem die Szenerie, die sich zwischen den drei Menschen abspielt. Ich sehe, wie der Strandbarbesitzer mit ausladenden Gesten auf Emily und Pepe einredet. Es dauert nicht lange und beide sehen zeitgleich zu mir. Automatisch zuckt mein Arm und ich will Emily winken.

Doch zu meiner Enttäuschung sieht sie gleich wieder weg. Das kann natürlich viele Gründe haben. Einer davon

könnte mein unangebrachter Kuss sein. Leider versagte in dieser Situation mein Kontrollsystem und das nutzte ich aus. Hoffentlich muss ich es nicht bereuen, denn für mich fühlte sich dieser Kuss unheimlich gut an. Sollte ich dadurch die Beziehung zu Emily torpediert haben, dann werde ich mir das nie verzeihen.
Abwarten, was jetzt passiert.

***

Tatsächlich hat es der Barbesitzer geschafft, Emily und leider auch diesen Pepe an meinen Tisch zu lotsen. Aufgeregt erzählt er den beiden, wer ich bin. Während mich Pepe voller Interesse mustert, entdecke ich um Emilys Mundwinkel ein verschmitztes Lächeln.
Bin ich erleichtert.
„Logan, also", sagt sie und klingt betont lässig. „Und ... was geht so?" Bei ihrer Frage muss sie sich stark beherrschen, um nicht loszulachen.

Ich empfinde es nicht anders. Nur zu gern gehe ich auf ihr Spiel ein. Gerade will ich ihr antworten, als sich der Barbesitzer, der übrigens den typisch spanischen Vornamen Tom trägt, einmischt. „Emily, du kennst Logan, ähm ... besser gesagt ... Marc."
Woher weiß er von uns?
„Wie kommst du darauf?", fragt sie und gibt sich erstaunt.

„Wir waren zusammen bei einem Konzert von der Band The Masters. Weißt du noch? In Madrid. Deine Mutter war auch dabei. Du hast damals auf meiner Schulter gesessen und immer wieder Marc gerufen ..."
Jetzt wird es peinlich.

Emily ringt bei Toms Offenbarung sichtlich nach Worten. „Wie ... alt war ... ich damals?"

„Ich glaube, zehn Jahre alt. Aber so genau weiß ich das

nicht mehr", sagt Tom.

Schlagartig wird mir bewusst, dass Emily etliche Jahre jünger ist als ich. Das war bis jetzt nie ein Thema für mich, aber dreizehn Jahre sind trotzdem nicht wegzudiskutieren. Anderseits, spielt das Alter wirklich eine Rolle?

Anscheinend kommen durch Toms Anstoß viele Erinnerungen bei Emily wieder zurück. Euphorisch erzählt sie von dem Konzert. Doch plötzlich wird sie traurig. Die Erinnerung, dass ihre geliebte Mutter zu dieser Zeit noch lebte, bringt sie zum Weinen.

Das tut mir so leid für sie und ich verspüre den Drang, sie in die Arme zu nehmen und zu trösten. Zu meinem Verdruss kommt mir Pepe zuvor und das ärgert mich ernsthaft.

Nimm deine Hände von ihr!

Emily lässt die Umarmung nur kurz zu. „Sorry, das waren jetzt doch eine Menge Emotionen, die wieder hochgekommen sind", sagt sie.

„Dafür musst du dich nicht entschuldigen", sage ich.

Tom sowie Pepe versuchen abwechselnd, sie mit nichtssagenden Worten zu trösten, die sie anscheinend ignoriert, denn sie sieht nur mich an.

Und ich sie. Intensiv.

Ich glaube, in diesem Moment fühlen wir beide gleich.

„Sag mal, Marc ... ähm Logan ..." Erneut erleidet meine Schulter einen Schlag. „Bist du nicht wieder mit dieser Roxy zusammen?"

Jetzt fängt die Konversation an zu nerven.

Unverzüglich erhebe ich mich von meinem Stuhl und stehe direkt vor Tom, den ich um einen halben Kopf überrage.

„Mein Privatleben steht nicht zur Diskussion", sage ich mit übertriebener Freundlichkeit.

„Ich wollte dir nicht zu nahe treten", entschuldigt sich Tom. „Aber ein Selfie mit dir ist doch auf alle Fälle drin,

oder?"

Nicht doch!

Mittlerweile weiß ich, dass die Fans kaum noch an Autogrammen, sondern hauptsächlich an einem Foto mit mir interessiert sind. Daran kann ich mich nur schwer gewöhnen, denn es nervt schon, wenn man oft ungefragt ein Smartphone ins Gesicht gedrückt bekommt.

Widerwillig gebe ich Toms Bitte nach. Allerdings bestehe ich darauf, dass er das Foto erst auf seinem Social-Media-Account postet, wenn ich abgereist bin. Es muss nicht jeder wissen, wo ich mich derzeit aufhalte.

Nachdem wir das geklärt haben, will Tom unbedingt, dass Emily auch auf dem Foto zu sehen ist. Sozusagen als Erinnerung an alte Zeiten.

Das ist keine gute Idee.

Gerade noch konnte ich verhindern, dass die heute geschossenen Paparazzi-Fotos von uns nicht veröffentlicht werden und jetzt würde ich mit einem Selfie zulassen, dass Emily erneut in die Schusslinie gerät.

Diese sieht es wohl ähnlich, denn sie weigert sich mit einer fadenscheinigen Ausrede: „Ich bin ungeschminkt!"

„Emily! Das ist totaler Blödsinn!", sagt Tom und Pepe pflichtet ihm bei.

Innerlich gebe ich beiden recht und ich glaube zu wissen, dass Emily keine bessere Ausrede eingefallen ist, denn so eitel ist sie nicht. „Die Wünsche einer so schönen Frau sollten wir akzeptieren", sage ich deshalb.

Während Emily mir wohlwollend zustimmt, geben sich beide Männer mit mürrischen Mienen geschlagen.

„Das holen wir nach!" Tom ist die Enttäuschung anzuhören.

Dass ausgerechnet in diesem Augenblick mein iPhone in meiner Hosentasche vibriert, nenne ich göttliche Fügung. Sofort ziehe ich es heraus und sehe auf das Display. Der darauf angezeigte eingehende Anruf gibt mir kein gutes Gefühl.

Um ungestört das Gespräch annehmen zu können, gehe ich ein paar Schritte zur Seite. Zögerlich melde ich mich mit: „Hallo." Was ich dann innerhalb kürzester Zeit erfahre, gleicht einem Mega-Feuerwerk. Damit sich dieses nicht zu einem Flächenbrand entwickelt, muss ich sofort handeln.

„Emily …", rufe ich und winke sie heran.

Als hätte sie nur darauf gewartet, kommt sie sofort zu mir und fragt leise: „Gibt es schon wieder Paparazzi-Fotos von uns?"

„Nein! Ich brauche schnell ein Taxi. Ich muss zu Madison." Um die Dringlichkeit meiner Bitte zu demonstrieren, setze ich eine ernste Miene auf.

„Oh. Wenn ich deine Mimik richtig deute, dann ist es eilig. Wie eilig?"

„Sofort!", antworte ich bedeutungsschwer. Mehr möchte ich in diesem Moment nicht sagen, denn auch wenn Tom und Pepe etwas abseits stehen, sind sie eifrige Zuhörer.

„Ich fahre dich!", sagt Emily.

„Das musst du nicht!", entgegne ich, obwohl ich wirklich keinen Einwand dagegen habe. Eher das Gegenteil ist der Fall.

„Ihr haut aber jetzt nicht ab, oder?", ruft Tom uns zu. Er scheint unsere Fluchtvorbereitung zu ahnen.

„Sorry. Ein Notfall!"

„Und was ist jetzt mit meinem Selfie?"

„Das holen wir nach. Versprochen!"

„Ich erinnere dich daran!"

Davon gehe ich aus. Nur zu gut kenne ich die Hartnäckigkeit mancher Fans.

Im Gegensatz zu Tom scheinen Pepe ganz andere Probleme zu plagen, denn er beginnt, Emily Vorwürfe zu machen, dass sie sich angeboten hat, mich zu fahren.

„Ich hatte gehofft, dass wir unser Wiedersehen heute noch feiern."

„Feiern?", wiederholt sie. „Erstens hast du mich nicht gefragt, ob ich das möchte und zweitens bin ich dir keine Erklärung schuldig. Wir sehen uns!", sagt sie. Dass ihr seine Übergriffigkeit zu weit geht, war nicht zu überhören.

Dieser Punkt geht an mich.

Emily stapft einfach los, ohne sich von Tom zu verabschieden. Ich habe alle Mühe, ihr hinterherzukommen.

„Warum rennst du so?", rufe ich ihr zu.

„Du hast doch gesagt, dass du dringend ein Taxi brauchst."

„Ja, schon. Aber es geht nicht um Leben oder Tod. Rennst du vielleicht vor mir weg?"

„Wie kommst du denn darauf?", schnaubt sie.

Ich habe recht. Sie rennt vor mir weg.

In der Zwischenzeit haben wir den Feldweg erreicht, der zu einem kleinen Pinienwald führt. Bedacht sehe ich mich um und sobald ich mir sicher bin, dass wir außer Reichweite von neugierigen Blicken sind, schließe ich zu Emily auf. Ich packe sie an ihrer Hand und zwinge sie, mit mir stehenzubleiben.

„Was soll das?" Emily vermeidet es, mich anzusehen.

„Bist du böse auf mich?", will ich wissen.

„Warum sollte ich?"

„Bitte, sieh mich an. Ich möchte mich für den Kuss entschuldigen. Das war …"

Plötzlich fährt Emily herum und sagt: „Was wolltest du sagen? Es war dumm oder unangebracht oder was auch immer? Könnt ihr Männer nicht einmal zu was stehen, was ihr aus einer Regung heraus gemacht habt?"

Wow! Da ist jemand richtig ungehalten.

„Du musst mich schon ausreden lassen, bevor du mich

verurteilst!"

„Ach ja, muss ich das?"

Ich gerate in eine gefährliche Schieflage.

Emilys ungehaltene Art macht sie noch begehrenswerter als sie so schon ist. Ich muss mich zurückhalten, damit ich sie nicht mit fordernder Leidenschaft küsse. Ihr provozierender Blick bringt nicht nur meine Gefühle, sondern auch meine Hormone in Wallung.

„Ich bereue den Kuss nicht!", sage ich mit fester Stimme.

„Nicht?", fragt sie und ihre Augenlider zucken dabei leicht.

„Nein! Und ich würde es sofort wieder tun."

„Untersteh dich!", sagt sie und bleibt dennoch direkt vor mir stehen. Ob sie vergessen hat, dass ich immer noch ihre Hand halte?

„War mein Kuss so schlecht?"

„Was ist das denn für eine blöde Frage? Du gehörst doch hoffentlich nicht zu der Sorte Mann, die ständig nachfragt, wie gut er war?"

„Und? War ich es?" Ich mag es einfach, die vorhandene Spannung zwischen uns zu steigern. Dass mir das zum Verhängnis werden kann, weiß ich. Das hindert mich nicht daran, das Risiko einzugehen.

Zwei Sekunden später spüre ich bereits die Auswirkungen meines Spiels. Emily küsst mich ohne Vorwarnung. Damit habe ich nicht gerechnet. Ich bin so verblüfft, dass ich nicht in der Lage bin, ihren Kuss zu erwidern.

„Sorry!", flüstert sie und wendet sich ab.

Nicht doch.

„Ich will es! Jetzt!", sage ich und ziehe Emily fest zu mir heran. Ich presse meine Lippen auf ihre und kurz darauf verschmelzen wir zu einem leidenschaftlichen Kuss. Ich habe keine Ahnung, was gerade mit mir passiert, aber es ist verdammt lange her, dass ich so eine beidseitige Begierde in einem Kuss verspürt habe. Für mich viel zu schnell lassen wir wieder voneinander ab.

Schwer atmend frage ich sie: „Was ist das zwischen uns?"

„Ich weiß es nicht", flüstert sie. Ich spüre ihren Atem auf meinem Gesicht. „Wir sollten damit aufhören."

„Ich will das nicht!"

„Warum?"

Ich bleibe ihr die Antwort schuldig. Stattdessen wird mir klar, dass ich eine Lösung für uns finden muss. Doch diesen Gedanken behalte ich für mich und nehme stattdessen Emily in meine Arme. „Ich möchte, dass du weißt, dass ich kein Arschloch bin und mit dir spiele. Du bedeutest mir sehr viel. Unser Timing ist nur echt beschissen."

„Das ist es wirklich", sagt sie und löst sich sanft aus meiner Umarmung. „Lass uns jetzt zu Madison fahren. Das war doch der ursprüngliche Grund, warum wir hier sind, oder? Außerdem weiß ich noch gar nicht, warum du unbedingt zu ihr musst."

„Das erzähle ich dir im Auto." Ich lege lässig den Arm um ihre Schultern und schweigend gehen wir zu ihrem Wagen. Das bedeutet nicht, dass sich meine Gedanken, meine Gefühle und – ganz zu schweigen – meine Hormone beruhigt haben.

In welches Chaos manövriere ich mich?

Chapter 9

Emily

Die Finca, in der Damian mit seinen Freunden wohnt, ist nicht weit von der Villa meiner Tante entfernt. Eigentlich bräuchte ich dringend eine Auszeit von dem Chaos um mich herum, denn ich kann mich nicht erinnern, dass mein Leben schon einmal so durcheinander war. Als ich heute früh ins Flugzeug stieg, konnte ich nicht ahnen, dass ich Stunden später auf meinen Crush treffen würde.

Dass dies nicht der heutige Höhepunkt war, sondern ich zusätzlich seine leidenschaftlichen Küsse zu spüren bekam, fühlt sich wie ein wahr gewordener Traum an.

Oder ist es ein Albtraum?

Ich werde es in der nächsten Zeit erfahren, da bin ich mir sicher. Fest steht, dass ich mich nicht mehr gegen meine Gefühle für Logan stelle. Sollte ich ihn dennoch nicht für mich gewinnen können, dann muss ich mir keinen Vorwurf machen, dass ich nicht um ihn gekämpft habe.

Allerdings bin ich nicht hier, um mich bei Damian über mein Gefühlschaos zu beschweren, sondern das Drama, was ihn und Madison verbindet, in ein Happy End umzuwandeln. Zumindest möchte ich es versuchen.

Logan erzählte mir auf der Autofahrt vom Strand davon und wir beschlossen, dass er sich Madison annimmt und ich mich um Damian kümmere.

Wenn ich es nicht genauer wüsste, könnte man denken, dass sich auf der Finca, in der Damian mit seinen Freunden wohnt, so etwas wie ein Giftgasanschlag ereignet hat. Im Außenbereich befinden sich auf diversen Sonnenliegen sowie der Grünfläche fünf gut gebaute, halbnackte und scheinbar leblose Männer, mit denen ich ebenfalls befreundet bin, denn wir surfen alle zusammen. Dass zwei davon im Pool auf Luftmatratzen dümpeln, nenne ich einen unglücklichen Zustand.

Nach einer kurzen Begutachtung der Opfer, die zwar charmant anzusehen sind, doch alle stark nach Alkohol riechen, ist meine Zielperson nicht dabei. Deshalb beschließe ich, mich in den Innenbereich der Villa auf die Suche nach ihm zu begeben. Zu meinem Glück kenne ich mich in dem geräumigen Gebäude gut aus, denn ich war hier schon unzählige Male zu Besuch. Der Besitzer ist der Nachbar von Sancho.

Schon beim Öffnen der Haustür steigt mir ein beißender Geruch aus einem Mix aus Alkohol, Schweiß und Zigarettenrauch in die Nase.

Wieso lüftet hier niemand?

Die Außentemperaturen sind noch angenehm warm, so dass man nicht frieren muss.

Ich gehe weiter in Richtung des Wohnzimmers und mir bietet sich ein erschreckendes Bild. Auf dem Boden liegen nicht nur leere Bier- und Weinflaschen, sondern auch verstreute Kleidungsstücke. Instinktiv betrachte ich sie abschätzend und gebe dabei genau Acht, ob ich irgendwelche Damenunterwäsche erspähen kann. Auf den ersten Blick kann ich nichts entdecken, was mich noch zu keiner positiven Erkenntnis bringt. Der Fall ist definitiv noch nicht abgeschlossen.

Der Sauerstoffmangel im Wohnraum setzt mir mächtig zu. Um die Türen der langen Fensterfront öffnen zu können, muss ich einen regelrechten Hindernislauf um die leeren Flaschen, Handtücher und Teller mit Speiseresten vollziehen. Ich finde diese fürchterliche Unordnung nicht lustig und reiße in meinem Unmut die Terrassentür lautstark auf.

Plötzlich höre ich hinter mir ein leises Schniefen.

„Mach das Fenster zu! Mir ist kalt."

Abrupt drehe ich mich um und entdecke unter einer Ansammlung von Badehandtüchern Damian, der mit einer halbleeren Flasche Rum in der Hand auf der Couch liegt.

„Na, wenigstens du lebst", sage ich schroff. „Was ist das hier für ein Saustall? Ihr seid doch keine Teenager mehr, die sich wie die Vandalen benehmen!"

„Hast du keine anderen Probleme?", blafft er.

Schwerfällig hievt er sich hoch und sofort fallen mir seine rot geweinten Augen sowie die darunter liegenden dunklen Schatten auf.

Jetzt tut er mir leid.

„Darf ich mich zu dir setzen?"

Mit einer schlaffen Handbewegung gibt mir Damian zu verstehen, dass dies für ihn in Ordnung ist.

Notdürftig befreie ich ein Stück der Couch von diversen Kleidungsstücken, die definitiv nur Männern gehören und hocke mich im Schneidersitz neben ihn hin. Für einen Moment schweigen wir uns an. Dann fragt Damian weinerlich: „Wer hat es dir erzählt?"

„Logan …", antworte ich zögerlich.

„Ihr habt euch getroffen?" Damians Stimme ist plötzlich fest. Er mustert mich intensiv, was mir unbehaglich ist.

„Ähm … ja. Das ist aber nicht wichtig. Jetzt geht es

um dich und Madison. Ich möchte deine Version der Story hören."

Damian lacht erbärmlich auf. „Da gibt es nicht viel zu sagen. Mrs. Jenkins hat per Telefon die Hochzeit abgesagt. Sie könnte mich aus bestimmten Gründen nicht heiraten. Dann hat sie aufgelegt und ist seitdem nicht mehr zu erreichen. Und ich bin zu besoffen, um mir ein Taxi zu ordern, um zu ihr zu fahren. Kannst du das bitte machen?"

Wahrscheinlich hat Damian vergessen, dass eigentlich Sancho für den Fahrdienst verantwortlich ist. Doch der ist bestimmt noch bei Sofia und deshalb werde ich ihn auch nicht anrufen. Im Notfall kann ich ihn fahren.

„Nein! Du wirst erst mal nüchtern und sobald du wieder klar im Kopf bist, fahre ich dich selbstverständlich. Außerdem solltet ihr beide eine Nacht darüber schlafen. Das wird sich alles klären. Bei Madison spielen einfach die Hormone verrückt."

Fuck.

„Welche Hormone?", lallt Damian.

„Vergiss einfach, was ich gesagt habe!"

„Was weißt du? Emily! Du musst es mir sagen!"

Wieso bin ich so blöd und verplappere mich?

Anderseits muss Damian die Wahrheit wissen, denn Madison scheint sie ihm vorenthalten zu wollen. Warum tut sie das?

„Sie hat es dir nicht gesagt?"

„Nur, dass sie mich nicht mehr heiraten will. Aber keinen Grund dafür. Aber du kennst ihn und du musst ihn mir jetzt sagen! Bitte!" Damian faltet die Hände und fleht mich an.

Fuck. Fuck. Fuck.

Ich habe keine Ahnung, ob es mir tatsächlich zusteht, mich in diese heikle Angelegenheit einzumischen. Anderseits kann Madison nicht so mit Damian umgehen.

Das ist keine Art und Weise. Ich kenne sie zu wenig, um sie einschätzen zu können, aber vielleicht handelt sie aus purer Verzweiflung heraus.

Egal, was ich jetzt sage oder auch nicht, ich kann es nur falsch machen.

„Sie hat heute erfahren …" Weiter komme ich nicht, denn Damian springt plötzlich auf. Dass dies in seinem alkoholisierten Zustand sehr riskant ist, merkt er selbst, denn er stößt sich unglücklich sein Schienbein am Couchtisch. Sein darauffolgendes lautes Fluchen verstummt recht schnell wieder. Mit leerem Blick sieht er mich an und sagt wehleidig: „Dass sie krank ist."

„Was?", rufe ich. „Eine Schwangerschaft ist keine Krankheit!"

Oh verdammt. Habe ich das jetzt wirklich gesagt?

„Schwanger …", nuschelt er. Dann fängt er an, hysterisch zu lachen.

Ich lasse ihn und sehe ihn nur mitleidig an. Irgendwann hört er auf und sagt zu mir: „Emily! Der Witz war richtig gut!"

„Das war kein Witz!"

„Keiner?", wiederholt er und wirkt plötzlich ernst. Er stellt die halbleere Flasche Rum auf den Tisch, wendet sich ab und verlässt halb torkelnd, halb stolpernd den Wohnbereich.

„Wo willst du hin?", rufe ich ihm nach.

„Duschen. Kalt. Eiskalt."

Eine wirklich gute Idee.

***

Während Damian unter der Dusche ist, sehe ich nach den restlichen Überlebenden im Außenbereich. Es dauert nicht mehr lange und die Dunkelheit setzt ein, die meistens eine hohe Luftfeuchtigkeit im Gepäck hat. Für den gesundheitlichen Zustand der Alkoholleichen könnte das zum Problem werden. Deshalb versuche ich, zumindest die Opfer aufzuwecken, die im Gras liegen.

Zuerst rüttle ich an Marcs Schulter und ich muss ihn schon kneifen, damit er sich überhaupt rührt. Was haben die Männer zu sich genommen, dass sie so dermaßen betrunken sind? Im Befehlston gebe ich ihm zu verstehen, dass er die nächstbeste Liege erklimmen soll. Zu mehr ist er definitiv nicht in der Lage.

Steve dagegen scheint handlungsfähiger zu sein, denn er ist durch die Unruhe aufgewacht und wankt jetzt in Richtung Villa. „Ich gehe schlafen!", lallt er.

„Die Zimmer befinden sich oben", rufe ich ihm nach. Aber das hört er schon nicht mehr.

Danach schnappe ich mir die herumliegenden Badehandtücher und schmeiße eins davon über den nur mit Badeshorts bekleideten Körper von Marc. Eigentlich ist es eine Schande, den genussvollen Anblick zu verstecken, aber Gesundheit geht vor.

Das zweite Tuch widme ich dem stark tätowierten und durchtrainierten Körper von Oliver, der wirklich ein Hingucker ist. Ich verstehe immer mehr, warum wir Frauen diese Gattung von Mann anschmachten.

Sobald ich die Erstversorgung beendet habe, stehe ich vor dem nächsten Problem. Wie gestalte ich die Seerettung der auf den Luftmatratzen dümpelnden Alkoholleichen? Dafür müsste ich in den Pool steigen, doch dazu habe ich jetzt keine Lust. Ich werde später Damian um Hilfe bitten.

Mit diesem Gedanken schlendere ich zurück zum Haus und stolpere im Flur prompt über den halbnackten Körper von Steve. Er hat sich tatsächlich den Vorleger geschnappt und sich damit zugedeckt.

Ernsthaft?

So langsam setzt bei mir ein gewisses Unverständnis

ein. Vorsichtig, aber so, dass er es merkt, stoße ich ihn mit dem Fuß an. „Aufstehen!", brülle ich.

„Lass mich!", lallt Steve und dreht sich zur Seite.

Genau in diesem Augenblick erscheint Damian wieder auf der Bildfläche.

„Ich brauche deine Hilfe", sage ich und berichte ihm von dem Zustand unserer Freunde.

„Emily, deine Befürchtungen in allen Ehren, aber die Kerle sind alt genug, um zu wissen, was sie an Alkohol vertragen oder auch nicht. Ich glaube … wir zwei haben ganz andere Probleme, oder?"

Wir? Warum spricht er in der Mehrzahl?

„Du hast welche", berichtige ich ihn.

„Nein! Wir! Dein Problem ist Logan und meins ist Madison! Ich bin nicht mehr so betrunken wie vor einer halben Stunde, solltest du das denken."

„Wir reden jetzt über dich!"

„Kein Problem", sagt Damian. Dann greift er nach meiner Hand und führt mich durch den Wohnbereich weiter bis zur Küche. Dort lässt er mich wieder los und offenbart mir, dass er dringend etwas essen muss.

„Bist du dir sicher? Ich meine, in dem Chaos, was hier herrscht, könnte das zum Problem werden." Zumindest sehe ich das so, denn hier stapelt sich das schmutzige Geschirr in einer imposanten Höhe.

Damian scheint das nicht zu stören, denn er räumt sich lautstark einen Platz auf dem Küchentresen frei. Dann trifft er Vorkehrungen für die Zubereitung von Sandwiches.

Es dauert nicht lange und auch ich habe Hunger.

„Machst du mir auch eins?", frage ich zögerlich.

„Ist schon in Arbeit", erhalte ich als knappe Antwort.

„Bist du etwa sauer auf mich?" Mir kommt es plötzlich so vor.

„Ja! Ein wenig schon. Aber das erzähle ich dir später.

Jetzt reden wir über Madison und dafür brauche ich deine Hilfe."

„Deshalb bin ich hier." Den Rest seiner Aussage ignoriere ich gekonnt, denn ich kann mir schon denken, was er mir vorwirft.

„Habe ich das vorhin richtig verstanden, dass Madison schwanger ist?", fragt er und vermeidet, mich anzusehen. Stattdessen schiebt er mir ein Thunfisch-Sandwich hin und beißt selbst in seins. Stumm kaut er vor sich hin.

„Ja, so ist es. Sie hat es gestern durch ihren Hausarzt erfahren und heute einen Test gemacht, der positiv ist. Nun weiß sie, dass du keine Kinder möchtest und will dich wohl zu nichts zwingen …"

„Sie weiß, verdammt noch mal, gar nichts. Ich wollte nie mit meiner Ex-Frau Kinder. Klar habe ich anfangs zu Madison gesagt, dass ich keine Lust auf dieses Babygetue habe. Aber da kannte ich sie kaum. Doch heute ist das was ganz anderes. Mit ihr würde ich sogar Fünflinge großziehen."

What?

„Wie nüchtern bist du?", frage ich.

„Nüchtern genug, um zu wissen, was ich sage. Wenn das wirklich der Grund ist, warum sie mich nicht will, dann hat sie sich den falschen Mann ausgesucht. Ich schwöre dir, Emily, ich werde diese Frau heiraten, weil ich sie liebe. Und auch, wenn mir der Gedanke, Vater zu werden, eine riesige Angst einflößt, so werde ich mich ihr stellen. Du bist meine Zeugin."

„Wow." Mehr bringe ich an Worten nicht über meine Lippen, weil ich mit diesem Statement nicht gerechnet habe. Aber eins ist sicher, er liebt sie wirklich.

Es gibt doch noch ein Happy End.

Hoffe ich.

„Und jetzt reden wir über dich und Logan", sagt Damian und sieht mich provokativ an.

„Das hat bis morgen Zeit!", weiche ich aus.
„Nein! Jetzt!"
Ich möchte das nicht!

***

Damian scheint auf den Geschmack von Sandwiches gekommen zu sein, denn er verspeist mittlerweile das dritte, während ich noch am ersten nage.

„Ich war heute Mittag ziemlich betrunken", beginnt er, „aber nicht so, dass ich nicht mitbekommen habe, dass Logan völlig aufgelöst war, als er dich vor dieser Boutique entdeckte. Was läuft zwischen euch, Emily?"

„Nichts!", antworte ich monoton.

„Emily! Verarsch mich nicht! Seit Mirandas Hochzeit meidest du jeden Kontakt zu ihm und jetzt erzählst du mir, dass ihr euch heute getroffen habt ..."

„Das ist alles kompliziert", sage ich zögerlich.

„Was denn? Dass da mehr zwischen euch ist? Denkst du, ich habe das nicht gemerkt? Logan ist regelrecht vor deiner Boutique Patrouille gelaufen, weil du weder auf seine Nachrichten noch auf seine Anrufe reagiert hast."

„Er ist liiert!", werfe ich energisch ein.

„Dazu sage ich nichts. Roxy passt nicht zu ihm. Zumindest jetzt nicht mehr. Vielleicht war das früher mal anders."

„Wie kommst du darauf?" Das interessiert mich wirklich.

„Das ist doch jetzt egal. Aber ... dir ist schon klar, dass Logan Harper mittlerweile der Harry Styles der Rockmusik ist, oder?"

Als ich das höre, muss ich lachen. „Wer ist Harry Styles?" Natürlich weiß ich, wer das ist. Taylor Swift, deren Songs ich ab und an höre, hat nicht nur ein Lied über ihn geschrieben und deshalb bin ich bestens informiert. Außerdem berichten die Medien genug über ihn, ob man es hören will oder nicht.

„Emily! Ich mache mir echt Sorgen um deine Naivität."

„Jetzt übertreibst du aber!", sage ich und gebe mich empört. Naiv bin ich nicht! Nur verliebt. Aber das behalte ich für mich.

„Vielleicht ist es dir entgangen, welche Präsenz Logan mittlerweile nur bei Instagram hat? Über zehn Millionen Follower …"

Ich weiß genau, wie viele er hat, weil ich tagtäglich das Internet nach Informationen über ihn durchforste. In den letzten Monaten ist das zur regelrechten Sucht geworden. Ich erkenne mich teilweise selbst nicht wieder.

„Dann wird das neue Album bestimmt ein Erfolg", sage ich und klinge ein wenig ironisch.

„Davon ist auszugehen. So richtig an Fahrt aufgenommen hat der Hype um ihn in diesem Sommer. The Masters spielten in Europa auf einigen bekannten Festivals. Dort waren sie wirklich der absolute Abräumer. Wenn ich es nicht live miterlebt hätte, dann würde ich es nicht glauben."

„Ich weiß. Das hast du mir alles schon mindestens fünfmal erzählt. Deine Euphorie scheint immer noch vorhanden zu sein."

„Ich will dir nur klarmachen, dass das mit Logan eine verdammt komplizierte Beziehung werden kann."

„Das ist es doch jetzt schon. Aber von einer Beziehung sind wir noch weit entfernt."

„Das sehe ich etwas anders …"

Wie soll ich Damians Aussage deuten?

Chapter 10

Logan

Es gibt viele Unterschiede zwischen Männern und Frauen und einen davon lernte ich heute Abend kennen, als ich unerwartet auf Madisons Junggesellinnenabschied auftauchte. Sobald du als Mann einen Raum mit fünf alkoholisierten Freunden betrittst, wirst du meistens zum Mittrinken eingeladen. Passiert dir das Gleiche mit fünf Frauen im ähnlichen Zustand, musst du aufpassen, dass du nicht zu einer Orgie genötigt wirst.

Während die Hauptakteurin Madison mit Abwesenheit auf ihrer Party glänzte, erfuhr ich stattdessen viel Aufmerksamkeit von den fünf noch wild feiernden Barbie-Kopien.

Ich bin wirklich kein Mann, der den Reizen einer Frau gegenüber abgeneigt ist. Zu meiner Sturm- und Drangzeit als Rockmusiker vergnügte ich mich ab und an mit zwei Frauen gleichzeitig. Aber fünf Frauen, die mich als reines Lustobjekt betrachten, sind selbst mir zu viel und zuwider. Ohne Vorwarnung spüre ich plötzlich Hände in meinem Schritt. Zusätzlich versucht jemand, mir mein Hemd zu öffnen.

Das ist definitiv too much.
Ziemlich ruppig befreie ich mich aus der unangenehmen Lage und stürme aus der Finca.
Jetzt stehe ich schwer atmend und übellaunig im Garten und überlege, ob ich Madison anrufen soll oder nicht.
Eine Chance gebe ich ihr.
Ich stelle mich hinter einen Mauervorsprung, damit ich nicht mehr gesehen werde, zerre mein iPhone aus der Hosentasche und rufe Madison an. Zu meiner Überraschung nimmt sie kurz darauf das Gespräch an.
„Wo bist du?", blaffe ich.
Mit tränenerstickter Stimme erzählt sie, dass sie sich auf ihr Zimmer zurückgezogen hat.
„Komm runter! Ich warte im Garten auf dich!" Ohne ihre Antwort abzuwarten, lege ich auf. Danach schreibe ich Sancho eine Nachricht, dass er mich von hier abholen soll, denn hier bleibe ich nur so lange wie nötig.
Missmutig setze ich mich auf die von den Strahlen der Sonne aufgewärmten Steinplatten und stecke mein iPhone zurück in meine Hosentasche. Die eingegangenen Anrufe sowie Nachrichten ignoriere ich nach wie vor. Ich weiß ja, von wem sie sind.
Es dauert tatsächlich nicht lange und Madison taucht im Lichtkegel einer Laterne auf. Sie ist in eine dicke Strickjacke gehüllt, die sie mit verschränkten Armen an ihren Körper drückt. Ihre Schritte wirken schwerfällig und ihr Gesichtsausdruck ist angespannt.
„Hey ...", sagt sie, als sie vor mir steht. „Was machst du hier?"
„Ich möchte wissen, was passiert ist. Wieso sagst du die Hochzeit ab?"
„Es ist besser so. Mehr möchte ich im Moment nicht dazu sagen."
„Ist Damian ebenfalls damit einverstanden?" Bei

meiner Frage sieht Madison weg und zieht sich ihre Strickjacke noch enger um ihren Körper.

Alles klar! Anscheinend nicht!

„Weißt du, es geht mich nichts an, wie ihr eure verzwickte Situation löst, aber ..."

Madison unterbricht mich, bevor ich weiterreden kann. „Ich möchte das Kind mithilfe meiner Eltern großziehen. Sobald ich eine passende Wohnung für sie in New York gefunden habe, werden sie umsiedeln. So ist es möglich, weiter für dich und deine Mutter zu arbeiten und ... gegebenenfalls, wenn du auf Tournee bist, dich zu unterstützen. Wenn du das willst." Den letzten Satz sagt sie so leise, dass ich ihn kaum verstehen kann.

„Und das hast du alles innerhalb der letzten Stunde geklärt?", frage ich, denn ich bin schon überrascht von der Präzision ihrer Lebensplanung.

„Ja! Natürlich nur, sollte alles in Ordnung sein mit der Schwangerschaft."

„Das hoffe ich und davon gehen wir aus. Wie kommt es, dass deine Eltern alles in ... wo wohnen sie gleich?"

„Alabama!"

„Okay! Also, alles dort zurücklassen und zu dir ziehen?"

„Wegen ihres einzigen Enkels." Madisons Worte sind gespickt mit einer Portion Vorfreude.

„Siehst du mich bitte mal an?", sage ich. Mich nervt es, wenn sich mein Gegenüber so verhält.

Zögerlich kommt Madison meiner Bitte nach. Als sie mir direkt in die Augen sieht, will ich sie noch einmal auf Damian ansprechen, als plötzlich ein wildes Gekreische zu hören ist. Ich muss nicht lange überlegen, was das zu bedeuten hat.

„Ich muss weg!", sage ich und springe auf. „Bitte halte deine Barbies auf. Noch eine Begegnung mit denen schaffe ich nicht."

101

Madison sieht mich irritiert an, was ich ihr nicht verübeln kann. Woher soll sie wissen, was vorher passiert ist?

„Wir telefonieren!", sage ich hastig.

In der nächsten Sekunde renne ich los. Das Gekreische hinter mir wird erst leiser, als ich das große Eingangstor erreiche. Zum Glück steht es offen.

Genau in diesem Moment fährt ein grüner VW-Bus vor. Es ist Sancho. Ohne weiter nachzudenken, stelle ich mich auf die Fahrbahn und winke ihm hektisch zu.

Kurz vor mir bringt Sancho den Van mit einer Vollbremsung zum Stehen.

Eilends reiße ich die Beifahrertür auf und steige ein.

„Fahr los!", herrsche ich ihn an, während ich die Tür schließe.

„Bist du lebensmüde?", tobt Sancho. „Ich hätte dich beinahe überfahren."

„Sorry, aber glaube mir ... lieber bin ich verletzt, als diesen irren Junggesellinnen ausgesetzt zu sein."

„Du bist vor Frauen geflohen? Seid ihr Amerikaner doch so prüde, wie man von euch erzählt?" Sancho kichert vor sich hin und fährt los.

Sagt man das echt?

„Also, ich bin es nicht. Aber das ist nicht das Thema ..."

„Stimmt! Ich möchte mich bei dir noch bedanken."

„Für was denn?", frage ich, denn ich habe keine Ahnung, was er meint.

„Das liegt doch klar auf der Hand. Was du für Sofia und Emily tun willst, das rechne ich dir hoch an."

„Du meinst, weil ich die Villa vor dem Immobilienhai retten will?"

„Genau das! Hast du ein Problem damit, wenn wir den Kerl zusammen plattmachen? Ich meine ... du ruinierst ihn finanziell und ich packe meine Fäuste aus."

„Das klingt nach einem guten Plan", sage ich und innere Schadenfreude kommt auf. Diesen Scheißkerl bringe ich so zu Fall, dass er nie wieder jemandem drohen kann.

***

Als ich aus Sanchos VW-Bus aussteige, setzt die Dunkelheit bereits ein. Ich gehe den kunstvoll gepflasterten Weg zur Finca entlang und wundere mich über die Stille. Nur das Singen der Zikaden ist zu hören.

Sobald ich am Pool ankomme, begreife ich, warum es hier so ruhig ist. Während Rick und Ian tief schlafend auf ihren Luftmatratzen dahindümpeln, belagern Oliver sowie Marc die Sonnenliegen. Wenn ich das Geschehen richtig beurteile, dann herrscht hier tatsächlich schon Nachtruhe. Im Gegensatz zu Madisons Barbies, die definitiv mehr Durchhaltevermögen zeigen. Doch wo ist Emily und der Rest der Jungs?

Ich folge dem Lichtkegel, der aus dem Inneren der Villa kommt und stolpere beim Betreten des Hauses über einen kleinen Teppich und danach beinahe über Steve, der im Vorraum anscheinend sein Nachtlager bezogen hat.

Heilige Scheiße!

Kopfschüttelnd gehe ich weiter und entdecke in der Küche Damian und Emily, die sich angeregt unterhalten und ab und zu zusammen über irgendetwas kichern. Als ich das sehe, bereitet sich eine gewisse Erleichterung in mir aus. So wie es aussieht, scheint es beiden gutzugehen.

„Wie lange willst du eigentlich noch dastehen und uns heimlich beobachten?", fragt Damian, ohne den Blick in meine Richtung zu wenden.

„Ich lass es dich wissen, sobald ich von dir genug habe", antworte ich. Natürlich meine ich das scherzhaft.

Außerdem gilt meine Aufmerksamkeit eher Emily. Sie scheint sich zu amüsieren, wenn ich ihr verschmitztes Grinsen richtig deute.

„Willst du auch ein Sandwich?", fragt sie und schenkt mir einen Blick, den ich als verlockend bezeichnen würde. Hoffentlich gilt er mir und ist nicht in Bezug auf das Sandwich zu verstehen.

Bevor ich ihr eine Antwort gebe, räuspere ich mich kurz und antworte ihr mit tiefer Stimme: „Sehr gern." Nach den heutigen leidenschaftlichen Küssen würde ich fast alles essen, was sie mir anbietet.

Langsam setze ich mich in Bewegung und je näher ich ihr komme, umso nervöser werde ich. Dass mein durch das Barbiedebakel gesunkener Hormonspiegel wieder steigt, zeigt mir, wie sehr mich diese Frau reizt.

Sobald ich neben ihr stehe, gebe ich ihr einen flüchtigen Kuss auf die Wange. Ich möchte, dass sie weiß, dass ich kein Problem damit habe, ihr meine Zuneigung auch vor meinen Freunden zu zeigen.

„Soll ich euch allein lassen?", fragt Damian.

„Was grinst du so blöd? Natürlich möchte ich später mit dieser wunderschönen Frau allein sein. Doch vorher reden wir über dich!"

„Dein Love-Interest hat mich schon aufgeklärt und ich habe bereits eine Entscheidung getroffen."

„Und? Erzählst du sie mir auch?"

„Du bist ganz schön neugierig." Damian grinst mich erst dümmlich an und beißt dann genüsslich in sein Sandwich.

„Das hat weniger mit Neugierde zu tun. Madison arbeitet für mich. Logischerweise beeinflusst eure Entscheidung auch mein Leben."

„Stimmt, du bist ja ein berühmter Rockstar. Nein, ernsthaft. Ich werde Madison heiraten und ich möchte unser Kind mit ihr großziehen. Mehr gibt es nicht zu sagen."

„Was habe ich verpasst? Woher kommt deine plötzliche Meinungsänderung?"

„Ich habe das Emily schon erzählt", sagt er und jetzt erfahre auch ich, warum er nur mit seiner Ex-Frau keine Kinder wollte.

„Das musst du dringend Madison erklären. Sie hat mir vorhin ihre Planung für ihre Zukunft offenbart und darin kommst du nicht vor." Ich erzähle ihm, was ich von Madison weiß und Damian ist sichtlich erfreut darüber.

„Sie vermisst ihre Eltern so sehr. Jetzt haben sie noch einen Grund, nach New York zu ziehen. Du siehst, alles wird gut." Damians Selbstzufriedenheit irritiert mich etwas.

Meint er es tatsächlich so?

„Und jetzt, ihr zwei Turteltauben, ziehe ich mich zurück und hole Schlaf nach. Ab morgen muss ich fit sein. Madison wird sich noch wundern." Mit dieser Ankündigung wendet er sich ab. Beim Hinausgehen ruft er uns noch zu: „Tut alles, was ich auch tun würde."

Ich hasse diesen dämlichen Spruch.

„Bist du dir sicher, dass er tatsächlich nüchtern ist?", frage ich Emily, die verlegen zur Seite schaut.

„Nein! Er ist komisch drauf."

„Das kann ich verstehen. Wenn Barbie zu mir sagen würde, ich bin schwanger von dir, dann kämen auch bei mir erhebliche Zweifel auf."

Emily fängt plötzlich an zu lachen und sagt: „Sie hat nur mit ihm telefoniert. Das Barbie-Outfit kennt er nicht."

„Ah. Jetzt verstehe ich es. Er darf sie auch nie so sehen, denn sonst überlegt er es sich noch einmal. Zumindest würde ich es tun."

„Glaubst du, die Hochzeit findet statt?" Emily stellt ihre Frage recht zögerlich.

„Du zweifelst daran?"

„Du nicht?"
„Wir lassen uns einfach überraschen", antworte ich. „Wechseln wir das Thema. Ich möchte keine Probleme mehr wälzen, sondern mit dir Zeit verbringen." Und diese so intim wie möglich, was ich für mich behalte. Das könnte sonst wie eine plumpe Anmache von ihr verstanden werden. Trotzdem wird mein Blick von ihren wohlgeschwungenen Lippen angezogen und automatisch habe ich das Bedürfnis, sie zu küssen.

Emily scheint meine Absicht zu ahnen, denn plötzlich tritt sie einen Schritt zurück und fragt: „Willst du jetzt noch ein Sandwich?"

„Nein! Mir reicht deine pure Anwesenheit", antworte ich.

„Du flirtest schon wieder mit mir", amüsiert sie sich.

„Wie kommst du denn darauf?" Ich gebe mich unschuldig.

„Dann ist alles gut. Ich brauche nämlich deine Hilfe. Ian und Rick dümpeln noch auf ihren Luftmatratzen im Pool herum. Das können wir nicht zulassen. Ich habe schon Damian gefragt, doch er will sich ihrer nicht annehmen."

„Okay. Ich finde, wir sollten sie zumindest an Land bringen."

„So sehe ich das auch. Na, dann los."

Emily will anscheinend sofort nach draußen stürmen, doch das möchte ich nicht. Ich bekomme sie gerade noch am Arm zu packen und ziehe sie ruckartig zu mir heran. Unsere Körper sind so eng aneinander gepresst, dass ich die Wölbungen ihrer Brüste durch mein T-Shirt spüren kann. Gleichzeitig umgibt mich der blumige Duft ihres Parfüms und diese zwei Komponenten reichen aus, um meinen Hormonhaushalt richtig in Wallung zu bringen. Das spüre ich bereits in meinen Shorts.

Emily scheint es ähnlich zu gehen, denn ihr Atem geht

schwer und ihre Lider flattern leicht. Ihre Augen haben sich in tiefes Blau verfärbt und ihre Lippen kommen den meinen verdammt nah. Die Spannung, die zwischen uns herrscht, hat etwas Magisches an sich. Ich habe keine andere Wahl, als sie erneut zu küssen.

Bevor meine Lippen die ihren berühren, streiche ich ihr liebevoll eine Haarsträhne aus dem Gesicht. Dann fasse ich in ihren Nacken und ziehe sie gefühlvoll zu mir heran. Wir sind nur Millimeter voneinander entfernt, als aus dem Vorraum ein lauter Knall zu hören ist.

Erschrocken fährt Emily herum und auch mir ist das Geräusch suspekt. Lange muss ich nicht überlegen, was passiert ist, denn das Fluchen von Steve ist nicht zu überhören. Allerdings fällt die Wortwahl recht kläglich aus, was wohl dem Alkohol zu verdanken ist.

„Ich bringe ihn auf sein Zimmer", sage ich. Doch zuvor gebe ich Emily einen flüchtigen Kuss auf den Mund und lasse sie los. Zu schade, dass wir gerade unterbrochen wurden. Doch das wird mich nicht daran hindern, einen erneuten Versuch zu starten.

***

Nachdem ich mühevoll Steve auf sein Zimmer gebracht habe, halte ich Ausschau nach Emily, denn im Wohnbereich ist sie nicht mehr.

Wo ist sie hin?

Das ungewöhnliche laute Plätschern im Pool macht mich stutzig.

Was ist dort los? Es wird doch nichts passiert sein?

Mit staksigen großen Schritten durchquere ich den Raum und muss aufpassen, dass ich nicht auf die am Boden liegenden Gegenstände trete. Sobald ich die Terrasse erreiche, bietet sich mir ein entzückender Anblick.

Emily verlässt gerade den Pool und ob ich es will oder nicht, mein Blick scannt ihren makellosen Körper ab, der nur mit einem roten Bikini bekleidet ist.
Halleluja!
„Was guckst du so entsetzt?", ruft sie mir zu und wickelt sich gleichzeitig in ein Badehandtuch ein. „Du siehst mich doch nicht zum ersten Mal in so einer Situation."
Das stimmt. Das Problem ist nur, dass ich sie heute Abend mit ganz anderen Augen betrachte als sonst am Strand, wenn wir alle zusammen surfen waren. Außerdem befand sie sich immer in Begleitung ihres Freundes und deshalb war sie unerreichbar für mich.
„Sorry …", stammle ich. „Meine Gedanken beschäftigen sich damit, was du um diese Uhrzeit im Pool willst."
Was ist das für eine idiotische Aussage.
„Ich sammle die Wasserleichen ein", antwortet sie. „Deine Aufgabe ist es, sie aus dem Wasser zu ziehen."
Habe ich Lust dazu?
Nein!
„Muss das sein?", nörgle ich. Mir steht der Sinn nach ganz was anderem.
Emily wirft mir einen kritischen Blick zu, der wohl bedeuten soll, dass sie keine Diskussion zulässt.
Wenn sie der Meinung ist.
Provokativ reiße ich mir mein T-Shirt über den Kopf und fummle – länger als nötig – an dem Knopf am Bund meiner Jeans herum. Mit Wohlwollen und einem selbstgefälligen Grinsen registriere ich, wie Emily mich mit ihren Blicken abscannt. Mit einer übertriebenen Geste ziehe ich meine Jeans aus und springe kopfüber ins Wasser.
Ich bin in meinem Element.
Das kühle Nass um mich herum bringt nicht nur meine

angestauten Hormone auf ein brauchbares Level, sondern beschert mir hoffentlich klare Gedanken.

Ich schwimme unter Wasser in Richtung der Luftmatratzen und tauche vor Emily wieder auf, die am Beckenrand sitzt. Ohne Vorwarnung schnelle ich hoch, greife nach ihrer Hand und zerre sie in das kühle Nass. Zusammen tauchen wir unter und liefern uns danach einen amüsanten Zweikampf, wobei wir vergessen, dass wir eigentlich nicht allein im Pool sind.

Ian ist wohl durch unser Herumtoben aufgewacht und lallt ungeniert los: „Verfluchte Scheiße. Was ist das für ein Seegang?"

Sekunden später kippt er zur Seite und ins Wasser.

Verdammt!

Ich sehe zu Emily und tausche mit ihr vielsagende Blicke aus. Sie scheint der gleichen Ansicht zu sein, dass wir nicht darauf warten, ob Ian von allein wieder an die Wasseroberfläche kommt. Gleichzeitig tauchen wir nach unten, greifen nach Ians Armen und schwimmen mit ihm zum Ausstieg des Pools.

„Hattest du etwa Angst, dass ich ersaufe?", sagt Ian und spuckt das versehentlich getrunkene Wasser wieder aus.

„Nicht doch!", antwortet Emily.

Plötzlich reißt Ian den Kopf zur Seite und sieht Emily entsetzt an. „Was machst du denn hier? Wieso sagt mir niemand, dass wir unser Küken an Bord haben?"

„Wo gibt es Küken?" Rick ist ebenfalls erwacht und versucht, sich auf der schaukelnden Luftmatratze aufzusetzen. Bevor er, wie Ian, unglücklich ins Wasser fällt, zerre ich ihn ins kühle Nass und halte ihn vorsichtshalber am Arm fest.

„Harper! Was bist du für ein Idiot. Weißt du, wie kalt das Wasser ist?", zetert er. Sein Alkoholspiegel scheint noch so hoch zu sein, dass er gar nicht begreift, dass ich mich in dem gleichen Element befinde wie er. Eine Antwort auf seine dumme Frage bekommt er nicht. Stattdessen helfe ich ihm aus dem Wasser. Jetzt ist auch mir kalt.

Emily hat mit Ian den Pool bereits verlassen und reicht mir zitternd eins von den noch trockenen Badehandtüchern. Sie so zu sehen, löst in mir erneut Emotionen aus, die ich so gar nicht mehr von mir kenne. Anstatt mich abzutrocknen, wickle ich sie in das Handtuch ein.

„Du wirst dich erkälten!", mahnt sie.

„Du klingst wie meine Mutter", sage ich. Gleichzeitig ziehe ich sie in meine Arme, drücke sie fest an mich und reibe ihr zusätzlich über den Rücken, damit es ihr wieder warm wird.

Mir reicht nur Emilys direkte Nähe und in mir beginnt es zu brodeln. Heiß. Sehr heiß. Das kalte Wasser hat mir nur vorübergehende Linderung verschafft.

Ian, der leicht schwankend neben uns steht, betrachtet uns skeptisch, während er versucht, sich umständlich abzutrocknen. Sekunden später brummt er irgendetwas vor sich hin und ich frage explizit nach, was er gesagt hat.

„Sucht euch ein Zimmer!", wiederholt er. „Diese erotischen Vibes um euch herum sind nicht auszuhalten."

Echt jetzt?
Ist das so?

Chapter 11

Emily

Logans liebevolle Geste und der Umstand, dass ich mich in seinen Armen befinde, vernebelt mir etwas die Sinne. So langsam beginne ich, an meinem Urteilsvermögen zu zweifeln.
Was mache ich hier?
„Ich muss nach Hause!", sage ich und befreie mich zögerlich aus seiner Umarmung. Seine direkte Nähe fühlt sich so gut an.
„Natürlich. Das verstehe ich. Aber ich begleite dich." Sein Tonfall lässt keine Widerrede zu.
Es wäre eine glatte Lüge, wenn ich seine Fürsorge nicht genießen würde. Allerdings lasse ich mir das nicht anmerken. „Jetzt übertreibe es nicht. Es sind nur ein paar Kilometer bis zur Villa meiner Tante. Außerdem fahre ich mit dem Auto."
„Darum geht es nicht, sondern um euren Rosenkavalier. Weißt du, was der Idiot in dieser Nacht oder in der nächsten Zeit noch plant?" Logan scheint tatsächlich besorgt zu sein.
„Willst du auf dem Grundstück Wache schieben?"

„Wenn es sein muss ...", sagt er. Ohne auf eine Antwort von mir zu warten, beginnt er, seine Kleidung aufzusammeln.

Ich erwische mich dabei, wie ich jede seiner Bewegungen genauestens beobachte. Das Anspannen seiner Oberarmmuskeln – als er plötzlich nach meinen Jeansshorts greift – bringt den Rhythmus meiner bis dahin gleichmäßigen Atmung leicht durcheinander. Ganz zu schweigen vom Anblick seines nackten, durchtrainierten Oberkörpers, der ein schlüpfriges Kopfkino bei mir auslöst.

Halleluja!

„Komm mit! Wir gehen uns umziehen!" Logan steht vor mir und ihm hängen einige nasse Haarsträhnen wirr ins Gesicht. In diesem Moment sieht er so sexy aus, dass ich ihn nicht nur leidenschaftlich küssen möchte.

Emily, mahne ich mich tonlos. *Benimm dich nicht wie ein brünstiges Weibchen.*

Allerdings gerät mein Plan in eine ordentliche Schieflage, als Logan nach meiner Hand greift und sie nicht wieder loslässt. Im Gegenteil. Er zieht mich einfach mit sich.

So leicht bin ich trotzdem nicht zu haben.

„Was wird das jetzt?", frage ich und stolpere ihm hinterher. Natürlich könnte ich mich losreißen, doch ich tue es nicht. Seine warme Hand fühlt sich so vertraut an.

„Ich bringe dich ins Haus. Du zitterst immer noch."

Echt?

Das ist mir gar nicht bewusst. Wahrscheinlich verhindert meine Paarungsbereitschaft die tatsächlichen Wahrnehmungen.

„Du zerrst mich hinter dir her wie ein Macho, der die gerade erbeutete devote Eroberung in seine Festung bringt", sage ich.

Logan bleibt abrupt stehen, dreht sich zu mir und fragt

entsetzt: „Emily! Was guckst du für Filme?"

Das willst du nicht wissen.

„Ähm ...", stottere ich, denn ich habe nicht mit so einer Reaktion von ihm gerechnet. „Davids Schwester hat mir mal so ein Buch ausgeliehen."

„Kein Wunder, dass eure Beziehung nicht klappen konnte ...", nuschelt Logan.

What?

„Spielst du dich jetzt als Beziehungstherapeut auf?"

„Sicher! Ich kann dir genau erklären, wie es nicht funktioniert. Darin bin ich Profi."

Das kann ich mittlerweile auch.

„Bist du jetzt bereit, dich von mir verschleppen zu lassen?", fragt er und grinst mich dümmlich an.

„Vielleicht sollten wir die Rollen tauschen", antworte ich. Wahrscheinlich lächle ich ihn genauso stumpfsinnig an wie er mich.

„Rollentausch? Emily. Du überraschst mich immer mehr."

Bevor ich jetzt eine schlüpfrige Bemerkung von mir gebe, deute ich ihm mit einer Kopfbewegung an, dass wir endlich in die Villa gehen, denn so langsam spüre ich die Kälte.

Logan kommt meiner Aufforderung ohne zu zögern nach. Warum auch immer ...

Sobald wir den Flur betreten, bewegen wir uns im Zickzackgang um das auf dem Boden liegende Chaos herum, wobei ich kein menschliches Wesen mehr dazwischen entdecken kann.

Haben es alle Herren tatsächlich in ihre Betten geschafft?

Diese Frage erübrigt sich, sobald wir vor der Tür stehen, die in Logans Zimmer führt. Zu meiner Paarungsbereitschaft gesellt sich eine unerklärliche Aufregung, die sich mit einem mulmigen Gefühl

abwechselt.
Geh da nicht rein, sagt meine innere Stimme.
„Ich warte hier!", platze ich schroff heraus, obwohl ich das gar nicht möchte.

Logan bedenkt mich mit einem verdutzten Blick und fragt: „Habe ich was falsch gemacht? Ich wollte uns nur trockene Kleidung besorgen ..."
Ich hasse meine innere Stimme.
„Deine Hosen passen mir aber nicht", sage ich schnell und setze ein falsches Lächeln auf.

„Das war zu befürchten. Deshalb wickle ich dich in einen meiner Hoodies ein, den du dir selbst aussuchen darfst."

„Du hast ja einen richtigen Plan", lobe ich ihn und meine das eher ironisch.

Logans lockere Stimmung kippt augenblicklich. Angespannt streicht er sich die nassen Haarsträhnen aus dem Gesicht und betrachtet mich missmutig.
Versteht er keinen Spaß mehr?
„Nein, Emily. Ich habe keinen Plan. Unser überraschendes Aufeinandertreffen hat alles verändert."

Er dreht sich weg, öffnet die Tür und verschwindet in seinem Zimmer.

Unschlüssig stehe ich da und habe keine Ahnung, ob ich ihm folgen soll oder nicht. Anderseits friert es mich mittlerweile und wenn ich mich nicht erkälten will, dann brauche ich dringend wärmere Kleidung.

Deshalb folge ich ihm zögerlich und bleibe mitten im Zimmer stehen. Außer einem Wäscheberg neben seinem Bett sieht es hier – im Gegensatz zum Rest des Hauses – sehr aufgeräumt aus. Die Tür zum Badezimmer steht einen Spalt offen und ich kann Logans Stimme hören. Er scheint zu telefonieren.

Diesen Umstand nutze ich aus. Logan hat meine Kleidung auf sein Bett gelegt. Ich schnappe mir meine

Shorts und ziehe mich hastig um. Kaum habe ich den Knopf an meiner Hose geschlossen, da höre ich Logan laut fluchen. „Fuck! Fuck! Fuck!"

Mit zornigem Gesichtsausdruck stürzt er halbnackt aus dem Bad und wirft mir einen bösen Blick zu.

„Was ist passiert?", frage ich instinktiv.

„Roxy ist auf dem Weg hierher!" Logans Ton ist alles andere als freundlich.

„Das ist doch schön", lüge ich. Gleichzeitig spüre ich einen Kloß im Hals. Ich möchte dieser Frau nicht begegnen.

„Nein! Ist es nicht! Wir hatten vor meiner Abreise einen heftigen Streit und sie wollte daraufhin eine Bedenkzeit, die ich für richtig hielt."

„Weiß sie das?"

Logan sieht mich an und sein Blick ist grimmig. Sehr grimmig.

Ich sollte schnellstens nach Hause fahren. „Meine Handtasche befindet sich noch unten im Wohnzimmer", sage ich. Eine bessere Ausrede, damit ich von hier flüchten kann, fällt mir gerade nicht ein.

Mein Gegenüber reagiert überhaupt nicht darauf, sondern wühlt stattdessen in seiner Reisetasche. Heraus holt er einen dunkelblauen Hoodie, den er mir ohne Vorwarnung zuwirft.

Damit habe ich nicht gerechnet und zusätzlich bin ich heute einfach zu ungeschickt, um ihn zu fangen. Jedenfalls landet das gute Stück auf meinem Kopf. Davon bin ich so genervt, dass ich ihn mir unwirsch runterziehe. „Den brauche ich nicht!", sage ich trotzig.

„Okay", sagt Logan.

Ohne auf meine Anwesenheit Rücksicht zu nehmen, zieht er sich die nassen Shorts aus.

Was wird das denn jetzt?

„Willst du mich provozieren?", frage ich und sehe auf

meine nackten Füße.

„Nein! Sorry! Ich habe gerade nicht nachgedacht. Deine Anwesenheit fühlt sich für mich so vertraut an …" Jetzt klingt er richtig niedergeschlagen.

Und ich verstehe gar nichts mehr.

Ich ziehe mir doch seinen Hoodie an, der sich weich und kuschelig anfühlt. Automatisch rieche ich an dem Stoff. Er duftet nach Waschmittel und Logans frischem Parfüm. Den behalte ich an.

***

Es ist fast Mitternacht, als wir zusammen bei Sofia ankommen. Logan wollte mich keinesfalls allein fahren lassen. Leider ist die Stimmungslage zwischen uns ziemlich angespannt. Ich traue mich nicht, ihn auf Roxy anzusprechen und er versucht, sich seinen Unmut nicht anmerken zu lassen. Deshalb betreiben wir Smalltalk, der für mich kaum zu ertragen ist.

Wie soll das jetzt zwischen uns funktionieren?

Ich parke direkt neben dem Auto meiner Tante. Bereits beim Aussteigen fällt mir auf, dass ein Scheibenwischer an ihrem Wagen verdächtig absteht. Es dauert nur Sekunden, bis mich ein beklemmendes Gefühl befällt.

Logan scheint ebenfalls eine Entdeckung gemacht zu haben, denn er geht um Sofias Auto herum und tritt gegen die Reifen. „Die sind alle vier zerstochen", sagt er.

Jetzt sehe ich es auch. Wie schrecklich. Sofia wird einen Wutanfall bekommen, wenn sie den Schaden bemerkt. „Steckt da irgendwo eine schwarze Rose?", frage ich.

Logan hebt den anderen Scheibenwischer an und hält anschließend eine schwarze Blume in der Hand. „Dieser Idiot will Krieg? Den kann er haben."

Jetzt habe ich ein wenig Angst.

„Komm, Emily. Wir gehen ins Haus." Logan reicht mir wie selbstverständlich seine Hand und ich bin froh über diese Geste, wie auch immer sie gemeint ist.

„Was ist mit meinem Auto? Also, es gehört nicht mir, sondern Sancho. Nicht, dass die Reifen auch noch zerstochen werden!"

„Dann wird der Krieg noch heftiger geführt", grollt Logan.

Was für ein Irrsinn!

Zu meiner großen Verwunderung ist auch heute die Eingangstür der Villa nicht abgeschlossen. Ich weiß, dass Sofia das nie macht. Allerdings wurde sie auch noch nie bedroht.

Zögerlich öffne ich die Tür und uns empfängt eine verdächtige Stille sowie Dunkelheit. Automatisch drücke ich, wohl aus Unsicherheit, Logans Hand fester.

Was ist, wenn sich dieser Irre bereits im Haus befindet?

„Gibt es hier kein Licht?", fragt Logan.

Als Antwort betätige ich den nächstbesten Schalter. Das grelle Licht blendet mich kurz und trotzdem erkenne ich die – scheinbar aus dem Nichts – auftauchende Person.

„Musst du mich so erschrecken?", herrsche ich Sofia an.

Logan scheint mit ihr gerechnet zu haben. „Du kannst das Küchenmesser, was du hinter deinem Rücken versteckst, wieder in die Schublade legen", sagt er und lächelt sie an.

„Ihr kommt spät!", murrt sie. Argwöhnisch betrachtet sie uns abwechselnd und natürlich bemerkt sie, dass wir uns an der Hand halten. Zu meiner Erleichterung verkneift sie sich einen überflüssigen Kommentar und schnaubt stattdessen.

Ich weiß selbst, wie widersprüchlich mein Handeln ist. Heute früh bin ich noch vor Logan geflüchtet und Stunden später tauche ich mit ihm Händchen haltend wieder auf. Ich bin mir sicher, dass bei vielen Menschen Zweifel über meine Zurechnungsfähigkeit aufkommen. Mich eingeschlossen.

„Gut. Dann kann ich wieder schlafen gehen", sagt Sofia. „Solltet ihr Kondome brauchen, dann findet ihr welche in meinem Badezimmer."

Das hat sie nicht wirklich gesagt.

Peinlich berührt werfe ich ihr einen bösen Blick zu.

Logan dagegen amüsiert sich prächtig. „Jetzt gibt es noch einen Grund mehr, dieses Haus zu kaufen, denn es beinhaltet tatsächlich die ultimative Vollausstattung."

„Vergiss mich dabei nicht!" Sofia versucht, lustig zu sein, aber ich kenne sie und weiß, dass sie es nicht ist. Wie auch?

„Du kannst dich auf mich verlassen!", sagt er mit fester Stimme.

In diesem Moment vertraue ich ihm.
Warum eigentlich?

„Ich möchte nicht, dass das immer wieder zu einem Thema zwischen uns wird", fährt er fort. „Die für die Abwicklung des Verkaufs erforderliche Kavallerie ist bereits im Anmarsch und wird in wenigen Stunden eintreffen. Wir sollten uns noch etwas Schlaf gönnen. Ich werde im Wohnbereich bleiben und sollte dieser Idiot noch mehr Unfug treiben, dann schnappe ich ihn mir sofort …"

„Was heißt … noch mehr?" Sofia zieht die Stirn kraus.

„Dein Auto …", sagt Logan zögerlich.

„Du meinst die zerstochenen Reifen und die Rose?"

„Ja!"

„Das war ich! Sollte dieser Mistkerl hier tatsächlich auftauchen, dann wird er sich wundern. Ich mache ihm Konkurrenz!"

Ernsthaft?

Jetzt beginne ich zu zweifeln. „Du willst uns tatsächlich glauben lassen, dass du die Reifen zerstochen hast?", frage ich und bin aufgebracht.

„Liebes! Jetzt rege dich nicht auf. Ich weiß, was ich tue. Das ist alles mit Sancho abgesprochen. Ich brauche sowieso neue Reifen, da meine total abgefahren sind ..."

„Respekt!", lobt Logan. „Wir sind definitiv auf deine List reingefallen."

„Dann kann ich jetzt beruhigt schlafen gehen", frohlockt Sofia.

Ich hingegen bin sprachlos. Total. Innerlich feiere ich meine Tante für ihre Courage.

Chapter 12

Logan

Es ist 6 Uhr morgens. Das ist nicht meine Zeit, um aufzustehen. Mühevoll quäle ich mich von der Couch hoch. Dass ich mich freiwillig hierher und nicht in Emilys Bett begeben habe, rechne ich mir selbst hoch an. Früher hätte ich diese süße Frucht definitiv vernascht. Doch Emily ist viel zu schade für irgendwelche Spielchen und deshalb belasse ich es vorläufig bei unseren heißen und leidenschaftlichen Küssen. Trotzdem denke ich an Sex mit ihr und nur das lässt meinen Hormonspiegel mächtig steigen. Eine kalte Dusche wäre angebracht. Dringend. Sehr dringend.

Ich hole mir aus meiner mitgebrachten Tasche meinen Kulturbeutel heraus und schlurfe mit ihm unterm Arm in das Badezimmer, was sich im Erdgeschoss befindet. Beim Betreten fällt mein Blick auf die große Eckbadewanne, doch eine Dusche ist hier nicht vorhanden.

Wie blöd.

Jetzt muss ich doch ins Obergeschoss. Allerdings habe ich keine Ahnung mehr, hinter welcher Tür sich wessen Zimmer befindet. Emily hat mir das diese Nacht zwar ausführlich erklärt, aber ich habe ihr ehrlicherweise kaum zugehört. Nicht, weil es mich nicht interessiert hat, sondern weil ich nur Augen für sie hatte. Mein Blick klebte förmlich an ihren wohlgeformten Lippen und ich bin mir sicher, dass sie es bemerkt hat. Dennoch mied sie meine direkte Nähe, was mich noch mehr reizte. Ich mag Frauen, die mir klar ihre Grenzen aufzeigen. Deshalb verliebte ich mich damals auch in Roxy. Sie hielt mich bewusst auf Abstand und umso mehr wollte ich sie. Leider hat sie ihre Taktik geändert und damit komme ich überhaupt nicht klar. Natürlich ist es auch für einen Mann schön zu spüren, dass man begehrt wird. Aber wenn man überhaupt keine Chance mehr bekommt, selbst zu jagen, dann wird es langweilig und in meinem Fall sogar nervig.

Innerlich bin ich sehr ungehalten über Roxys plötzliches Auftauchen, so dass ich diese Nacht tatsächlich über eine Trennung nachgedacht habe. Egal, wie schön ich mir unsere Beziehung rede, in Wirklichkeit ist sie eine Farce. Ich weiß, dass ich mir definitiv etwas vormache. Das ist mir allerdings erst durch das erneute Zusammentreffen mit Emily so richtig bewusst geworden. Wahrscheinlich bin ich bis jetzt zu bequem gewesen, etwas zu ändern. Unsere Trennung würde wohl einen riesigen Medienhype verursachen, den ich wahrscheinlich bis jetzt gescheut habe.

Auch das werde ich überstehen.

Euphorisch öffne ich die nächstbeste Zimmertür und trete ein. Dabei fällt mein Blick auf das zerwühlte Bett.

Ups. Ich bin im falschen Zimmer.

Blitzartig wende ich mich ab und will zur Tür hinausstürmen, als ich eine mir vertraute Stimme höre.

„Logan?"

Fuck!

Ich kann mich jetzt nicht umdrehen. Was soll Emily von mir denken, wenn ich frühmorgens mit einer Beule in der Hose einfach in ihr Zimmer stürme?

„Was machst du hier?", fragt sie.

„Guten Morgen. Sorry, ich wollte duschen und habe das Zimmer verwechselt." Das ist nicht gelogen.

„Oh. Du bist früh wach", sagt sie und ihre Stimme klingt kehlig.

Warum das denn?

Zwangsläufig drehe ich mich um und achte dabei darauf, dass ich meinen Kulturbeutel vor meine Unterhose halte.

Der Anblick von Emily erschreckt mich. Sie steht mitten im Raum mit nassen Haaren und in ein Badehandtuch gewickelt. Auf mich wirkt sie niedergeschlagen und traurig. Hat sie geweint?

„Geht es dir gut?", frage ich.

„Nein! Aber das ist mein Problem. Was ist mit dir?"

„Ich bin ziemlich durcheinander und muss heute einige Dinge klären. Trotzdem möchte ich wissen, warum du so traurig bist." Ich sehe Emily an und sofort kämpft sie gegen ihre Tränen an.

Automatisch habe ich das Bedürfnis, sie in meine Arme zu nehmen. Emily scheint es zu ahnen, denn sie gibt mir mit einem Handzeichen zu verstehen, dass ich mich nicht von der Stelle bewegen soll.

Natürlich komme ich ihrer Bitte nach – sonst wäre ich auch enttarnt worden – und gleichzeitig spüre ich einen Druck in der Magengrube. Ich ahne, was sie vorhat.

„Logan! Ich werde die nächsten Tage zu Sancho ziehen. So stehe ich dir nicht im Weg ..."

Ich wusste es.

„Ernsthaft? Rennst du erneut weg?"

„Ich kann es nicht ertragen, dich mit Roxy zu sehen."

„Und ich ertrage es nicht, dass du erneut Entscheidungen triffst, die uns beide betreffen."

„Das stimmt nicht!"

„Ich wollte dich als mein Date zur Hochzeit von Miranda mitnehmen. Zu dieser Zeit gab es schon Roxy und trotzdem habe ich dich gefragt. Mittlerweile weiß ich, dass dein Antrag nur erfunden war. Ganz zu schweigen von dem Umzug hierher. Wenn es kompliziert wird, haust du ab!"

„Weißt du denn, was ich möchte?", fragt Emily schroff.

„Nein! Du gibst mir keine Chance, es herauszufinden!", antworte ich in derselben aggressiven Tonlage.

„Ich will eine Familie", sagt sie und klingt ein bisschen trotzig.

„Ja! Das habe ich mir gedacht. Und wo liegt jetzt das Problem? Impotent bin ich noch nicht, falls du dir darüber Sorgen machst ..." Mein Hormonspiegel ist durch unsere Diskussion in den letzten Minuten fast zum Erliegen gekommen, aber dies ist nur eine Momentaufnahme.

„Das war nicht zu übersehen", sagt Emily. Jetzt grinst sie mich tatsächlich frech an.

Peinlich.

„Tut mir leid und ich hoffe, du ziehst daraus keine falschen Schlüsse. Ich war wirklich auf der Suche nach einer Dusche."

„Jetzt enttäusche mich nicht", sagt sie leise. Dabei sieht sie mich lasziv fordernd an und dieser Blick bewirkt, dass es in meinen Shorts wieder zu mehr Bewegung kommt.

Das ist doch nicht normal.

„Emily! Du treibst mich in den Wahnsinn!", rufe ich lautstark.

Plötzlich sagt eine rauchige Stimme neben mir: „Da bist du nicht der Einzige. Sind die Kondome alle oder warum macht ihr um diese Uhrzeit so einen Lärm?"

Sofia sieht mich vorwurfsvoll an und danach wandert

ihr Blick weiter zu Emily.

„Das war nicht das Thema", antwortet diese.

„Sondern?" Sofia scheint auf eine Erklärung zu pochen.

Für einen Moment überlege ich, ob ich meine Meinung kundtun soll. Doch Emily kommt mir zuvor.

„Es ist alles so kompliziert", sagt sie und klingt wehmütig dabei.

„Findest du?", sagt Sofia zu mir, ohne auf Emily zu achten.

„Nein!", antworte ich spontan. „Außerdem mag ich es kompliziert. Alles andere würde mich langweilen."

„Du gefällst mir", sagt Sofia und nickt mir zu. „Und jetzt nutzt endlich die Kondome. Danach wisst ihr, was ihr wirklich wollt!"

***

Nur zu gern wäre ich Sofias Ratschlag nachgekommen, wenn die Umstände uns mehr Zeit verschafft hätten. Kurz nach ihrer gutgemeinten Empfehlung offenbarte sie uns, dass Sancho bereits unterwegs ist, um die Kavallerie vom Flughafen abzuholen.

„Das sagst du uns erst jetzt?", ereifert sich Emily.

„Ich dachte, ihr wüsstet es schon." Sofia bedenkt uns mit einem schwer zu deutenden Blick, der hoffentlich ein wenig Mitleid beinhaltet.

Bei dem Gedanken daran, dass ich gleich auf Roxy treffe, fällt mein Hormonspiegel ins Bodenlose und zusätzlich spüre ich eine aufsteigende Abneigung gegen sie. Ich bin gespannt, welche Gefühle ich empfinde, wenn sie vor mir steht.

Emily bietet mir in der Eile an, dass ich ihr Badezimmer benutzen kann. Bevor ich es betrete, sage ich zu ihr: „Ich werde uns nicht aufgeben. Egal, was auch passieren wird!"

Anstatt mir zu antworten, steht sie schweigend da und ich merke, wie sie mit den Tränen kämpft. In diesem Moment plagt mich das schlechte Gewissen, weil ich sie in so eine schwierige emotionale Situation gebracht habe. Ich hoffe, dass ich es eines Tages wieder gutmachen kann.

Mit diesem Gedanken schließe ich die Tür hinter mir und beginne mit meiner Morgenroutine im Bad.

Kaum, dass ich fertig bin, höre ich durch das geöffnete Fenster den heranfahrenden knatternden VW-Bus von Sancho. In Windeseile schlüpfe ich in meine Shorts, schmeiße alles in meinen Kulturbeutel und verlasse fluchtartig das Bad. Unten im Wohnzimmer ziehe ich meine Jeans an und zerre mir ein frisches T-Shirt über den Kopf. Dass meine Haare noch nass sind, stört mich keineswegs.

Genau in diesem Moment parkt Sancho den Wagen und danach herrscht draußen wieder Stille. Für mich fühlt sich das wie die Ruhe vor dem Sturm an.

„Willst du deine Kavallerie nicht empfangen?" Sofia steht unweit von mir und ich habe keine Ahnung, wie lange schon.

Hat sie mich heimlich beobachtet?

„Was für eine beschissene Situation", fluche ich, denn danach ist es mir.

„Es wird alles gut. Pass bitte auf Emily auf. Sie darf nicht zur Verliererin werden. Das lasse ich nicht zu!"

Ich auch nicht!

„Versprochen!", antworte ich.

Mit einem kaum definierbaren Gefühl im Bauch verlasse ich die Villa. Die Sonne scheint es heute gut mit mir zu meinen, denn diese empfängt mich mit ihren warmen Strahlen.

Wenigstens das funktioniert!

Nur schwerfällig bewege ich mich und in meinem

Kopf herrscht das pure Durcheinander. Ich habe keine Ahnung, wie ich Roxy jetzt entgegentreten soll. Mir widerstrebt es sogar, ihr einen Kuss zur Begrüßung zu geben.
Wenn das kein Zeichen ist?
Ich zwinge mich zu einer aufrechten Körperhaltung, atme tief durch und marschiere los. Weit gehen muss ich nicht, denn Sancho parkt direkt neben dem Auto von Sofia.
Mein Vater ist bereits ausgestiegen und nimmt tatsächlich eine Inspektion der zerstochenen Reifen vor.
Ich glaube es nicht.
„Was ist denn hier passiert?", ruft er und schüttelt verständnislos den Kopf.
Meine Mutter hingegen reagiert nicht darauf und kümmert sich stattdessen um das Gepäck, worin sie von Amanda und Mrs. Perkins tatkräftig unterstützt wird.
Doch wo ist Roxy?
„Willkommen auf Ibiza", sage ich laut und breite überschwänglich meine Arme zur Begrüßung aus.
„Hallo, mein Schatz", antwortet meine Mutter, die sich allerdings bei ihrer Gepäcksortierung nicht unterbrechen lässt.
Mein Vater hingegen verpasst mir eine herzliche Umarmung und möchte sofort wissen, was es mit den zerstochenen Reifen auf sich hat.
„Ich erzähle es dir später", sage ich. Dann wende ich mich Mrs. Perkins zu, die mich stürmisch begrüßt.
„Dieses kleine Schätzchen willst du kaufen?", sagt sie und schielt auf das Gebäude hinter uns.
„Du kennst den Grund dafür."
„Natürlich!", sagt sie und kichert dabei. „Und wo ist die holde Prinzessin? Hast du sie schon aus dem Turm befreit oder muss sie dort noch auf ihre Rettung warten?"
„Was hat dir die Flugbegleiterin zu trinken gege-

ben?", frage ich. „Außerdem ... würdest du Emily bitte nicht vor Roxy erwähnen ..."

Mrs. Perkins sieht mich an und neigt den Kopf zur Seite. Sie öffnet ihren Mund und will wohl gerade etwas sagen, als Amanda mir förmlich um den Hals fällt. Zusätzlich drückt sie mich mütterlich. „Du siehst gut aus", sagt sie und klingt erleichtert.

Okay.

„Hattest du Angst, dass ich dem Alkohol verfalle, oder warum ist deine Stimmung so getrübt?"

Anstatt einer Antwort streichelt sie mir flüchtig über den Arm.

Die Gute ist heute ein bisschen komisch.

Und wo ist Roxy? Ich kann sie nirgends sehen.

„Wen suchst du?", fragt meine Mutter, die sich nun zu einer persönlichen Begrüßung in meine unmittelbare Nähe begibt.

„Roxy!", antworte ich und gebe meiner Mutter einen Kuss auf die Wange.

„Wo soll sie sein?"

„Mum! Ich hasse dieses Versteckspiel. Das weißt du. Also, wo ist sie? Sag ihr bitte, dass sie mit dem Kinderkram aufhören soll!"

Meine Mutter betrachtet erst mich skeptisch, bevor sie meinen Vater sowie Amanda und Mrs. Perkins ansieht. „Was habe ich verpasst?"

„Ich weiß auch nicht, was unser Sohn meint ..."

Echt jetzt?

„Roxy hat mir gestern noch eine Nachricht geschrieben, dass sie mit euch nach Ibiza fliegt. Jetzt frage ich zum letzten Mal. Wo ist sie?"

Leider erhalte ich darauf keine Antwort, sondern ich werde nur mitleidig betrachtet. „Ist ihr etwas zugestoßen?"

„Danach sieht es nicht aus", sagt meine Mutter mit

ironischem Unterton. „Um deine Frage nach ihrem Verbleib zu beantworten, mein lieber Sohn ... sie hat sich bei keinem von uns gemeldet. Allerdings verwundert mich die Nachricht schon ..."

„Das passt aber zu der gestrigen Aktion", sagt Amanda.

Welche Aktion?

„Geht das alles etwas genauer?", bitte ich, denn im Moment verstehe ich gar nichts.

„Hast du in den letzten Stunden deinen Instagram-Account gecheckt?", fragt mich Amanda.

„Nein! Ich hatte Besseres zu tun. Außerdem musste ich auch mal schlafen."

Amanda verzieht bei meiner patzigen Antwort das Gesicht zu einer undefinierbaren Grimasse. Dann holt sie ihr iPhone aus ihrer Handtasche, entsperrt es und zwei Atemzüge später zeigt sie mir ein Foto, auf dem eine Frauenhand mit einem Ring am Finger zu sehen ist.

„Und?", frage ich, weil ich keine Ahnung habe, zu was das gut sein soll.

„Sieh genau hin!", fordern Amanda und meine Mutter gleichzeitig.

Genervt betrachte ich das Foto erneut und dieses Mal verstehe ich deren Aufregung. „Das ist jetzt nicht wahr, oder?", röchle ich und entreiße Amanda ihr iPhone, um das Foto auf Roxys Instagram-Account genauer ansehen zu können. „Wie in aller Welt hat sie es geschafft, dass sie meinen Verlobungsring von damals an ihren Finger stecken kann? Er war ihr zu klein geworden, deshalb trug sie ihn als Anhänger an einer Kette."

„Hast du ihren Beitrag dazu gelesen?", will Amanda wissen.

Nein. Ich möchte das auch nicht.

Trotzdem lese ich die kurze Botschaft und es ist verdammt lange her, dass mich jemand so geschockt hat.

Tatsächlich steht unter dem Foto: Ich bin so glücklich. Netterweise hat mich Roxy markiert und so sieht es aus, als wären wir erneut verlobt.

„Deine Fangemeinde flippt vor Freude aus", brummt Amanda.

Schön für sie. Ich verstehe gerade die Welt nicht mehr.

„Können wir eventuell in der Prinzessinnen-Villa weiterreden?", fragt Mrs. Perkins. „Hier in der Sonne ist es mir zu warm. Ich bin viel zu dick angezogen."

Wenn sie keine anderen Probleme hat ...

Ich fühle mich wie nach einer durchzechten Nacht, in der nicht nur reichlich Alkohol, sondern auch harte Drogen konsumiert wurden. Der Morgen danach ist ein Albtraum und die Realität kaum auszuhalten.

Deshalb bemerke ich erst durch Mrs. Perkins freudiges Glucksen, dass in meiner Gegenwart eine herzliche Begrüßung von Emily und Sofia stattfindet.

Mir ist nicht nach Feiern zumute und deshalb trete ich ein Stück zur Seite. Ich brauche einen Moment, um meine Gedanken zu sortieren.

Warum schreibt mir Roxy eine Nachricht, dass sie mit der Kavallerie hierher fliegt, was sich nun als glatte Lüge entpuppt? Zusätzlich besitzt sie die Dreistigkeit – wie auch immer sie den Ring passend bekommen hat – und verkündet ohne meine Zustimmung unsere Verlobung im Internet. Damit täuscht sie nicht nur Millionen von Followern und letztendlich auch Fans, sondern auch mich. Wenn es nicht Amandas iPhone wäre, würde ich es jetzt vor Wut in den Swimmingpool werfen. So hat mich noch niemand vorgeführt. Bin ich zornig. So richtig zornig.

Wutentbrannt drehe ich mich um und renne dabei beinahe Emily um. Ich kann sie gerade noch auffangen, bevor sie hinfällt. „Sorry!", sage ich und drücke sie fest an mich.

„Es ist nichts passiert", nuschelt sie. Durch den Stoff

meines T-Shirts spüre ich ihren warmen Atem auf meiner Haut. Allein nur das verursacht ein leichtes Kribbeln im Bauch.
Das ist nicht normal.
„Soll ich dir jetzt gratulieren?", fragt sie und versucht, sich aus meinen Armen zu winden.
„Nicht weggehen!", flüstere ich ihr zu und küsse sie auf die Stirn. Dass dies meine Eltern sowie der Rest der Kavallerie sieht, ist mir völlig egal. Im Gegenteil. Allerdings möchte ich Emily nicht in eine Zwangslage bringen und werde mich dementsprechend fair ihr gegenüber verhalten.

***

Mittlerweile haben wir uns zu einer Krisensitzung auf der überdachten Außenterrasse bei einem üppigen Frühstück eingefunden. Ich habe keine Ahnung, wie Sofia und Emily das so schnell organisieren konnten. Entweder lebe ich in einer Bubble und bekomme nichts mehr mit oder man erledigt Dinge hinter meinem Rücken. Eine Verlobung zum Beispiel. Das macht mich immer noch fassungslos und wütend.

Theoretisch hätte ich Roxy am Telefon zur Rede stellen müssen, aber ich habe null Ambitionen, mich bei ihr zu melden. Wer mich so hintergeht, der hat das Recht auf mich verwirkt.

„Wir brauchen jetzt einen vernünftigen Schlacht-plan", werfe ich in die Runde.

„Du weißt noch nicht alles", sagt meine Mutter. Dass nach ihren eindringlichen Worten plötzlich Stille am Tisch herrscht, lässt auf noch mehr Drama hoffen.

„Täuscht Roxy vielleicht eine Schwangerschaft vor?", werfe ich sarkastisch ein.

„Nein!", erhalte ich von meiner Mutter als Antwort.

Glück gehabt!
„Okay. Ich weiß nicht, was noch auf mich zukommt. Bevor ich ganz die Fassung verliere, würde ich gern über das Posting von Roxy auf Instagram sprechen. Gibt es eine Möglichkeit, ihren Account löschen zu lassen? Ich möchte nicht, dass diese Lüge durch das Internet kursiert", sage ich.

„Zu spät!", antwortet Emily. Sie zeigt mir auf dem Display ihres iPhones einen Artikel aus einem weltbekannten Schmierblatt.

Wie schnell sind diese Schmuddel-Journalisten denn?
„Trotzdem! Ich will, dass dieses Posting verschwindet!"

„Logan! So einfach ist das nicht", sagt Amanda. „Du hast nur zehn Millionen Follower. Für Instagram ist das noch keinen Luftsprung wert ..."

„Das interessiert mich nicht! Mum! Was sagen deine *Bluthunde*?"

„Eine Menge. Aber es war dein Vater, der nur einen Anruf tätigen musste. Sobald du deine Zustimmung gibst, wird die Sache innerhalb von Minuten bereinigt."

Wie jetzt?
Automatisch sehe ich meinen Vater an und zucke mit den Schultern. „Was habe ich verpasst?"

„Nichts!", antwortet er und lacht kurz auf. „Kannst du dich noch daran erinnern, dass wir vor zwei Jahren für ein Vorstandsmitglied von Meta Umbaupläne für eine Penthouse-Wohnung in Manhattan entworfen haben?"

Es dauert wirklich nur ein paar Sekunden und mir fällt dieser geheime Deal zwischen meinem Vater und einem Mr. Jones – dessen Name nicht der Wahrheit entsprach – wieder ein. Eingezogen in das luxuriös ausgestattete Apartment ist weder er noch seine Ehefrau, sondern ein junges Model, das kurz zuvor ihren achtzehnten Geburtstag gefeiert hat. Damals mussten wir alle eine

Verschwiegenheitserklärung unterschreiben, die es in sich hatte.

„Und genau dieser Mann ist mir noch einen Gefallen schuldig", sagt mein Vater mit Vieldeutigkeit in der Stimme. „Unsere Anwälte haben schon das passende Schreiben aufgesetzt. Es muss nur noch abgeschickt werden."

„Auf was wartet ihr noch?", frage ich mit Unverständnis.

„Logan! Wir konnten nicht eher reagieren, weil wir erst von der Neuigkeit erfuhren, als wir bereits im Flugzeug saßen. Zusätzlich mussten wir auf die Zeitverschiebung achten und außerdem wollten wir es von dir persönlich erfahren, ob dieses Posting der Wahrheit entspricht oder nicht", sagt meine Mutter und bedenkt mich mit einem fragwürdigen Blick.

„Du scherzt gerade", kontere ich.

„Nein! Danach ist mir nicht. Die ... sagen wir ... Unannehmlichkeit ... ist mit dem Löschen des Accounts noch nicht erledigt!"

„Was kommt denn noch?", frage ich aufgebracht.

Meine Mutter sucht den Blick zu meinem Vater und dieser nickt ihr verstohlen zu.

„Dass dieses Gespräch hier streng vertraulich ist, muss ich nicht extra erwähnen, oder?", fragt meine Mutter und sieht dabei in die Runde.

„Also, ich kann auch gehen", bietet Sofia an.

„Ich auch!", pflichtet ihr Emily bei.

„Nein! Es betrifft euch ebenfalls." Meine Mutter betrachtet beide und hat dabei eine ernste Mimik aufgesetzt.

„Was haben Emily und Sofia mit Roxys Machenschaften zu tun?", werfe ich energisch ein.

Meine Mutter presst ihre Lippen aufeinander und dies tut sie meistens nur, wenn sie unangenehme Nachrichten verkünden muss. „Wir wissen es noch nicht zu einhundert Prozent, aber anscheinend steckt sie und dieser Frank … ihr angeblicher Ex-Freund, hinter der Drohung, die Sofia erhalten hat."

Das glaube ich jetzt nicht. „Mum! Jetzt übertreibst du!"

„Deine Mutter läuft gerade zur Hochform auf. Du solltest sie jetzt nicht unterbrechen", warnt mein Vater und zwinkert mir zu. Dazu setzt er eine verschwörerische Mimik auf. Ich bin jetzt schon bedient und habe eigentlich keine Lust mehr, ihr zuzuhören.

„Erinnerst du dich noch daran, als diese Fotos von dir und Emily letztes Jahr durch diesen Privatdetektiv entstanden sind?"

„Was ist das denn für eine Frage? Natürlich. Es war doch dieser Frank, der sie in Auftrag gegeben hat. Und weiter?"

„Ich war damals schon skeptisch, aber ich ließ es vorerst auf sich beruhen. Erst als mich Emily wegen der schwarzen Rosen um Hilfe bat, schickte ich einen vertraulichen Detektiv unserer Kanzlei los und es dauerte nicht lange und dieser Frank war erneut ein Thema. Vor drei Wochen erhielt ich Fotos, auf denen Roxy und dieser Mann zusammen in einem Café sitzen."

Als ich das höre, will ich meine Mutter unterbrechen, doch sie gibt mir mit einem Handzeichen zu verstehen, dass ich es unterlassen soll.

„Das muss jetzt nichts bedeuten", fährt sie fort, „doch ein wenig Vorsicht hat noch nie geschadet. Ich ließ Roxys Finanzen überprüfen und unsere Anwälte fanden heraus, dass sie an dem Tag nach ihrem Treffen zwanzigtausend Dollar auf ein Konto in der Schweiz überwiesen hat."

Jetzt kann ich nicht anders und muss einschreiten.

„Mum! Das kann nicht sein. Roxy besitzt diese finanziellen Mittel nicht!"

„Das stimmt. Sie nicht. Deshalb liegt der Gedanke nah, dass sie Unterstützung hat und genau von dem besagten Frank. Er spekuliert an der Börse mit hochwertigen Immobilien. Es dauert nur noch Stunden, bis ich dir den Beweis dafür erbringen kann."

Hat sie jetzt Immobilien gesagt?

„Okay und Wow. Nehmen wir einmal an, dass du mit deinen Recherchen recht hast. Dieser Frank ... er spekuliert mit Immobilien, richtig?"

„Das ist richtig!"

„Wo? Auch hier auf Ibiza?"

„Ja. Laut den Verbindungsdaten von seinem Telefonanbieter pflegt er regelmäßigen Kontakt zu einem gewissen Alvaro Rodriguez ..."

Emily schreit plötzlich los: „So heißt doch dieser arrogante Schnösel, der dich gestern in deiner Boutique bedroht hat, oder?" Sie sieht zu Sofia, die mit zusammengekniffener Miene eine Papierserviette zerpflückt.

Das ist jetzt nicht wahr!

Mrs. Perkins, die sich die gesamte Zeit über mit Äußerungen zurückgehalten hat, meldet sich nun zu Wort. „Wenn ich die gerade gehörten Ausführungen richtig verstanden habe, dann versucht wohl Roxy mit allen Mitteln, ihre Konkurrentin auszuschalten. Sie weiß ganz genau, wer Emily ist und dass du sie über ein Jahr lang schon suchst. Roxy ist besessen von dir und sie würde fast alles tun, um dich an sie zu binden. Dass sie allerdings so weit geht, ist schwer begreiflich."

Bin ich wirklich so naiv gewesen und habe nichts bemerkt?

„Einige Dinge machen nun Sinn", sage ich. „Jetzt verstehe ich, warum ich auch Amanda entlassen sollte ..."

„Wie bitte? Das höre ich heute zum ersten Mal", empört sich diese.

„Ich war schon immer Team Emily", sagt Mrs. Perkins

mit Nachdruck zu ihrer Schwester.

„Ist ja gut!", antwortet Amanda und man merkt ihr an, dass sie schockiert ist.

„Sobald wir nachweisen können, dass dieser Alvaro Rodriguez hier auf Ibiza Zugriff auf das Schweizer Bankkonto hat, wissen wir genau Bescheid. Dann können wir entsprechend handeln", erklärt meine Mutter.

Das glaube ich alles nicht!

Chapter 13

Emily

Ich brauche eine Auszeit! Unter einer fadenscheinigen Ausrede verlasse ich den Frühstückstisch und stürme hinauf in meinen Prinzessinnenturm. Wie früher setze ich mich ans Fenster und mein Blick schweift in die Ferne auf das weite Meer hinaus. Ich brauche diese Ruhe, um das eben Gehörte zu verarbeiten, denn ich bin einfach fassungslos, dass ein Mensch aus Eifersucht zu solch einer Schandtat bereit ist. Nicht selten resultieren daraus sogar Tötungsdelikte.

Auch wenn Logans Eltern noch auf den endgültigen Beweis für Roxys Vergehen warten, so wissen wir doch alle, dass die Vermutungen wohl der Wahrheit entsprechen. Jetzt verstehe ich die Warnung von Madison ein wenig besser und trotzdem wundere ich mich, dass sie Logan gegenüber viele Dinge verschwiegen hat. Ich mag gar nicht darüber nachdenken, wie er sich fühlen muss. Wenn es tatsächlich stimmt, dann hintergeht Roxy ihn seit ihrem erneuten Kennenlernen und das ist weit über ein Jahr her.

Wie schrecklich.

Allerdings habe ich nicht erwartet, dass ich so schnell die wahre Macht der Familie Harper in der Realität erleben darf. Dieses Konstrukt scheint reibungslos zu funktionieren und mittlerweile glaube ich, dass sie sogar Beziehungen ins Weiße Haus und darüber hinaus haben.

Doch wie gehe ich damit um und welche Rolle spielt das im Umgang mit Logan?

Ich stamme aus einfachen Verhältnissen und ohne die finanzielle Unterstützung von Sofia wäre ich nie in der Lage gewesen, eine Ausbildung in New York zu absolvieren. Die Boutique in den Hamptons konnte ich mir nur leisten, weil meine Mutter mir ein überschaubares Erbe hinterlassen hat, welches schnell aufgebraucht war.

Logan hingegen hatte nie finanzielle Sorgen. Ihm bedeutet Geld nicht viel, aber er kennt auch kein Leben in Nöten. Zudem habe ich den Eindruck, dass er noch gern die Verantwortung an seine Eltern abgibt. Doch irgendwann wird auch er diese enorme Macht besitzen und dieser Gedanke bereitet mir Unbehagen.

In meinen Träumen stellte ich mir unendlich viele Male vor, wie unsere gemeinsame Zukunft aussehen könnte. Doch wenn ich ehrlich bin, spielte darin Macht keine Rolle. Ich sah uns als verliebtes Pärchen um die Welt reisen und manchmal auch als verantwortungsvolle Eltern. Zu keinem Zeitpunkt saß ich mit Logan und den *Bluthunden* zusammen an einem Tisch und wir versuchten, die Familie zu beschützen.

Wie naiv von mir.

„Emily, Liebes?", ruft Sofia. Kurz darauf höre ich, wie sie die weiß gestrichenen Steintreppen zu mir hochsteigt.

„Ich wusste, dass du hier bist", sagt sie und lehnt sich lässig an die Wand. Dabei betrachtet sie mich mitfühlend.

„Es tut mir leid, dass ich einfach gegangen bin."

„Das muss es nicht. Aber es bringt auch nichts, wenn du immer wegrennst, sobald es kompliziert wird. Leider ist das Leben so und ganz ehrlich, Emily, ich bin froh, dass wir wissen, woran wir sind. Wir kennen jetzt den Grund, warum uns so zugesetzt wurde und ... es wird dafür gesorgt, dass es aufhört."

„Empfindest du kein Unbehagen, mit welcher Macht die Harpers ausgestattet sind?"

„Nein! Zumindest solange nicht, wie sie diese weise einsetzen. Und das scheinen sie zu tun. Aber du fühlst dich nicht wohl dabei, oder?"

„Hmm ..."

„Natürlich ist weiterhin Vorsicht geboten und wir müssen aufpassen, dass unsere Bedingungen erfüllt werden."

„Welche meinst du?"

„Rein logisch betrachtet benötigen wir jetzt keine Hilfe mehr. Die Harpers sind jetzt am Zug und müssen dafür sorgen, dass wir nicht mehr belästigt werden. Sollten sie einen anderen Plan haben, womit sie diesem widerlichen Immobilienmakler das Handwerk legen wollen, dann bin ich gerne dabei und helfe mit."

„Ich muss das erst mal alles verarbeiten", sage ich und bitte Sofia, mich noch einen Moment allein zu lassen.

„Ich verstehe. Du wartest auf deinen Prinzen." Ihr Blick ist verschmitzt.

Mir ringt ihre Aussage tatsächlich ein Lächeln ab und ich fühle mich in meine Kindheit zurückversetzt. Damals stellte ich mir meine Rettung wahnsinnig romantisch vor.

Muss ich überhaupt gerettet werden?

Mit dem Verschwinden von Sofia zieht wieder Ruhe in meinen Turm ein und ich versuche, mir meine Frage realistisch zu beantworten. Nach dem Tod meiner Mutter war ich plötzlich auf mich allein gestellt, denn mein Vater war mir durch seinen starken Alkoholkonsum keine

Unterstützung mehr. Im Gegenteil. Er brauchte mich.

In der langjährigen Beziehung mit David hatte ich weniger die finanziellen Sorgen, sondern fühlte mich emotional allein. Ich habe es bis hierher geschafft, und auch wenn bei mir nicht alles nach meinen Wünschen läuft, so brauche ich keinen Mann und schon gar keinen Prinzen, der mich rettet. Dies bedeutet aber auch, dass ich mich nicht mehr im Turm verstecken sollte.

Geht doch, Emily.

Mit diesem Motivationsschub verlasse ich meinen liebgewonnenen Platz und steige die ersten Treppen hinab. Plötzlich höre ich Logans Stimme sowie die von seiner Mutter. Automatisch bleibe ich stehen, denn ich möchte nicht, dass sie mich entdecken. Außerdem scheinen sie in ein Streitgespräch verwickelt zu sein, zumindest lässt das die recht laute Tonlage vermuten.

„Erkläre mir, warum du Madison nicht über Roxys hinterhältige Machenschaften informiert hast!" Logan klingt richtig wütend.

„Sie war von Anfang an involviert ...", erhält er von seiner Mutter als Antwort.

What? Oh. Das ist bitter.

„Ernsthaft? Was ist das für eine beschissene Art von euch? Ich bin doch kein Kleinkind mehr, das die Welt noch nicht versteht."

„Logan!" Mrs. Harper sagt nicht Schatz zu ihrem Sohn. Das ist, glaube ich, auch besser, so erbost wie er ist.

„Roxy ist deine Freundin ..."

„War!", unterbricht er sie.

„Gut! Also, Roxy war deine Freundin und dich mit diesen Vermutungen zu konfrontieren, ohne die nötigen Beweise dafür zu haben, ist keine faire Umgangsweise. Mein Bestreben ist es immer gewesen, dich zu schützen. Dafür benötige ich nicht deine Genehmigung. Wenn du alles wissen willst, wovor ich unsere Familie bewahre,

dann setze dich zukünftig mit an den Tisch zu den ... wie sagst du immer so schön ... den *Bluthunden*. Ich gebe gern Verantwortung an dich ab."
Weise Worte.
„Du willst mich an diesem Tisch sitzen sehen?"
„Ja! Sehr gern!"
„Ich gehe auf den Deal ein, aber unter einer Bedingung! Ich erfahre zukünftig jedes noch so kleine Detail."
„Willkommen an Bord!", sagt sie.
Schweigen.
Wieso reden sie nicht mehr? Gleich zücken sie ihre Schwerter und kämpfen miteinander.
Plötzlich höre ich Logan sagen: „Bevor wir jetzt uns wieder zu den anderen setzen, möchte ich noch mit dir besprechen, wie wir zukünftig Emily schützen."
Das müsst ihr nicht.
„Ich weiß nicht, wie ernst es zwischen euch ist ..."
„Mum! Das spielt keine Rolle. Ich will sie schützen! Sie hat es nicht verdient, durch den Dreck gezogen zu werden."
„Das wird sie, sobald man euch zusammen sieht. Deine Fans werden ihr die Schuld an der Trennung von Roxy geben, denn niemand darf erfahren, was tatsächlich passiert ist. Du musst dich entscheiden, ob du sie denen zum Fraß vorwirfst oder sie in Ruhe lässt. Zumindest so lange, bis sich die Wogen geglättet haben."
„Das ist nicht fair!", ruft Logan und er klingt verzweifelt. „Es muss eine andere Lösung geben!"
„Glaubst du, Emily ist stark genug, die Beschimpfungen, die Demütigungen und die Übergriffe, die nicht nur im Internet stattfinden werden, an deiner Seite auszuhalten? Wenn du dir unsicher bist, dann darfst du sie nicht deinetwegen opfern. Ich mag sie wirklich und ich möchte nicht zusehen müssen, wie sie neben dir leidet.

Manchmal ist es der größte Liebesbeweis, loszulassen."

***

Wie gelähmt sitze ich da und meine Tränen tropfen auf die weißen Treppenstufen. Die Worte von Logans Mutter hallen so nach, dass in meinem Kopf ein fürchterliches Gedankenwirrwarr sowie tiefe Traurigkeit herrscht. Dass mich Logan in diesem trostlosen Zustand vorfindet, nenne ich kein gutes Omen.

„Es tut mir leid, dass du das alles mithören musstest", sagt er. Dabei setzt er sich neben mich auf die Treppe und zieht mich zu sich heran. Nur widerwillig lasse ich seine Umarmung zu, denn sie fühlt sich wie ein Abschied an.

„Ich pass auf dich auf", sagt er leise und küsst mich auf die Wange.

„Hast du deiner Mutter nicht zugehört?"

„Doch! Aber es liegt an uns, wie wir mit der Situation umgehen. Ich habe letzte Nacht schon über eine Trennung von Roxy nachgedacht. Das Schicksal wollte es mir tatsächlich leicht machen."

Was sagt er da?

Ich richte mich leicht auf, wische mir die Tränen mit dem Handrücken ab und sehe ihn an. Er sieht müde aus. Sehr müde. „Bist du nicht traurig?"

„Traurig? Emily! Diese Frau scheint mich aus ihrer Eifersucht heraus schon lange zu hintergehen. Ganz zu schweigen davon, was sie dir und Sofia antun wollte. Nein, ich bin nicht traurig, sondern richtig erbost. In vielerlei Hinsicht." Beim letzten Satz erahne ich, was Logan meint.

„Ich verstehe dich. Doch ich brauche Zeit, um in Ruhe nachdenken zu können", sage ich.

„Das geht mir genauso. Aber bitte, lass uns den Kontakt beibehalten. Wir finden eine Lösung, wie wir uns trotzdem sehen können."

„Okay!", antworte ich wehleidig. Es schmerzt so sehr, dass ich Logan wieder loslassen muss.

„Es tut mir wirklich leid. Was ist das für eine beschissene Situation?", flucht er.

Viel beschissener geht nicht!

„Wirst du trotzdem noch die Villa kaufen?", frage ich. Sofia deutete an, dass sie damit kein Problem hätte, wenn man dadurch diesen widerwärtigen Immobilienmakler zur Strecke bringen könnte.

„Das scheint mir die beste Lösung zu sein, denn so schnell wird der Spuk nicht vorbei sein, auch wenn wir jetzt wissen, wer ihn verursacht hat. Ich möchte dir Mrs. Perkins als Unterstützung zur Seite stellen. Ihr kannst du wirklich vertrauen. Den Rest regle ich von New York aus."

„Du fliegst zurück? Wann?"

„Ja. So schnell wie möglich. Ich muss die Sache mit Roxy klären …"

Plötzlich verspüre ich wieder diese Angst, dass ich ihn erneut an sie verlieren könnte. Anderseits wäre er ein Narr, würde er sich weiterhin auf sie einlassen.

„Ich mache das alles wieder gut. Das verspreche ich dir", sagt er mit fester Stimme. Dann lässt er mich los und steht auf.

Mir fällt es schwer, ihn anzusehen, doch reiße ich mich zusammen. Er soll mich nicht als emotionales Wrack in Erinnerung behalten. „Du rockst das und irgendwann treffen wir uns hier zum Wellenreiten", sage ich und versuche, ihm Coolness vorzutäuschen.

Logan bedenkt mich mit einem intensiven Blick, dem ich zu meiner Überraschung standhalten kann. Ich habe zwar keine Ahnung, wie ich das bewerkstellige, aber es funktioniert.

Als er sich zu mir beugt, weiche ich unwillkürlich

zurück. Ich möchte weder einen Abschiedskuss noch eine emotionale Trennung. „Es ist besser, wenn du jetzt gehst", sage ich und betone es so, dass es nicht als Bitte, sondern als eine Aufforderung zu verstehen ist.

Logan scheint das zu irritieren, denn er wendet sich tatsächlich ab und lässt mich in meinem Turm allein zurück. Auch diese Szene hat in meinen geheimen Prinzessinnenträumen nie stattgefunden.

Willkommen in der Realität, Emily!

Chapter 14

Logan

Es ärgert mich ungemein, dass ich mich von Emily verabschieden muss, zumal der Grund dafür es nicht wert ist. Deshalb äußerte ich mich auch nicht zu ihrem kleinen Rausschmiss, der für mich nicht glaubwürdig war. Ich verstehe sie, denn ich würde in ihrer Situation nicht anders handeln.

Zielsicher steuere ich die Terrasse an, wo die Kavallerie anscheinend noch immer Kriegsrat hält. Zumindest lese ich das aus ihren ernsten Mienen.

Zu meiner großen Überraschung hat sich Madison dazugesellt. Ich kann mir schon denken, wer sie hierher zitiert hat. Doch dieses Versteckspiel hat jetzt ein Ende.

„Sorry, wenn ich eure Plauderei unterbreche …", platze ich dazwischen, ohne meine Anwältin zu beachten. Mit ihr werde ich noch ein persönliches Gespräch führen.

„Das tust du nicht", antwortet meine Mutter höflicher als erwartet.

Trotzdem hege ich einen gewissen Groll gegen sie. Deshalb wende ich mich auch an meinen Vater. „Wann ist die Privatmaschine bereit für den Rückflug?" Dass ich mit meiner Frage ein allgemeines Unverständnis auslöse, verwundert mich nicht. Zumindest denke ich das.

Allerdings zeigt mir die Reaktion meines Vaters ein ganz anderes Bild. Er scheint, im Gegensatz zu seiner Frau, überhaupt nicht überrascht zu sein. „Theoretisch ist sie in einer Stunde abflugbereit …"

„Und praktisch?", frage ich.

„Ebenfalls in einer Stunde!"

„Kannst du das bitte veranlassen?"

„Ist schon geschehen", antwortet er und wieder einmal erstaunt er mich.

„John!" Meine Mutter scheint ebenfalls verblüfft zu sein, wenn ich ihre strenge Tonlage richtig deute.

„Lydia!", antwortet mein Vater und schenkt ihr ein charmantes Lächeln. Danach wendet er sich wieder mir zu und sagt: „Weißt du eigentlich, wo deine Mutter und ich hier auf Ibiza unsere romantischen Nächte verbringen werden?"

Höre ich ein wenig Ironie?

„Nein!", sage ich. Unter den derzeitigen Bedingungen interessiert mich das auch nicht. Doch mein Vater erzählt mir das nicht ohne Grund.

„Deine Mutter wollte unbedingt wissen, wie es sich in so einer Hippie-Kommune lebt und deshalb werden wir in Sanchos künstlerischem Chaos nächtigen. Jetzt weißt du, wie sehr ich sie liebe."

Autsch.

Dass er dies am Frühstückstisch vor der gesamten Kavallerie kundtut, lässt mich erahnen, dass die beiden gerade einen privaten Kampf ausfechten.

Instinktiv sehe ich zu meiner Mutter und werde Zeuge, wie sie meinen Vater mit einem pikierten Blick abstraft. Ihn scheint das nicht zu stören, denn er steht plötzlich auf und deutet mir mit einem Handzeichen an, dass er mit mir reden möchte. Natürlich allein.

Was kommt jetzt noch?

„Gehst du ein paar Schritte mit mir?", bittet er mich und legt dabei freundschaftlich seinen Arm über meine Schulter. Diese Geste erfuhr ich oft in meiner Jugend und meistens endete das in einem Aufklärungsgespräch über Sex.

Was hat er heute vor?

Über das eben genannte Thema verfüge ich mittlerweile über weitreichende Kenntnisse sowie viele Erfahrungen.

„Ich liebe deine Mutter", beginnt er. „Sie mich im Moment weniger. Aber das macht sie so attraktiv."

„Willst du mir jetzt beichten, dass ihr in einer Ehekrise steckt?" Ich kann seinem Gedankengang nicht folgen.

„Nicht doch. Nur sind wir uns dieses Mal bei einem Thema uneinig."

„Das ist skandalös."

„Lass deinen Sarkasmus. Wir streiten uns hauptsächlich, wenn es um dich geht."

„Dann lasst mich daran teilhaben und meine Meinung dazu äußern. Wusstest du von Roxys Machenschaften?"

Mein Vater bleibt plötzlich stehen und setzt sich auf eine der Sonnenliegen am Pool. Dann streckt er sich darauf aus und beginnt zu schwärmen: „Was ist das doch hier für ein mildes Klima? Einfach herrlich."

Das ist nicht die Antwort auf meine Frage.

Leicht genervt setze ich mich auf die nebenstehende Liege und betrachte ihn abwartend. Viel Geduld habe ich heute nicht und deshalb wiederhole ich meine Frage in Bezug auf Roxy.

„Ja. Ich wusste es und ich war der Meinung, dass du sofort davon erfahren solltest. Deine Mutter verfiel aber in Panik und hatte furchtbare Angst um dich …"

„Warum? Dass ich mir wieder ein Ticket in die Hölle buche, oder was?"

„So in der Art …"

„Dann vertraut sie mir immer noch nicht. Und ganz ehrlich … so langsam nervt es mich!"

„Sei gnädig mit ihr. Solltest du jemals Kinder haben, dann wirst du sie besser verstehen. Aber im Prinzip hast du recht."

Während ich über seine Worte nachdenke, gerät Damian in mein Blickfeld, der mit großen Schritten und laut telefonierend barfuß durchs Gras schreitet.

Was hat das denn zu bedeuten?

Über diese Frage zerbreche ich mir später den Kopf.

„Natürlich habe ich das", antworte ich trotzig.

„Logan! Ich bin auf deiner Seite und nicht dein Feind. Versuche trotzdem, deine Mutter zu verstehen. Darf ich dir einen Vorschlag machen?"

„Sicher …", murre ich. In Gedanken bin ich schon auf dem Rückflug nach New York.

„Ich kümmere mich um die Belange von Sofia und Emily und du klärst dein Privatleben …"

„Nichts anderes hatte ich vor. Ich danke dir, dass du für die beiden da bist. Das ist mir wirklich sehr wichtig."

„Das war nicht zu übersehen. Ich kann dich in Bezug auf Emily verstehen. Sie ist wirklich bezaubernd."

„Ich muss jetzt nicht eifersüchtig sein, oder?" Meine Frage ist scherzhaft gemeint und trotzdem wundert mich seine Offenheit. Solche expliziten Äußerungen kenne ich nicht von ihm, denn von Roxy hat er nie so gesprochen.

„Keine Angst. Ich fordere dich nicht zum Duell auf. Ich mochte sie schon damals, als wir ihre Boutique renoviert haben. Sie hat so was … Erfrischendes und … Authentisches an sich. Ihr traue ich es zu, dass sie dein Leben so richtig aufmischen würde."

„Mein Leben ist aufregend genug", entgegne ich.

„Das stimmt!"

„Trotzdem hast du recht. Ich fühle mich sehr zu ihr

hingezogen. Sie hat etwas an sich, was mich total kirre macht ... ist mir in der Art noch nie passiert. Nicht einmal mit Roxy."

„Ich glaube, ich weiß, was du meinst. Geht mir mit deiner Mutter nicht anders. Sie bringt mich ..."

„Keine Details, bitte!"

„Du bist aber heute empfindlich", sagt mein Vater und setzt sich auf. „Ich kümmere mich jetzt um die Baupläne und die Verträge für den Kauf der Villa. Es ist bestimmt auch in deinem Interesse, dass wir dieses Kapitel schnell beenden können, oder?"

„Am besten schon gestern", antworte ich.

***

Ich sitze immer noch auf einer der Sonnenliegen am Pool und checke im Sekundentakt Roxys Instagram-Account.

Wieso ist er immer noch online, verflucht?

Missmutig stehe ich auf und genau in diesem Moment kommt Madison auf mich zu. Wenn ich ihre Körpersprache richtig deute, fühlt sie sich unwohl. Dafür kann es mehrere Gründe geben. Ich hoffe für sie, dass ich einer davon bin.

„Hey ...", begrüßt sie mich.

Ich kann in diesem Moment nicht anders. Ich möchte nicht sprechen und sehe sie deshalb mit ernster Miene an.

„Du bist verärgert und das kann ich verstehen", sagt sie.

Verärgert ist untertrieben.

„Mir wurde ein Maulkorb verpasst und deshalb erzählte ich dir nichts."

Irrelevante Aussage.

„Ich werde mit dir zurück nach New York fliegen und die nötigen rechtlichen Schritte gegen diesen Frank einleiten."

Moment! Was ist mit ihrer Hochzeit?

„Logan! Rede mit mir! Bitte!" Madison fleht mich förmlich an. Eigentlich müsste ich sie weiterhin ignorieren, weil sie mir nicht die volle Wahrheit erzählt hat. Allerdings weiß ich auch, wie fordernd meine Mutter sein kann in Bezug auf die Loyalität der Familie.

Trotzdem!

„Ich bezahle dich! Entscheide dich, für welche Seite du zukünftig arbeiten willst!", blaffe ich sie an.

„Das habe ich schon. Ich arbeite zukünftig nur noch für dich!"

„So ein Fiasko darf nicht noch einmal passieren. Ich will alle Details. Egal, was es ist!"

„Versprochen! Ich hätte diesem Frank damals, als er die Fotos von dir und Emily in Auftrag gab, schon das Blut aussaugen müssen!"

„Das wollte ich nicht", sage ich und ärgere mich jetzt darüber.

„Vielleicht steckte zu diesem Zeitpunkt schon Roxy dahinter", mutmaßt Madison.

So langsam befürchte ich das auch.

„Mich beschäftigt noch eine ganz andere Sache." Madison sieht mich an, aber sie scheint völlig in ihren Überlegungen gefangen zu sein.

„Welche?", frage ich mit tiefer Stimme nach.

„Ist es immer noch so, dass Roxy ohne deine Zustimmung weder in dein Penthouse in Manhattan noch in dein Strandhaus in East Hampton kann?"

„Natürlich!", antworte ich und bin froh, dass ich diesbezüglich so unnachgiebig ihr gegenüber war.

Ich weiß nicht warum, doch sobald es ernster zwischen uns wurde, wuchs mein Misstrauen ihr gegenüber. Ich redete mir ein, dass ich nach den vielen Jahren des Singlelebens beziehungsunfähig geworden bin und deshalb wollte ich auch nicht, dass sie bei mir einzieht.

Instinktiv ergriff ich zusätzliche Sicherheitsmaßnahmen. Dadurch ist das Betreten meines Hauses oder meiner Wohnung nur möglich mit der Eingabe eines Codes, den ich vorher in einer App auf meinem iPhone generiere. Dieser ist nur einmal nutzbar. Nur Mrs. Perkins sowie meine Eltern haben noch Zugriff darauf und jetzt weiß ich, dass ich alles richtig gemacht habe.

„Also kann niemand in deinen Sachen herumstöbern?" Madison scheint mir nicht zu glauben.

„Nein! Warum fragst du so explizit nach?"

„Weil sich Justin und Tommy große Sorgen machen …"

„Wie bitte? Woher wissen sie denn von der Sache?"

„Nachdem sie das Posting von Roxy gesehen haben und du nicht auf deren Anrufe sowie Nachrichten reagiert hast, wandten sie sich an Amanda und diese dann an mich. Außerdem … es ist nicht auszudenken, wenn geheime Unterlagen aus deinem Architektenbüro an die Öffentlichkeit gelangen würden …"

Daran habe ich noch gar nicht gedacht.

„Solange wir nicht wissen, ob Roxy nur aus Eifersucht reagiert, oder sie dein Leben samt deiner Musikkarriere zerstören will, müssen wir auf alles vorbereitet sein."

„Glaubst du wirklich, sie würde so weit gehen?"

„Unterschätze nie die Entschlossenheit einer verlassenen Frau, denn das wird sie sein, oder?"

„Was ist das denn für eine Frage?", blaffe ich.

„Siehst du und das weiß sie. Wenn sie in ihrer Besessenheit für dich so weit geht, wie es scheint, dann musst du mit allem rechnen. Sie wird dein Privatleben genauso torpedieren wie deine Musikkarriere. Und nicht nur dich wird sie belangen, sondern ebenfalls die Menschen, die in deinem unmittelbaren Umfeld sind."

Das sind doch richtig tolle Zukunftsaussichten.

„Ich werde, sobald ich im Flugzeug bin, Justin und

Tommy anrufen. Sie müssen sich keine Sorgen machen."

„Das sagst du so einfach, oder hast du vergessen, dass du der Boss eurer Band bist? Die beiden sowie die Gastmusiker sind Angestellte von dir. Die Plattenfirma hat nur in den neuen Vertrag eingewilligt, wenn du die volle Verantwortung trägst. Schmeißt du jetzt alles hin, ist der Rest der Band arbeitslos."

„Jetzt dramatisierst du ganz schön. Das eine hat mit dem anderen nichts zu tun."

„Bist du dir sicher?"

Nein. Aber das behalte ich für mich.

„Jetzt lass uns ein wenig Ordnung in das Chaos bringen", sage ich. „Mein Vater und Mrs. Perkins kümmern sich um den Kauf der Villa. Ich fliege zurück und führe ein klärendes Gespräch mit Roxy. Und was ist mit dir?"

„Die Hochzeit findet nicht statt!"

„Nicht? Aber Damian ist doch hier und da dachte ich ..."

„Wir haben uns ausgesprochen und wir werden heiraten. Aber nicht morgen. Ich möchte erst wissen, ob mit der Schwangerschaft alles in Ordnung ist. Dann gibt es auch einen Grund zum Feiern. Damian ist so nett und telefoniert die eingeladenen Gäste ab. Er bleibt noch hier und versucht, mit dem Caterer eine einvernehmliche Lösung zu finden ..."

„Also ist alles wieder gut bei euch?" Ich traue dem plötzlichen Frieden nicht.

„Ja. Logan. Ich bin wirklich sehr glücklich. Ich fühle mich nur so schlecht, weil ich dich so hintergangen habe. Das tut mir wirklich leid."

„Jammern kannst du später. Ich brauche dich jetzt!"

„Ich schlage dir vor, dass du ebenfalls Amanda bittest, mit dir zurückzufliegen. Du wirst sie brauchen. Nur sie ist in der Lage, die aufkommende Fanhysterie zu bewältigen.

Ich kenne mich damit nicht aus."

„Hmm ...", brumme ich, denn plötzlich durchkreuzt Emily mein Blickfeld. Neugierig beobachte ich sie und nehme mit einer gewissen Verwunderung wahr, dass sie zielstrebig auf Damian zusteuert.

Dass dieser – sobald er sie entdeckt – sofort sein Telefonat beendet und ihr entgegenkommt, irritiert mich.

„Hey Fangirl. Wie läuft es mit Harry Styles?", ruft er ihr entgegen.

What?

Aus meiner Emotion heraus frage ich Madison: „Was hat Emily mit Harry Styles zu tun?"

Diese verzieht ihr Gesicht zu einer amüsierten Grimasse. „Bist du etwa eifersüchtig?"

„Vielleicht", antworte ich knapp.

Jetzt lacht Madison herzlich. „Auf Harry wäre ich das an deiner Stelle auch."

„Du machst dich lustig über mich!"

„Nein! Aber ich kenne dich so nicht."

Ich mich auch nicht!

Sonst würde mir die innige Umarmung, die Damian und Emily gerade verbindet, nichts ausmachen. Doch so ist es nicht.

Ich bin tatsächlich eifersüchtig.

Im Gegensatz zu mir reagiert Madison total cool.

„Emily wird Damian als Freund brauchen, solltest du dich irgendwann zu ihr bekennen. Also, guck da nicht so griesgrämig hin."

Wenn dies so einfach wäre.

Nur widerwillig wende ich meinen Blick ab und entdecke ein noch größeres Übel.

Das ist jetzt nicht wahr.

Mit einem siegessicheren Grinsen im Gesicht und einem Picknickkorb in der Hand schlendert dieser Pepe direkt auf Emily zu.

Wo kommt der denn her?
„Hier hast du dich versteckt", ruft er ihr zu.

Emily scheint genauso überrascht zu sein wie ich, denn sie fährt herum und stammelt etwas, was ich nicht verstehen kann.

„Kennst du den Typ?", fragt Madison.

„Pepe! Ich habe ihn gestern am Strand getroffen. Er ist Emilys Ex-Freund ... und Witwer."

„Na, super! Jetzt wird es richtig interessant."

Madisons Worte verfehlen ihre Wirkung nicht, denn sofort gesellt sich zu meiner Eifersucht zusätzlich mein Beschützerinstinkt. Sofort wende ich mich von Madison ab, doch sie hält mich am Arm fest.

„Logan! Nicht! Damian ist bei ihr. Er passt auf sie auf."

„Das ist nicht sein Job, sondern meiner", blaffe ich.

„Das stimmt nicht. Wir müssen sie alle beschützen. Ich habe Emily bereits gewarnt. Außerdem kennen wir diesen Pepe nicht und haben keine Ahnung, was er tatsächlich will. Du bringst sie mit deiner Eifersucht eher in Gefahr, als dass du ihr nutzt."

Nur ungern gebe ich Madison recht. Ich muss die Angelegenheit mit Roxy unbedingt klären. Hoffentlich ist es dann nicht zu spät und dieser Pepe kommt mir zuvor.

„Lass uns von hier verschwinden", sage ich. Dass ich mich dabei schlecht fühle, weil ich mich von Emily für eine unbestimmte Zeit trennen muss, versuche ich zu ignorieren.

„Ja. Es wird Zeit!" Madison scheint nur auf meine Aufforderung gewartet zu haben.

„Ich muss erst noch zur Finca fahren und meine Sachen von dort abholen."

„Die befinden sich schon im Leihwagen. Damian hat alles eingepackt."

„Wie umsichtig. Wessen Idee war das?"

„Müssen wir das Thema jetzt wieder aufrollen?"
„Nein. Ich kann mir denken, wer dahintersteckt."
„Ich warte am Auto auf dich", sagt Madison und verschwindet aus meinem Sichtfeld.

Irgendwie widerstrebt es mir, jetzt einfach zu gehen und ich starte einen weiteren Versuch, Emily noch einmal nahezukommen.

„Ich würde es nicht tun!" Das ist Amandas Stimme.

Ruckartig drehe ich mich um und sie steht tatsächlich mit ihrem Koffer hinter mir.

„Du kannst ruhig hierbleiben. Immerhin bist du erst angekommen", sage ich und versuche, freundlich zu sein.

„Mir ist es hier zu warm! Außerdem wirst du mich brauchen. Das wird ein Höllenspektakel. Die *Bluthunde* deiner Mutter haben jetzt schon alle Hände voll zu tun ..."

„Es ist doch noch gar nichts richtig passiert", wende ich ein.

„Die Paparazzi haben bereits vor deinem Strandhaus sowie vor deiner Wohnung in Manhattan Stellung bezogen. Es dauert nur noch Minuten, bis sie hier auftauchen. Deshalb fahren wir jetzt mit einem unauffälligen Leihwagen zum Flughafen. Den Rest besprechen wir, sobald wir in der Luft sind."

„Und wer bringt uns dahin?"
„Ich!"
„Du fährst aber nicht wie deine Schwester Auto, oder?"
„Sie hat es mir beigebracht ..."
Jesus.

Chapter 15

Emily

Ich bin völlig durcheinander. Sollte das der Anfang meines neuen Lebens sein, dann verzichte ich gern. Das wird mit dem plötzlichen Auftauchen von Pepe nicht besser. Im Gegenteil. Er verschlimmert mein emotionales Chaos.

„Wie ich sehe, komme ich ein wenig ungelegen", entschuldigt er sich, als er unmittelbar vor mir und Damian steht.

Ein wenig?

„Du hättest anrufen können", maule ich ihn an, denn meine Aufmerksamkeit gilt Logan, der gerade in Begleitung von Amanda das Grundstück verlässt.

Ich vermisse ihn jetzt schon.

Entweder ignoriert Pepe meine Unaufmerksamkeit oder es ist ihm tatsächlich nicht aufgefallen.

„Du hast recht", sagt er. „Doch ich muss unbedingt mit dir sprechen und das duldet keinen Aufschub. Hast du heute Abend Zeit? Wir gehen zu Manuel etwas Leckeres essen und ich erzähle dir alles."

„Heute passt es wirklich nicht. Wie du siehst, haben

wir das Haus voller Gäste." Ich zeige auf Damian, der sich gut zu amüsieren scheint, denn er sagt kein Wort und grinst mich stattdessen dümmlich an.

Ernsthaft?

„Emily, das ist mir nicht entgangen, doch ich reise morgen wieder ab. Ich muss zurück nach New York. Man erwartet mich dort."

Sagte er gerade New York?

„Wohin fliegst du?", frage ich nach. Dabei tue ich so, als hätte ich ihn nicht verstanden.

Pepe lacht auf. „Du hast dich kaum verändert. Bei diesem Trick von dir bin ich schon damals schwach geworden. Komm heute Abend und du erfährst alles."

Jetzt bin ich neugierig.

„Okay. Sagen wir 20 Uhr bei Manuel?" Über Pepes Gesicht huscht ein zufriedenes Grinsen, was mich irritiert. Er soll daraus nur keine falschen Schlüsse ziehen. Ich möchte nur meine Neugierde stillen.

Was auch immer Pepe mit seinem Überraschungsbesuch bezwecken will, weiß ich nicht. Dass er mir freundlicherweise seinen vollen Picknickkorb überlässt, ist eine wirklich nette Geste.

„Wir sehen uns", sagt er und verabschiedet sich mit einer flapsigen Handbewegung.

Sobald er ein paar Schritte gegangen ist, findet Damian seine Sprache wieder. „Tja, Fangirl. Deine Community ist gerade um ein Mitglied gewachsen."

„Lästere ruhig. Du weißt, dass das völliger Blödsinn ist", rege ich mich auf.

„Wir reden später darüber. Bin gleich wieder da. Ich verabschiede nur meine zukünftige Frau und mein ungeborenes Kind."

Bevor ich realisieren kann, was Damian vorhat – in Gedanken bin ich noch bei der Begegnung mit Pepe –, beobachte ich ihn, wie er sich mit einer innigen

Umarmung und einem leidenschaftlichen Kuss von Madison verabschiedet. Dass er ihr zusätzlich über ihren Bauch streichelt, treibt mir ein paar Tränen in die Augen. Wenigstens diese beiden haben ein Happy End.

Im Gegensatz zu ihnen stehe ich allein mitten auf dem Grundstück von Sofias Villa. Ich spüre, wie eine gewisse Beklommenheit an mir hochkriecht, die mich unsicher macht.

Was ist, wenn ich aus meinen Emotionen heraus eine völlig falsche Entscheidung getroffen habe?

Sofia braucht mich hier nicht wirklich. Sie ist noch taff genug, um das Leben auf dieser Insel zu meistern. Außerdem hat sie Sancho und noch etliche andere Freunde, die sich gegenseitig unterstützen. Idealerweise habe ich mir aus der Not heraus noch eine kleine Option offengehalten, sollte ich mich doch entscheiden, wieder nach Long Island zurückzukehren. Die Boutique sowie die dazugehörige Wohnung sind an meine Freundin Josephine untervermietet. Aber auch nur deshalb, weil mein Vermieter mich nicht vorzeitig aus dem Vertrag entlassen wollte. Ich bin davon überzeugt, dass er zügig einen Nachmieter gefunden hätte. Doch er wollte sich absolut nicht davon überzeugen lassen.

„Fangirl. Ich hätte da mal eine sehr wichtige Frage …" Damian steht wieder neben mir und sieht so verdammt glücklich aus.

Einen Augenblick gönne ich ihm das schöne Gefühl, bis ich ihn anblaffe: „Wieso sagst du neuerdings immer Fangirl zu mir?"

„Weil du eins bist. Bis Harry Styles sich entschieden hat, welche der Auserwählten er den Vorzug gibt, bin ich deine Anstandsdame. Das heißt im Klartext …"

„Dass du mir gerade auf die Nerven gehst!"

„Oder so …"

„Wie lange willst du das durchhalten?"

Damian lacht. „Lass dich überraschen!"

„Wieso bist du eigentlich nicht mit Madison zurückgeflogen? Außerdem weiß ich auch noch nichts von eurer unkomplizierten Versöhnung", beschwere ich mich.

„Langsam bitte! Ich bin nur ein Mann. So schnell denken, wie du Fragen stellst, kann ich nicht!"

„Verarsch mich doch", maule ich. In der nächsten Sekunde muss ich lachen und bin so froh, dass er noch hier geblieben ist. Das vermittle ich ihm mit einer spontanen Umarmung.

Damian erwidert meine freundschaftliche Geste und flüstert mir ins Ohr, dass er mich beschützen wird.

Ich weiß in diesem Moment nicht, warum genau er das gerade jetzt sagt. Vielleicht gibt es einen Grund, den nur er kennt oder es ist nur eine seiner Floskeln.

„Was machen wir denn jetzt mit dem Picknickkorb?", frage ich. Gleichzeitig löse ich mich aus seiner Umarmung.

„Tja ... was man wohl mit so einem fremdartigen Ding macht ..."

„Kann man heute noch auf Ernsthaftigkeit von dir hoffen oder sollte ich die besser erst morgen erwarten?"

„Fangirl ... das Leben ist viel zu kurz, um missgestimmt zu sein. Wir vernichten jetzt den Inhalt des Korbs, dann frönen wir unserer Leidenschaft, dem Surfen, und heute Abend begleite ich dich als Anstandsdame zu deinem Date ..."

„Du hast meine Frage nicht beantwortet!", sage ich ungehalten. Seine furchtbar gute Laune nervt mich.

„Welche? Die erste oder zweite?"

„Grins nicht so blöd. Rede!"

„Du bist ganz schön streng zu mir. Okay. Ich sage es dir. Madison macht sich schwere Vorwürfe, weil sie Logan nicht alles erzählt hat. Das ist ein Grund, warum sie an seiner Seite sein will. Außerdem möchte sie unbedingt ihren Frauenarzt aufsuchen und die Schwangerschaft abklären lassen. Ich hätte sie gern begleitet, doch herrscht hier das totale Chaos. Du hast gestern gesehen, was wir für einen Saustall aus der Finca gemacht haben. Außerdem sollte ich der Hochzeitsplanerin ein wenig behilflich sein, wenn sie sämtliche Stornierungen vornehmen muss. Du siehst ... ich habe noch eine Menge zu erledigen."

„Solltest du meine Hilfe benötigen, dann lass es mich wissen", sage ich. Genau in diesem Moment ruft Sofia nach mir.

Was sie wohl will?

***

Ich fahre die kurvenreiche Straße in den Dorfkern besonders vorsichtig, denn ich bin mir nicht sicher, ob Mrs. Perkins Magen robust genug ist, um dies zu verkraften. In meiner Abwesenheit hatte sie wohl gegenüber Sofia eine Bitte geäußert: sie möchte einmal in ihrem Leben diese typischen Hippie-Kleider tragen. Ich bin mir sicher, dass meine Tante ihren Wunsch gern persönlich erfüllt hätte, doch angeblich muss sie Logans Vater John in Bezug auf die Baupläne zur Verfügung stehen. Deshalb bat sie mich, mit ihr zu fahren und Mrs. Perkins zu beraten. Allerdings gab sie mir mit Nachdruck die Anweisung, dass ich niemandem sonst in die Boutique lassen soll. Aufgrund der letzten Ereignisse will meine Tante das Geschäft geschlossen halten.

Natürlich verstehe ich ihre Vorsicht, doch dass sie zusätzlich auch den Stand auf dem Hippie-Markt abgesagt hat, verwundert mich schon.

Welche Pläne verfolgt sie wirklich?

Ich parke direkt vor der Boutique. Mit einem eigenartigen Gefühl schließe ich die Ladentür auf und betrete das Geschäft. Die abgestandene, warme und nach Farbstoffen riechende Luft nimmt mir den Atem. Deshalb entschließe ich mich, die Ladentür offen stehen zu lassen.

Mrs. Perkins, die schon im Auto verdächtig still war, sieht sich erst unsicher um, bevor sie den Laden betritt.

Ihr Schweigen irritiert mich. Doch das soll sie nicht merken und deshalb versuche ich, eine entspannte Stimmung zu schaffen. „Willkommen im Reich der Hippie-Mode", sage ich und mache eine überschwängliche Geste dazu. „Welche Farbe soll es denn sein?"

„Keine!", antwortet Mrs. Perkins.

Habe ich das jetzt richtig verstanden?

Ungläubig sehe ich die kleine blonde Frau an, die noch im Eingangsbereich des Ladens steht.

„Haben Sie Angst, dass dieser Schnösel von Immobilienmakler vorbeikommt?" Vielleicht ist das der Grund, warum sie so anders ist. Ich kenne Mrs. Perkins zwar nur flüchtig, doch habe ich unsere wenigen Treffen in guter Erinnerung.

„Emily. Dass ich ein Kleid kaufen möchte, ist nur eine Ausrede gewesen, um mit dir allein reden zu können. Natürlich werde ich mir noch so ein buntes Teil gönnen, doch das ist wirklich nicht der wahre Grund. Deshalb wäre es schön, wenn wir die Tür schließen könnten, damit es keinen stillen Mithörer gibt. Vor dem Makler habe ich keine Angst. Die sollte er besser vor mir haben!"

Das muss ich jetzt erst mal sacken lassen.

Wortlos gehe ich an ihr vorbei und schließe die Ladentür. Danach bitte ich sie, mit mir ins Lager zu kommen, damit man uns nicht mehr sehen kann.

Jetzt bin ich gespannt.

„Geht es um Logan?", frage ich, denn ein anderer Grund für ihre Geheimniskrämerei fällt mir nicht ein.

„Ich bin Anna", sagt sie plötzlich und reicht mir ihre Hand.

Zögerlich erwidere ich ihre Geste und sage: „Wie ich heiße, weißt ... du ... ja."

Mrs. Perkins, also Anna, lacht mich verschmitzt an und sagt: „So eine Tochter wie du habe ich mir immer gewünscht. Aber das Schicksal hatte andere Pläne mit mir und deshalb stehe ich wohl jetzt mit dir in diesem kleinen Lager."

Ihr Verhalten wird immer undurchsichtiger. „Bitte verstehe mich nicht falsch, aber warum dieser ganze Aufwand? Wir hätten doch auch ungestört in der Villa oder auf einem Spaziergang reden können. Und, um was dreht es sich eigentlich?"

„Um dich, Emily."

„Um mich?"

„Ich weiß, dass ich gerade sehr übergriffig wirke und vielleicht mische ich mich auch zu weit ein. Aber ich würde es mir nie verzeihen, wenn ich nicht wenigstens versucht hätte, dich zu warnen ..."

Jetzt fängt sie auch noch damit an.

„Du meinst wegen Logan und mir", sage ich und setze eine genervte Mimik auf.

„Weniger. Ich mache mir Sorgen um dich. Für mich bist du eine ganz außergewöhnliche Designerin, die hier in diesem Geschäft ihr Talent vergeudet ..."

„Das ist Blödsinn und außerdem braucht Sofia mich!"

„Du bist wirklich der Meinung, dass diese gestandene Frau dich braucht?" Anna sieht mich so intensiv an, dass ich mich ertappt fühle.

„Nein, nicht wirklich", gebe ich kleinlaut zu.

„Sehr gut. Und jetzt sprechen wir über deine Zukunft."

„Anna! Ich mag dich wirklich. Aber wohin soll dieses Gespräch führen?"

„Das sage ich dir. Mrs. Harper war letzte Woche bei ihrem Sohn im Büro. Logan war noch unterwegs, aber sie wollte auf ihn warten. Dann bekam sie plötzlich einen sehr wichtigen Anruf. Sie ging in Logans private Räume und ließ aber diese Flügeltür auf. Ob gewollt oder nicht, jedenfalls hörte ich ein paar Gesprächsfetzen mit. Dabei ging es um die weitere Vermietung deiner Boutique ..."

„Bitte was?"

„Wusstest du, dass das gesamte Gebäude, indem sich deine Boutique und deine Wohnung befindet, den Harpers gehört?"

Augenblicklich wird mir übel. „Jetzt verstehe ich auch, warum mein Vermieter mich nicht aus dem Vertrag lassen wollte. Aber warte mal, warum tun sie mir das an?"

„Ich habe nicht alles verstanden, aber wie es sich anhörte, ist dein angeblicher Vermieter nur eine vorgeschobene Person. Jedenfalls hat Mrs. Harper die Anordnung gegeben, dass sie ab sofort die Mietzahlung übernimmt."

„Was? Das glaube ich nicht. Weiß Logan davon?"

„Ich denke nicht, denn sie ist nach dem Telefonat sofort verschwunden, obwohl sie auf ihren Sohn warten wollte. Bevor sie ging, verpasste ich mir schnell Ohrstöpsel, damit sie erst gar nicht auf den Gedanken kommt, dass ich etwas gehört haben könnte."

„Und du bist dir ganz sicher, dass Logan keine Ahnung hat, dass das Gebäude seinen Eltern gehört?" Ich will das einfach nicht glauben.

„Davon wüsste ich. Ich bin seit über sechzehn Jahren seine Assistentin. Er wollte nie irgendwelche Immobilien kaufen und besitzt selbst nur das Penthouse in Manhattan und das Strandhaus in East Hampton. Ich glaube auch nicht, dass Mrs. Harper gegen dich agiert, im Gegenteil. Sie mag dich sehr, denn sie hat dein Weggehen mir gegenüber sehr bedauert."

„Okay. Nehmen wir einmal an, dass sie in meinem Sinn agiert. Warum das alles?"

„Willst du meine ehrliche Antwort?"

„Dafür sind wir doch hier, oder?", sage ich und zwinkere Anna zu.

Diese schenkt mir ein kurzes Lächeln, bevor sie spricht: „Mrs. Harper überlässt nichts dem Zufall. Vielleicht täusche ich mich, aber sie könnte dich schon länger als ihre zukünftige Schwiegertochter im Visier haben. Sie beschützt ihren Sohn, wenn es sein muss, mit ihrem Leben und diese Frau weiß genau, wer zu ihm passt. Wer hat dir damals diese Boutique empfohlen?", fragt Anna und sieht mich mit großen Augen an.

Ich muss darüber nicht nachdenken. „Damian!", antworte ich und meine bereits vorhandene Übelkeit verschlimmert sich.

„Dachte ich es mir doch. Und er ist ein ziemlich guter Freund von Logan und kennt natürlich auch seine Mutter. Emily, das, was wir gerade besprechen, sind reine Spekulationen, die sich aber so zugetragen haben könnten. Bitte vergiss das nicht!", mahnt Anna.

„Du meinst, ich soll niemanden darauf ansprechen?"

„Genau! Auch nicht Logan! Er ist so schon nicht gut auf seine Mutter zu sprechen. Das hast du heute selbst erlebt."

„Gut! Du hast recht. Was bedeutet das alles jetzt für mich? Irgendwie bin ich total durcheinander." Das bin ich wirklich.

„Ganz einfach! Du musst deinen eigenen Weg gehen. Unabhängig von den Harpers und ganz besonders von Logan. Auch deine Tante sollte darin keine große Rolle spielen. Du bist viel zu talentiert, um auf dieser Insel zu versauern. Was willst du denn hier im Winter machen, wenn die meisten Touristen weg sind? Bunte Kleider schneidern?"

„So schlecht sehen sie nun auch wieder nicht aus."

Ich weiß ja, dass sie mit ihren Worten nicht falsch

liegt. Aber ich war einfach zu feige, mich der Herausforderung zu stellen, mein eigenes Leben zu führen. Stattdessen habe ich mich in Liebeskummer gewälzt und bin geflüchtet.

„Verschwende erst mal keine Gedanken mehr an Logan. Sollte Roxy nämlich nicht die direkte Schuld an dieser ... sagen wir mal ... Erpressung haben, dann wird er wahrscheinlich bei ihr bleiben. Außerdem ist sie Meisterin darin, die Waffen einer Frau einzusetzen und Logan ist auch nur ein Mann. Ich weiß, von was ich rede."

So was möchte ich gar nicht hören.

„Hast du einen Tipp für mich?", frage ich leise. Ich bin kurz davor, erbärmlich loszuheulen.

„Mach dich rar. Das hat ihn die letzten Monate rasend gemacht."

„Ist es nicht besser, den Kontakt wieder abzubrechen?" Das wäre mir ehrlich gesagt viel lieber.

„Nein! Er ist dran zu leiden. Du lebst jetzt dein Leben. Verbringe noch ein paar Wochen hier bei deiner Tante und sammle Kraft. Dann tauchst du plötzlich wieder in den Hamptons auf und wirst sehen, was passiert. Doch jetzt sollte dein Fokus auf deiner beruflichen Laufbahn liegen. Männer sind nur dein modisches Accessoire. Versprich mir das!", fordert sie.

Modisches Accessoire, wiederhole ich tonlos. Vielleicht ist das gar keine so schlechte Idee.

„Versprochen! Darf ich dich ab und an mal besuchen kommen, sollte ich erneut falsch abbiegen?", frage ich.

„Jeden Sonntag zum Brunch. Pünktlich um 11 Uhr!"

Für einen kurzen Moment verschlägt es mir die Sprache und ich sehe Anna entsetzt an. Erst als sich ihre Mundwinkel zu einem herzhaften Lachen nach oben verziehen, atme ich erleichtert auf. „Jetzt hast du mir einen Schrecken eingejagt."

„Aber ab und zu kommst du uns besuchen,

oder?" Annas Blick ähnelt dem eines treuherzigen Hundes und wer kann diesem widerstehen? Ich nicht!

„Ach, was ich dich noch fragen wollte ... wer war eigentlich der gut aussehende Mann mit dem Picknickkorb?"

„Das war Pepe. Meine erste große Liebe", sage ich und erwische mich dabei, wie ich einen schwärmerischen Unterton verwende. „Er hat mich heute Abend zum Essen eingeladen", setze ich mit Freude nach.

„So. Du gehst hoffentlich allein?"

„Nein. Damian kommt als meine Anstandsdame mit."

„Das weiß ich zu verhindern!", sagt Anna. Dann dreht sie sich um und schlendert in den Verkaufsraum.

Verdutzt sehe ich ihr nach.

Was war das jetzt bitte für ein Gespräch?

Im Schnelldurchlauf resümiere ich noch einmal ihre Worte und je länger ich darüber nachdenke, umso verdächtiger erscheint sie mir. Plötzlich kommt mir der Gedanke, dass Anna beauftragt wurde, mit mir zu sprechen. Ich habe auch schon einen Verdacht, wer dahinterstecken könnte.

„Also für den Urlaub sind das schöne Kleider", ruft Anna.

„Wenigstens dir gefallen sie", sage ich mehr zu mir als zu ihr und begebe mich in den Verkaufsraum.

Anna betrachtet ein blaues Kleid, dessen Farbe intensiv leuchtet. „Gibt es das auch in meiner Größe?", fragt sie.

„Du musst hier nichts kaufen. Das Kleid steht dir nicht!"

Anna fährt herum und sieht mich entsetzt an. „Ich weiß, dass ich ein paar Kilos zugelegt habe ... aber ..."

„Du bist perfekt! Sofia hat dich geschickt, oder? Und jetzt willst du extra etwas kaufen, damit ich nicht euren Plan durchschaue."

Anna schnaubt leise. „Warst du schon immer so intelligent?"

„Eigentlich schon. Nur bei dem Thema Liebe und Beziehung versagt mein Gehirn völlig."

„Das war früher bei mir und meiner Schwester nicht anders. Der Unterschied zu heute ist nur, dass sie sich immer noch in die falschen Männer verliebt. Mich hat zum Glück mein Donald vor so einem Fiasko gerettet." Sobald sie den Namen ihres Ehemannes ausspricht, huscht ihr ein verträumtes Lächeln über ihr Gesicht.

„Deine Schwester habe ich heute zum ersten Mal gesehen. Sie ist ja eine sehr mondäne und stolze Frau."

„Du hättest sie mal sehen sollen, bevor sie bei ihrem Crush angefangen hat zu arbeiten", zetert Anna.

Crush?

„Sie ist doch bei Logan angestellt, oder?" Jetzt bin ich ein wenig verwirrt.

„Ja sicher. Er war ihre große unerfüllte Liebe. Zum Glück ist sie wieder klar im Kopf und verkörpert nun mit Bravour die gestandene Business-Frau."

„Sagtest du gerade, dass sie in Logan verliebt war?" Ich kann das gerade nicht glauben.

„Na, sicher, Liebes. Sie war ein Groupie von The Masters und ist ihm überall hinterhergefahren. Sie betrieb bis letztes Jahr die einzig noch bestehende Fanpage. Frag mich nicht, wie sie plötzlich den Absprung geschafft hat. Allerdings vermute ich einen Mann dahinter. Nicht Logan ..." Anna hebt abwehrend die Hände. „Ich denke wohl, dass es jemand aus seiner Crew ist. Aber mir verrät sie kein Wort." Ich merke Anna an, dass sie das ein wenig ärgert.

Jetzt ist meine Neugier erweckt. „Erzähl mal, stimmt es, was man sich so von den Crew-Mitgliedern erzählt? Damian hat ein wenig geplaudert."

Anna überlegt erst, bevor sie glücklich lächelt.
„Sagen wir es so ... es gibt für jeden Geschmack das passende Exemplar ..."
„Warst du etwa mit auf Tour?"
„Na, sicher. Aber nicht die gesamte Zeit über. Marina, also Mirandas Zwillingsschwester, du erinnerst dich noch an sie?"
„Natürlich. Ich war auf Mirandas Hochzeit."
„Stimmt. Marina arbeitet noch nicht lange bei uns im Büro und deshalb können wir sie nur begrenzt dem Wahnsinn überlassen ..."
Ich lache über Annas Aussage. „Weißt du, dass ich früher annahm, dass Miranda Logans Freundin wäre ..."
Annas freundliche Gesichtszüge verwandeln sich plötzlich. Betroffen sieht sie weg und sagt leise: „Das ist eine lange Geschichte und ich bin mir nicht sicher, ob sie tatsächlich schon beendet ist."
Wie soll ich das denn jetzt verstehen?
„Kannst du das ein wenig genauer definieren?"
„Im Moment noch nicht", antwortet Anna und durchwühlt den nebenstehenden Kleiderständer.
„Verschweigst du mir etwas?", frage ich.
„Nein! So lange ich die Wahrheit nicht kenne, werde ich keine Spekulationen verbreiten." Trotzdem erfahre ich von Anna ein paar Details über das unterkühlte Verhältnis zwischen Logan und Miranda. Misstrauisch werde ich, als ich höre, dass sie kürzlich in seinem Büro aufgetaucht ist und sehr unglücklich wirkte. Plötzlich quält mich eine Frage, die ich Anna auch sofort stelle: „Habe ich überhaupt eine Chance bei Logan? Wenn ich das alles so höre, dann passe ich doch gar nicht in sein Leben." Sicherheitshalber verschweige ich, dass ich mir dies seit über einem Jahr ständig einrede.
Sollte ich tatsächlich recht haben?

Chapter 16

Logan

Ich merke, dass ich älter werde. Früher hat mir ein Langstreckenflug von elf Stunden weniger ausgemacht als heute. Mit dieser ernüchternden Erkenntnis tippe ich den Zahlencode von der Eingangstür meines Strandhauses ein. Diese öffnet sich wie von Geisterhand. Schon während des Fluges machte ich mir ernsthafte Gedanken, ob ich in mein Penthouse in Manhattan oder doch besser in die Hamptons fahre. Jeder normale Mensch würde zu mir sagen, dass ich Luxusprobleme habe, doch für mich geht es um so viel mehr.

Ich bin wirklich stolz auf mich, dass ich die unzähligen Trinkgelage, die es anlässlich des Junggesellenabschieds von Damian gab, relativ problemlos durchgestanden habe. Allerdings vertraue ich mir, wenn ich daran denke, was in den nächsten Stunden auf mich zukommen wird, keinesfalls. Mit dem Verlassen von Ibiza überfiel mich dieser Drang, dass ich dieses Chaos, welches im Moment mein Leben beherrscht, mit Alkohol und vielleicht noch mehr betäuben will.

Amanda schien meine Gedanken zu ahnen, denn auch sie kennt mich mittlerweile gut genug. Sie empfahl mir, das Strandhaus zu wählen, damit ich bei Bedarf ins Meer abtauchen kann. Kalt genug ist es, um nüchtern zu werden.

Die Eingangstür fällt hinter mir mit lautem Krachen zu. Ich bleibe stehen und versuche, meine Emotionen zu sortieren. Tatsächlich empfinde ich die Stille im Haus als wohltuend. Störend hingegen ist die abgestandene Luft. Deshalb öffne ich die Terrassentüren im Wohnzimmer.

Mit mehreren tiefen Zügen atme ich die herbe Meeresluft ein. Mein Plan scheint aufzugehen. Mir geht es mental schon besser.

Das Vibrieren meines iPhones in meiner Hosentasche erinnert mich daran, dass ich Jayce unbedingt zurückrufen muss. Er hat mir seit gestern mindestens zehn Nachrichten mit dem gleichen Inhalt geschrieben, dass ich mich unbedingt melden soll. Tatsächlich habe ich es auf dem Rückflug geschafft, alle anderen wichtigen Nachrichten sowie E-Mails zu beantworten. Nur die von Roxy habe ich bewusst ignoriert. Ich möchte mit ihr ein Vier-Augen-Gespräch.

Ich setze mich auf der Veranda in einen der zwei Schaukelstühle, die ich letztes Jahr zusammen mit Roxy gekauft habe. Erstanden habe ich sie auf einem Flohmarkt in Rom, als wir uns dort ein paar Tage eine Auszeit gönnten. Diese war dringend nötig, weil wir uns vorher nur noch gestritten haben. Schon die geringste Kleinigkeit brachte uns aus dem Gleichgewicht.

Wieso merke ich das erst jetzt?

Das erneute Vibrieren meines iPhones unterbricht meine Gedanken. Missmutig ziehe ich es aus meiner Hosentasche und nehme den Anruf von Jayce an. Dabei stelle ich das Gespräch auf laut. Hier kann niemand mithören.

„Hey, Brother. Was gibt es?"

„Verflucht noch mal! Warum bist du nicht zu erreichen?", bölkt Jayce los.

„Ich habe gerade andere Sorgen. Hast du das Posting von Roxy gesehen?"

„Das ist doch ein Fake. Logan! Ich brauche deine Hilfe. Wir haben ein ernstzunehmendes Problem!"

„Wir?", wiederhole ich und beginne im Stuhl leicht zu wippen.

„Cassandra liegt seit gestern im Krankenhaus. Die Ärzte haben sie ins Koma versetzt. Es sieht verdammt nicht gut aus."

Nein, das darf nicht sein.

„Fuck. Fuck. Fuck", brülle ich. „Und wo ist Grace?"

„Hier bei mir. Ich weiß nicht, was ich jetzt machen soll. Logan! Wir sind am Arsch!"

Das sehe ich nicht anders.

„Hast du mit Miranda gesprochen? Weiß sie von den beiden?"

Anstatt einer Antwort vernehme ich nur Jayces schweres Atmen.

„Fuck. Jayce! Du wolltest es ihr sagen!" Jetzt bin ich richtig sauer.

„Ich konnte es nicht!"

Genau in diesem Moment höre ich das Geräusch eines Autos, welches in meiner Einfahrt hält. Blitzartig schnappe ich mein iPhone, stehe auf und renne zum Küchenfenster. Dass mich ausgerechnet jetzt Miranda besuchen kommt, ist kein gutes Omen. Im Gegenteil. Mein mühevoll erreichtes inneres Gleichgewicht droht augenblicklich zu kippen.

„Ich melde mich gleich wieder. Amanda ist gerade gekommen", lüge ich und beende das Telefonat.

Für einen Moment überlege ich, ob ich die Tür tatsächlich öffnen soll. Es ist über ein Jahr her, dass ich mit Miranda allein war. Damals haben wir uns über unsere fragwürdigen Gefühle füreinander unterhalten und sind zu dem Entschluss gekommen, dass wir sie geschwisterlich halten. Allerdings habe ich mich nach der Aussprache mit Jayce von Miranda stark zurückgezogen. Wenn wir uns zu Familienfesten oder aus anderen Gründen getroffen haben, waren wir nie allein. Und jetzt steht sie vor meiner Tür. Allein. Ganz allein.

Was für ein beschissenes Timing!

Ich überwinde mich und öffne zögerlich die Tür.

Miranda trägt eine dunkle Sonnenbrille und bevor ich sie begrüßen kann, fällt sie mir um den Hals. Sekunden später fängt sie bitterlich an zu weinen. Sie schluchzt fürchterlich und ich verstehe kaum ein Wort von dem, was sie sagt.

Früher hätte ich sie sofort fest umarmt, womöglich ins Wohnzimmer getragen und auf die Couch gesetzt. Jetzt stehe ich emotionslos da und bin unfähig, mich zu bewegen. Nur allein ihren einzigartigen Duft einzuatmen, weckt meine fragwürdigen Gefühle für sie.

Das kann ich nicht zulassen!

Instinktiv löse ich ihre Umarmung und schiebe sie von mir weg. „Ich kann das nicht!", röchle ich. Dabei spüre ich, dass ich kurz davor bin, mich wieder zu verlieren. Dieses enorme Durcheinander von Gefühlen und Dramen um mich herum schaffe ich nicht mehr zu sortieren.

„Lass mich allein!", sage ich barsch.

Miranda reißt sich ihre Sonnenbrille runter und starrt mich finster an. „Das könnte dir so passen!"

„Du musst gehen!", brülle ich sie an.

„Nein!", brüllt sie zurück und schiebt mich zur Seite.

Ungefragt geht sie in mein Wohnzimmer und wie in Trance folge ich ihr. Als sie die Schranktür öffnet, wo der Alkohol steht, überfällt mich ein kalter Schweißausbruch. Gleichzeitig fange ich an zu zittern. „Schütte …

das ... Zeug ... weg", röchle ich.

Miranda schnappt sich die zwei Flaschen Wodka – mehr Alkohol habe ich nicht im Haus – und rennt zur Veranda hinaus.

Was danach passiert, weiß ich nicht, denn mir wird plötzlich fürchterlich übel. Ich schaffe es gerade noch in die Gästetoilette und muss mich dort entsetzlich übergeben. Glücklicherweise habe ich heute kaum etwas gegessen, sodass mein Magen nicht viel zum Ausspucken hat.

Irgendwann sitze ich völlig geschafft auf dem Boden neben der Toilette und versuche, mich innerlich wieder zu beruhigen. So einen Rückfall hatte ich das letzte Mal, als meine frühere Identität als Musiker wieder in den Fokus der Medien rückte.

„Versuche, einen Schluck zu trinken", sagt Miranda und reicht mir ein Glas Wasser. Danach setzt sie sich neben mich. Dass sich diese Situation wie in meinen wildesten Jahren anfühlt, ist schwer zu ertragen. Mit immer noch zittrigen Händen greife ich nach dem Glas und verschütte dabei etwas von dem Inhalt, bevor ich ein paar Schlucke trinken kann.

„Danke ...", sage ich leise und gebe ihr das Glas zurück, denn wirklich halten kann ich es nicht.

Miranda stellt es neben sich ab und betrachtet mich wehleidig.

„Du hast auch schon besser ausgesehen", kontere ich. „Außerdem ... woher weißt du, dass ich hier bin?"

„Mrs. Perkins hat es mir erzählt. Ich habe sie kontaktiert, nachdem du die letzten zwei Tage nicht auf meine Anrufe reagiert hast."

So eine Petze!

„Sorry. Es ist im Moment viel los." Ich vermeide es, sie anzusehen und starre stattdessen an die gegenüberliegende Wand.

„Was ist eigentlich zwischen uns vorgefallen, dass wir uns so fremd geworden sind?" Miranda klingt traurig und vorwurfsvoll zugleich.

„Das ist jetzt nicht der passende Zeitpunkt, um darüber zu sprechen."

„Natürlich! Wahrscheinlich weißt du auch schon länger, dass mich mein Ehemann betrügt. Deshalb gehst du mir aus dem Weg."

Mir platzt gleich der Kopf.

„Er hintergeht dich nicht!", blaffe ich.

„Ach nein! Angeblich ist er im Studio, um Songs abzumischen ... sobald ich ihn dort besuchen will, wiegelt er ab oder ist gar nicht da. Er war die letzten zwei Nächte nicht zu Hause und er will mir partout nicht sagen, wo er diese verbracht hat. Wer ist sie? Logan! Ich will es wissen!"

„Kannst du bitte leiser sprechen? Meine einsetzenden Kopfschmerzen werden von deiner Schreierei noch schlimmer!"

„Deine innere Ruhe möchte ich haben ..."

„Du hast keine Ahnung, wie es in mir aussieht!" Das weiß nur jemand, der ebenfalls in der Drogenhölle war, denn die Konsequenzen daraus schleppst du das restliche Leben mit dir.

Miranda ist die Verzweiflung, Wut und Enttäuschung anzusehen. Sie hat wahrscheinlich die letzten zwei Nächte vor Sorge um ihre Ehe nicht geschlafen. Die dunklen Schatten unter ihren Augen lassen darauf schließen.

Ich muss ihr helfen. Das bin ich unserer jahrelangen Freundschaft schuldig. „Ich rufe jetzt in deiner Anwesenheit Jayce an und du musst mir versprechen ... egal, was du gleich hören wirst, dass du still bist. Ganz still."

Erschrocken sieht sie mich an und rutscht dann vor Nervosität hin und her. „Versprochen!", flüstert sie.

„Dir ist hoffentlich klar, dass ich damit meinen besten Freund verrate", sage ich mit Nachdruck.

„Ich weiß es zu schätzen!"

Hoffentlich.

Umständlich zerre ich mein iPhone aus meiner Hosentasche, lege es auf den Boden und rufe Jayce an. Das Gespräch stelle ich auf laut, damit es Miranda mithören kann.

„Warum hat das so lange gedauert?", blafft er mich an, bevor ich irgendetwas sagen kann.

„Es gab noch einiges zu besprechen", lüge ich und fühle mich schlecht ihm gegenüber.

„Okay. Jetzt müssen wir eine Lösung finden. Logan. Miranda denkt, dass ich eine Affäre habe. Meine Ehe ist in Gefahr ..."

„Du hättest mit ihr reden müssen, als noch alles gut war."

„Ich brauche jetzt keine Altherrenmoral, sondern Hilfe!"

„Kannst du mir erst mal erzählen, was überhaupt passiert ist?"

„Habe ich das noch nicht?", fragt er und ich merke ihm an, wie durcheinander er ist.

„Nein. Nur, dass Cassandra ...", sage ich und sehe Miranda bewusst an. Diese nickt mir zu, denn sie kennt sie von ihren unzähligen Besuchen im Studio. Cassandra ist die Backgroundsängerin von Jayces Band.

„Also, dass sie im Krankenhaus liegt und Grace bei dir ist. Mehr weiß ich nicht."

„Okay. Cassandra hat mich vorgestern Abend angerufen und mich gefragt, ob ich kurz vorbeikommen könnte. Ihr ging es nicht gut. Das war kein Problem für mich, denn ich war zwei Blocks weiter im Studio. Als ich eine halbe Stunde später bei ihr eintraf, öffnete sie die Tür nicht. Ich dachte, dass sie vielleicht die Klingel abgestellt hat, weil Grace schläft. Zum Glück habe ich den Wohnungsschlüssel immer bei mir und ich fand sie bewusstlos im Flur. Sie war zusammengebrochen. Ich telefonierte sofort mit ihrem zuständigen Arzt Dr. Miller und dieser schickte mir innerhalb kürzester Zeit ein Notfallteam. Im Krankenhaus stellten sie fest, dass genau der Zustand eingetreten ist, vor dem wir alle so Angst hatten. Der Gehirntumor ist so schnell gewachsen, dass es keine Hilfe mehr gibt. Cassandra wird in den nächsten Tagen sterben." Die letzten Worte spricht Jayce mit gebrochener Stimme.

Unwillkürlich sehe ich Miranda an und ihr laufen die Tränen über das Gesicht. Ich bewundere sie, wie sie ihre Emotionen lautlos von sich gibt.

Mir ist einfach nur schlecht. Grottenschlecht.

Cassandra lernte ich letztes Jahr in Barrys Musikladen kennen. Sie war dort auf Jobsuche und bot ihre Fähigkeiten als Backgroundsängerin an. Zu diesem Zeitpunkt suchte Jayce jemanden und ich vermittelte den Kontakt. Bereits nach dem ersten Vorsingen – ich war damals anwesend – wussten wir, dass sie den Job erhält. Ihre Stimme war einzigartig, obwohl Cassandra erst zweiundzwanzig Jahre alt war. Leider bemerkten wir schnell, dass sie nicht nur schwanger, sondern auch stark drogenabhängig war. Daraufhin stellten wir sie vor die Wahl: entweder Entzug und sie behält den Job oder sie muss sofort verschwinden. Erfreulicherweise begab sie sich in Therapie und bei einer routinemäßigen Untersuchung stellten die Ärzte einen nicht operablen Gehirntumor fest. Der Schock saß nicht nur bei uns tief. Cassandra bat uns damals, dass wir uns um ihr ungeborenes Kind kümmern, sollte ihr etwas zustoßen, denn sie wusste nicht, wer der Vater war. Mit ihrer Familie wollte sie keinen Kontakt. Warum genau, das wissen wir bis heute nicht. Uns war bewusst, dass wir von

Rechts wegen keine Chance hatten, ihr diesen Wunsch zu erfüllen. In unserer Verzweiflung baten wir Madison um Beistand und sie legte uns eine passable Lösung vor: entweder Jayce oder ich übernehmen bei der Geburt die Vaterschaft. Was für ein Wahnsinn.

Insgeheim hofften wir, dass ein Wunder geschieht und Cassandra ihr Kind mit unserer finanziellen Unterstützung allein großziehen kann. Wie blauäugig, nicht nur von mir.

Die Geburt rückte näher und wir mussten eine Entscheidung treffen. Madison riet mir von der Vaterschaft ab, weil meine Lebensverhältnisse komplizierter waren als die von Jayce. Er war definitiv der bessere Kandidat und wollte das mit seiner Ehefrau, Miranda, besprechen. Doch wie das Leben so spielt, kam Grace eher zur Welt als errechnet und Jayce wurde Vater, ohne mit seiner Ehefrau darüber gesprochen zu haben.

„Können wir eine kurze Pause machen?", bitte ich Jayce. Nicht nur ich muss das erst mal sacken lassen.

„Du bist gut. Wie soll es jetzt weitergehen? Ich sitze hier seit Stunden mit Grace im Krankenhaus. Die Schwestern von der Säuglingsstation waren so nett und haben mir beim Wickeln und Flasche geben geholfen. Im Gegensatz zu dir habe ich das noch nie im Leben gemacht!" Jayce ist richtig ungehalten.

Miranda hingegen wischt sich ihre Tränen ab und verzieht eine schadenfrohe Grimasse.

„Ich werde eine Lösung finden", beschwichtige ich ihn. Zumindest versuche ich es.

„Logan! Begreifst du es nicht? Ich kann doch jetzt nicht nach Hause fahren und zu Miranda sagen ... Schatz, ich habe dir was mitgebracht ... und lege ihr Grace in den Arm."

Als ich das höre, muss ich tatsächlich lachen.

Miranda hingegen verdreht die Augen, schüttelt den

Kopf und hält sich die Hand vor den Mund, damit Jayce sie nicht hört. Das ist doch ein gutes Zeichen.

„Ich melde mich gleich wieder!", sage ich und beende, ohne auf seinen Einwand zu hören, das Gespräch erneut.

„Das ist doch nicht euer Ernst!" Miranda springt auf, streicht sich unwirsch ihre ins Gesicht gefallenen langen dunklen Haare zurück und blafft: „Euch kann man einfach nicht alleine lassen. Entweder landet einer von euch in der Drogenhölle oder ihr adoptiert ein Kind. Das geht so nicht weiter."

So ganz Unrecht hat sie nicht.

„Wieso hat mich Jayce so angelogen?" Diese Frage stellt sie nicht mir, sondern sich selbst. Trotzdem bin ich gewillt, ihr zu antworten: „Er hat nicht gelogen, sondern dir nicht alles erzählt."

„Ach, so siehst du das. Kommt diese Erkenntnis wieder von deiner merkwürdigen kleinen Männerlogik?"

„So klein ist die nicht", kontere ich.

Miranda schnaubt. „Dir scheint es wieder besser zu gehen."

„Nicht wirklich. Der Albtraum kommt erst noch …"

Chapter 17

Emily

Anna probiert schon das dritte Kleid an und scheint sich dabei in jedes Teil zu verlieben. „Ich kann mich nicht entscheiden", jammert sie.

„Nimm sie alle!", ist meine Standardantwort bei solchen Kundinnen, die unschlüssig sind. Allerdings sind meine Gedanken noch bei unserem vorherigen Gespräch.

„Ich passe nicht zu Logan, stimmt doch, oder?", platze ich heraus.

Anna reißt den Vorhang von der Umkleidekabine so heftig auf, dass dieser droht, samt Halterung runterzufallen.

„Das ist eine ungerechte Frage an mich", schimpft sie. „Aber gut. Ich habe die Zweifel angedeutet und jetzt bin ich dir auch eine ehrliche Antwort schuldig."

„Eigentlich weiß ich sie schon", sage ich und spüre den Herzschmerz.

„So einfach ist das nicht. Du hast Logan als Architekt kennengelernt und auch, wenn ihr in gesellschaftlich unterschiedlichen Schichten lebt, sehe ich darin kein Problem, denn er ist relativ bodenständig. Was mir

Zweifel bereitet, ist sein Rockstarleben. Ich bin mir nicht sicher, ob du dies mit deiner Lebensweise vereinbaren kannst."

„Und Roxy kann das besser?" Ihren Namen laut auszusprechen bereitet mir Unbehagen.

„Sie kommt mit seinem normalen Leben nicht klar."

„Also passen wir beide nicht zu ihm."

„Wenn du es so ausdrücken willst ...", murmelt Anna und verschwindet wieder hinter dem Vorhang.

„Und was ist mit Miranda?" Jetzt will ich es ganz genau wissen.

„Miranda!", wiederholt Anna. Sie scheint nach den passenden Worten zu suchen.

„Ja. Logan und sie haben wohl ein ganz besonderes Verhältnis zueinander, oder?"

„Das stimmt."

„Und weiter?"

Wieso ist sie mit ihrer Antwort so zögerlich?

Erneut öffnet Anna den Vorhang, doch dieses Mal vorsichtiger. Misstrauisch schielt sie nach der Befestigung, die noch zu halten scheint. Erst dann sagt sie: „Miranda wäre die perfekte Wahl für ihn. Sie kennt seine Drogenvergangenheit, sie weiß, wie die Musikbranche funktioniert und sie sind in derselben Gesellschaftsordnung aufgewachsen."

Autsch. Das tut weh.

Mir fehlen die Worte. Zu gern hätte ich es verhindert, dass mir die Tränen in die Augen schießen. Traurig und enttäuscht wende ich mich ab.

„Emily!", ruft Anna.

Anstatt ihr zu antworten, winke ich ab. Ich brauche dringend frische Luft.

„Warte! Bitte! Ich weiß, dass meine Antwort dich verletzt hat. Aber das war nicht meine Absicht, sondern ..."

„Sondern was?", rufe ich und drehe mich zu ihr um.

„Lerne von Miranda", sagt Anna.

„Wie soll das gehen?", frage ich und bin aufgebracht.

„Ich bin hier auf Ibiza und Miranda ist in den …"

Oh verdammt.

Jetzt begreife ich, was sie meint. Wenn ich für immer hierbleibe, dann habe ich wahrscheinlich gar keine Chance bei Logan.

Aufgeben oder kämpfen?
Was kann ich am besten?
Wegrennen.

Ich bin nach dem Tod meiner Mutter, so oft es möglich war, nach Ibiza geflüchtet. Später kam Long Island als zweite Zufluchtsstätte hinzu. Wenn ich ehrlich zu mir bin, dann ist mein Wunsch nach einer eigenen kleinen Familie doch nur vorgeschoben. In Wirklichkeit muss ich erst einmal mein Leben sortieren, bis ich über so eine gravierende Veränderung nachdenken kann.

„Du hast recht", sage ich und bin mir nicht sicher, ob Anna mich hören kann. Sie scheint in der Umkleidekabine mit irgendwelchen Unwegsamkeiten zu kämpfen. Jedenfalls klingt es so.

Kurz darauf erscheint sie mit zerzaustem Haar und den Kleidern auf dem Arm. „Ich nehme sie alle drei. Das bin ich deiner Tante schuldig. Und natürlich habe ich recht … in vielen Dingen. Aber darum geht es nicht, sondern du musst deinen Weg finden. Dabei können wir dich zwar unterstützen, doch die richtigen Entscheidungen musst du allein treffen."

Hat sie WIR gesagt?

„Dein gewählter Wortlaut irritiert mich etwas", sage ich mit ein wenig Ironie in der Stimme.

„Das muss es nicht. Sofia und ich vertreten die gleiche Meinung." Anna sagt das mit so einer Selbstverständlichkeit, dass ich kurz schwer schlucken muss.

„Und wann seid ihr zu dieser Übereinstimmung gekommen? Ihr kennt euch doch erst geschätzte vier Stunden."

„Unser Gespräch dauerte nicht lange. Deine Tante ist eine kluge Frau, die nur das Beste für dich will. Du solltest sie selbst fragen."

Das werde ich tun. Ganz bestimmt.

***

Anna hat, entgegen meiner Erwartung, tatsächlich einen Großeinkauf getätigt. Neben drei Kleidern und zwei Blusen wanderten noch diverse Armbänder und Ohrringe in ihre Tasche.

Während sie mit einem zufriedenen Ausdruck neben mir im Auto sitzt, hadere ich mit mir und meinem Leben. Besonders macht mir die Aussage bezüglich meiner Tante zu schaffen. Wieso ermutigt sie mich, zu ihr zu ziehen, wenn sie in Wirklichkeit eine ganz andere Meinung vertritt? Diese Frage muss sie mir beantworten und das schnellstmöglich.

Ich parke direkt neben ihrem Auto, was zu meiner großen Verwunderung bereits mit neuen Reifen ausgestattet ist.

Das ging aber schnell.

Ungehalten steige ich aus und schließe die Fahrertür mit mehr Schwung als nötig.

„Ich muss dringend etwas klären", rufe ich Anna zu, die sich am Kofferraum zu schaffen macht.

„Lass sie am Leben!", sagt sie und ich bin mir nicht sicher, ob ich das hören sollte.

Das wird sich zeigen.

Mit großen Schritten begebe ich mich auf die Suche nach Sofia und werde in der Küche fündig. Meine Tante schneidet gerade eine Menge Gemüse klein und will oder kann mich scheinbar nicht wahrnehmen.

Ich stelle mich neben sie und blaffe: „Hallo!"

Sofia reagiert nicht und tut so, als hätte sie nichts gehört.

„Wir müssen reden!", sage ich laut und mit Nachdruck.

„Hast du Anna etwas verkaufen können?", fragt sie, ohne mich anzusehen.

Ernsthaft?

„Sie hat den halben Laden leergekauft." Dass das völlig übertrieben ist, weiß ich, aber ich habe die Hoffnung, dass Sofia dann endlich auf mich reagiert.

„Schön."

„Mehr fällt dir dazu nicht ein?"

„Nein!"

„Vielleicht… tut mir leid, dass ich nicht ganz ehrlich zu dir war. Oder …"

„Ich habe einen Fehler gemacht …" Sofia legt das Messer zur Seite und sieht mich finster an. „Wenn ich vorher gewusst hätte, dass euch so eine enorme Anziehungskraft verbindet, dann wäre ich nie auf die Idee gekommen, dich zu mir nach Ibiza zu holen."

„Von was redest du?"

„Du und Logan. Ihr seid füreinander bestimmt. Mein Vater hat meine Mutter auch mit so einem bewundernden Blick angesehen, wie Logan dich. Und du … das ist nicht nur ein harmloser Flirt von dir, sondern du liebst ihn aus tiefstem Herzen heraus. Egal, wann ich euch zusammen gesehen habe, spürte ich diese besondere Verbundenheit. Ich glaube sogar, dass euch dies überhaupt nicht bewusst ist. Dadurch wurde mir klar, dass du hier völlig fehl am Platz bist. Du musst zurück in seine Nähe und abwarten, was passiert. Das Schicksal hat noch viel mit euch vor."

Das muss ich erst mal verinnerlichen!

Gedankenverloren greife ich nach dem Messer,

welches Sofia vorher benutzte und schneide einfach weiter das Gemüse in kleine Stücke. Ich muss jetzt etwas tun, wobei ich nicht nachzudenken brauche.

Dass ausgerechnet in diesem Moment mein iPhone klingelt, schockiert mich zutiefst. Die Angst, dass es Logan sein könnte, beschert mir Schluckbeschwerden. Trotzdem ziehe ich es aus der hinteren Hosentasche und schiele argwöhnisch auf das Display. *Josephine* lese ich und bin erleichtert.

Bevor ich das Gespräch annehme, lege ich das Gerät neben mich auf die Arbeitsplatte und stelle es auf laut. So kann ich weiter das Gemüse schneiden und Sofia darf mithören.

„Emily!", ruft Josephine und klingt ganz aufgeregt. „Du glaubst nicht, wer heute in deiner Boutique war."

„Du wirst es mir gleich erzählen", antworte ich und muss schmunzeln. Bestimmt hat sie wieder einen Prominenten bedient. Danach ist sie immer ganz aufgeregt. Josephine kommt ursprünglich aus Texas und dort beträgt das Staraufkommen – im Gegensatz zu den Hamptons – unter einem Prozent.

„Roxy. Sie war tatsächlich hier."

Was hat sie jetzt gesagt?

Ich röchle: „Du meinst Logans Freundin?"

„Ja, wer denn sonst? Und kannst du dir vorstellen, was sie gekauft hat?"

Nach Josephines entsetzter Frage zu urteilen, muss es was unverschämt Teures gewesen sein.

„Einen von deinen Sonnenhüten. Dieses Einzelstück, das du ursprünglich für dich angefertigt hast. Sie wollte diesen unbedingt haben. Bist du jetzt böse auf mich, weil ich ihn ihr verkauft habe? Preislich musste sie tief in die Tasche greifen. Ich habe dreihundert anstatt einhundert Dollar verlangt."

Vorsichtshalber lege ich das Messer zur Seite, sonst

ramme ich es vor Wut in die Arbeitsplatte.

„Dreihundert Dollar?", wiederhole ich lautstark.

„Ja. Irre, oder?"

„Gut gemacht! Und sollte sie wiederkommen und noch andere Teile kaufen wollen, dann knöpfe ihr so viel Geld wie möglich ab. Sie steht verdammt tief in meiner Schuld."

Josephine räuspert sich kurz. „Ist alles okay bei dir? So erbost kenne ich dich nicht."

„Hier ist viel passiert. Ich erzähle es dir … nur nicht am Telefon."

„Das Gefühl habe ich auch. Pass bitte gut auf dich auf. Und, Emily… Du fehlst hier. Ich habe echt kein Problem damit, wenn du wiederkommst. Zusammen schaffen wir das!"

Bevor ich antworten kann, hat Josephine aufgelegt. Schweigend betrachte ich meine Schnipselarbeit, denn der letzte Satz von ihr hat es in sich. So emotional kenne ich meine Freundin nicht. Sie war schon immer die Coolere von uns beiden, denn sie nimmt das Leben, wie es kommt. Diese Gefühlsachterbahn, wie ich sie mit Logan durchlebe, würde sie nie fahren. Entweder ist das Objekt ihrer Begierde verfügbar und wenn nicht, dann hat er Pech gehabt und nicht sie. Diese Einstellung hätte ich manchmal gerne. Mein Herz müsste definitiv weniger leiden.

„Brauchst du noch mehr Zeichen, die darauf hindeuten, dass du zurückgehen sollst?" Ich spüre Sofias prüfenden Blick auf mir ruhen.

„Das kann schon sein. Aber erstens habe ich nicht die nötigen finanziellen Mittel, um einen Flug zu buchen und zweitens will ich die Sache mit deiner Villa erst geklärt wissen. Vorher werde ich nirgendwo hingehen. Ich danke dir aber für deine ehrlichen Worte. Die muss ich zwar erst mal verarbeiten, aber …"

„Du hast in zwei Stunden noch ein Date mit Pepe. Vielleicht bringt dich das in deinen Überlegungen voran."
Das hätte ich jetzt beinahe vergessen.
Eigentlich wollte ich mich mit Damian und den Jungs heute noch zum Surfen treffen, doch dies ist zeitlich nicht mehr möglich. Meine selbst ernannte Anstandsdame findet das bei unserem Telefonat sehr bedauerlich und möchte mich unbedingt zu dem Abendessen mit Pepe begleiten. Ich habe wirklich alle Mühe, ihm das auszureden, doch irgendwann gibt er gefrustet auf.

„Konntest du ihn abschütteln?" Anna hat sich stillschweigend zu uns gesellt und scheint mein Gespräch mitgehört zu haben. Vielleicht hat sie auch telepathische Kräfte.

„Ja!", antworte ich knapp.

„Das ist gut. Ich nehme mal an, dass dich die Nachricht interessiert, dass Logan in den Hamptons angekommen ist?"

„Er ist nicht in Manhattan?" Das verwundert mich, denn Roxy bewohnt nicht weit weg von ihm ein kleines möbliertes Apartment. Diese Information habe ich von Damian.

„Nein! Mehr weiß ich auch nicht." Anna vermeidet es, mich anzusehen.

Mir vermittelt dies das Gefühl, dass sie mir nicht alles erzählt. Ich sollte mich wohl mit dieser Aussage zufriedengeben, denn sonst bekomme ich keinen Abstand zu diesem Mann. Außerdem habe ich mir fest vorgenommen, dass ich ihn weder anrufen noch anschreiben werde. Sollte er sich allerdings bei mir melden, dann gerate ich in Panik. Das weiß ich jetzt schon.

„Willst du eigentlich in Shorts zu deinem Date gehen?" Sofia betrachtet mich provokant und zieht dann die linke Augenbraue nach oben. Ich kenne diese Geste nur zu gut.

„Vielleicht!", antworte ich schnippisch. „Außerdem ist das kein Date, sondern nur eine Einladung zum Essen."

„Wie konntest du das nur verwechseln?" Anna zwinkert Sofia schelmisch zu.

Wie jetzt?

„Habt ihr euch gegen mich verbündet?" Ich fasse es nicht.

„Nur ein bisschen", gibt Anna mit einem Hauch Ironie in der Stimme zu.

„Wir sind Team Emily. Definitiv", erklärt Sofia und um ihre Mundwinkel zuckt es verdächtig.

Die veralbern mich doch.

So richtig kann ich mit der Situation nicht umgehen. Einerseits fühle ich mich missverstanden und habe das Gefühl, dass sich beide über mich lustig machen. Anderseits bin ich so froh darüber, dass sie in meinem Team spielen und das bringt mich wiederum zum Lachen.

Das vergeht mir allerdings ganz schnell wieder, als sich in meinen Blickwinkel eine Person schiebt. Beim näheren Betrachten entpuppt sich diese als Pepe, der über die geöffnete Terrassentür das Wohnzimmer betritt.

„Ladys, ich wünsche einen wunderschönen guten Abend", sagt er akzentfrei und mit einer leichten Verbeugung.

Was für ein Auftritt.

Es war weder ausgemacht, dass er mich von zu Hause abholt, noch, dass er einen Strauß roter Rosen mitbringt und schon gar nicht über eine Stunde früher erscheint. Genau das ist passiert. Zusätzlich ist er gekleidet, als würde er von der Mailänder Modewoche kommen. Er trägt einen modernen dunkelblauen Anzug und darunter ein weißes Hemd, welches er nur zur Hälfte geschlossen hat. Seine sonst leicht lockigen Haare hat er mit Gel gebändigt, was ihm einen charmanten Look verpasst.

Halleluja.
Während ich noch nach den passenden Worten suche, gluckst Anna vergnügt hinter mir. Neugierig drehe ich mich um und kann es nicht glauben, was ich sehe. Beide Frauen stehen in froher Erwartungshaltung da und scheinen auf eine Art von Kammerspiel zu warten. Ihre leicht süffisanten Gesichtsausdrücke nötigen mich zu einer kleinen Rache.

„Sofia. Würdest du dich bitte um die wunderschönen Rosen kümmern? Und Anna, biete Pepe doch einen Platz und etwas zu trinken an. Ich brauche noch einen Moment."

Ohne auf ihre Antworten zu warten, entreiße ich Pepe die Rosen, die er noch immer hält und drücke sie Sofia in die Hand. Von Anna verabschiede ich mit einem grazilen Knicks.

Sekunden später renne ich die Treppen ins Obergeschoss hinauf.

Dieser Abend kann nur in einer Katastrophe enden.

Chapter 18

Logan

Miranda steht vor mir und scheint ebenfalls nach einer passablen Lösung zu suchen, wie wir Jayce und Grace erst mal zu mir nach Hause holen können. Zumindest nehme ich das an, denn sie schweigt und atmet dabei tief ein und aus.

„Kann ich dir vielleicht ... trotz meiner kleinen Männerlogik ... behilflich sein?"

Sofort trifft mich ihr vorwurfsvoller Blick. Eine Antwort erhalte ich immer noch nicht.

„Würdest du mir bitte sagen, was du denkst?", frage ich jetzt mit Nachdruck.

„Das weiß ich nicht. Ich bin total durcheinander. Seit zwei Tagen denke ich, dass meine Ehe am Ende ist und habe mich irgendwie darauf eingestellt. Jetzt muss ich erst mal umdenken und bin natürlich froh darüber. Aber dass es Cassandra so schlecht geht und wir für Grace eine Lösung finden müssen, überfordert mich. Logan! Wie soll das funktionieren? Jayce und ich ... wir sind beruflich total eingespannt. Ich leite mittlerweile seine Stiftung allein und er ist voll mit seiner Musikkarriere beschäftigt.

Außerdem hatten wir nicht vor, Eltern zu werden …"

„Das weiß ich und vielleicht haben wir zu vorschnell gehandelt. Aber du kennst Cassandra. Hättest du ihr diesen Wunsch verwehrt?"

Miranda denkt kurz nach, bevor sie antwortet. „Nein! Trotzdem nehme ich es euch übel, dass ihr nicht mit mir darüber gesprochen habt. Aber das ist jetzt nicht der Punkt. Wie geht es jetzt weiter?"

Diese Frage stelle ich mir auch.

Normalerweise würde ich *jetzt* Madison anrufen und sie um Hilfe bitten. Ich weiß aber, dass sie auf dem Rückflug einen Termin bei ihrem Frauenarzt in South Hampton vereinbart hat und sie sich wahrscheinlich dort befindet. Amanda betreibt Schadensbegrenzung bei den Medien in der Sache mit Roxy und ist dafür zurück nach Manhattan gefahren. Meine Mutter sowie Mrs. Perkins wären ebenfalls eine Option, doch befinden sie sich noch auf Ibiza. Jetzt fällt mir nur noch Jonathan ein. Er könnte unsere Rettung sein. Seit über dreißig Jahren ist er der Chauffeur meiner Familie, absolut vertrauenswürdig und loyal. Er hat Madison und mich vorhin vom Flughafen abgeholt und hierhergebracht.

„Ich frage Jonathan, ob er Jayce zusammen mit Grace aus dem Krankenhaus abholen kann", sage ich.

„Und weiter? Wer soll sich danach um die Kleine kümmern? Logan? Wie stellst du dir das vor?" Miranda klingt richtig verzweifelt.

Warum bin ich das eigentlich nicht?

Der Gedanke an Grace und sie in den Armen zu halten, beschert mir ein wohliges Gefühl, denn dieses kleine Mädchen eroberte sofort nach ihrer Geburt mein Herz. Davon habe ich bis heute niemandem erzählt.

„Ich finde eine Lösung", sage ich und rufe Jonathan an. Natürlich schlägt dieser meine Bitte nicht ab.

„Er ist in zehn Minuten hier. Willst du mitfahren?",

frage ich Miranda und stecke nach Beendigung des Gesprächs mein iPhone in die Hosentasche.

„Brauchst du mich noch? Wenn nicht, dann gerne."

„Nein! Ich danke dir für deine Hilfe. Das werde ich dir nicht vergessen." Tatsächlich schaffe ich es, Miranda kurz zu umarmen.

„Ich ertränke dich persönlich im Meer, solltest du dich wieder auf den Weg in die Hölle machen", droht sie mir. Dann wendet sie sich ab und verlässt mein Haus.

Was mache ich jetzt?

Ich fühle mich so schlapp und abgekämpft, dass ich beschließe, mich auf die Couch zu legen. Ein wenig Schlaf wird mir gut tun. Immerhin ist der Albtraum noch nicht vorbei.

***

Ich habe keine Ahnung, wie spät es ist, als ich das wiederholte Brummen meines iPhones wahrnehme. Skeptisch schiele ich auf das Display und entdecke unzählige Anrufe. Die meisten stammen von Madison. Sie hat bereits fünfmal versucht, mich zu erreichen. Danach folgt meine Mutter mit vier Versuchen und Justin mit drei.

„Lasst mich doch alle in Ruhe!"

Ich lege das iPhone zurück auf den Boden, als ich ein heftiges Klopfen an der Haustür vernehme. Gleichzeitig brummt mein Telefon erneut und der Name meiner Anwältin ist darauf zu sehen.

Fuck.

Augenblicklich bin ich hellwach. Hektisch nehme ich das Gespräch an. „Madison! Was ist passiert? Ist alles in Ordnung mit deiner Schwangerschaft?"

Anstatt mir meine Fragen zu beantworten, blafft sie mich an, dass ich endlich die Haustür öffnen soll. Ihre

Forderung untermauert sie mit erneutem, heftigem Klopfen.

„Ich bin gleich da!", sage ich.

Nur ungern verlasse ich meine Couch. Auf wackeligen Füßen durchquere ich das Wohnzimmer und erst als ich an der Haustür stehe, wird mir bewusst, dass ich nur mit Shorts bekleidet bin. Egal. Den Anblick muss Madison jetzt aushalten. Insgeheim hoffe ich, dass ihr plötzliches Auftauchen nicht mit schlechten Nachrichten einhergeht. Mit diesem Gedanken öffne ich die Tür.

„Bist du wahnsinnig, mir so halbnackt die Türe aufzumachen? Da draußen wimmelt es von Paparazzi."

„Das ist mir egal! Geht es dir gut?", will ich wissen und trete zur Seite.

Madison stürmt an mir vorbei und läuft zielstrebig ins Wohnzimmer.

Muss ich das jetzt verstehen?

Etwas verwundert folge ich ihr und bemerke, wie sie sich genauestens umschaut. Es fehlt nur noch, dass sie unter die Decke sieht, die auf der Couch liegt, ob ich dort etwas oder wen versteckt habe.

„Was suchst du?", frage ich.

„Hast du Alkohol oder was anderes im Haus?"

What?

„Sag mal, spinnst du? Was soll das? Ich mache mir Sorgen um deinen Zustand und du hast nicht besseres zu tun, als mich zu stalken?"

„Bei mir ist soweit alles okay. Wenn die Schwangerschaft nach Plan verläuft, dann werde ich nächstes Jahr im Juni Mutter. Jetzt zu dir!"

„Stopp! Das ist alles?"

„Im Moment, ja. Der Fötus ist erst wenige Wochen alt. Ich konnte aber schon das kleine Herz schlagen sehen." Madison strahlt mich plötzlich an und erst jetzt begreife ich, dass sie noch völlig gefangen von der

Untersuchung ist.

„Kannst du dir jetzt bitte etwas anziehen? Ich bin auch nur eine Frau, die momentan mit vielen Hormonen zu kämpfen hat."

„Du machst mir echt Angst", sage ich und sehe sie irritiert an. Unwillkürlich greife ich nach meiner Jeans, die auf dem Boden liegt und ziehe sie an. Dann zerre ich mir noch das T-Shirt über den Kopf und richte meine Haare.

„Zufrieden?", maule ich.

„Nein! Aber schon besser. Wir müssen reden. Jayce sowie Miranda haben mich angerufen und …"

„Ernsthaft? Ich bin okay!" Ich glaube es nicht, dass Miranda tatsächlich Madison über meinen Beinaherückfall informiert hat.

„So wie du aussiehst, glaube ich dir nur bedingt. Hast du wirklich nichts im Haus?"

Jetzt geht sie zu weit!

„Madison! Es reicht! Behandle mich nicht wie einen Idioten!"

„Sorry. Das ist nicht meine Absicht. Ich bin aber nicht hier, weil ich Sehnsucht nach dir habe, sondern weil ich dir einen Brief von Cassandra überreichen muss, dessen Inhalt schwerwiegend ist."

„Was sagst du da? Cassandra liegt im Koma und wird nach Aussage von Jayce nicht mehr lange leben."

„Ich weiß und deshalb bin ich hier. Sie ist meine Mandantin und ich habe von ihr den Auftrag erhalten, dir diesen Brief zukommen zu lassen, sobald sie sich in dem Zustand befindet, wie er derzeit ist."

„Du verarschst mich gerade, oder? Von welchem Brief redest du?"

Madison schiebt auf der Couch meine Decke etwas zur Seite und setzt sich auf den frei gewordenen Platz. Dann öffnet sie ihre Aktenmappe und holt einen rosafarbenen

Briefumschlag heraus. Diesen reicht sie mir mit einer vieldeutigen Miene.

Nur zögerlich nehme ich ihn entgegen. „Kennst du den Inhalt?"

Madison holt tief Luft und antwortet mir mit leiser Stimme. „Ja! Ich war anwesend, als Cassandra den Brief geschrieben hat. Davon und über den Inhalt ... hat absolut niemand Kenntnis. Du allein entscheidest. Ich bin an meine Schweigepflicht gebunden."

Augenblicklich wird mir erneut übel. Zusätzlich überfällt mich eine gewisse Angst, diesen Brief zu öffnen. Ich habe absolut keine Ahnung, was mich erwartet.

„Mach ihn auf!", drängt Madison.

Moment! Ich muss mich erst hinsetzen.

Zeitlupenartig bewege ich mich zu einem der Sessel und nehme mit Bedacht Platz. Ich habe das Gefühl, wenn ich mich schnell bewege, dann passiert etwas Schlimmes. Mit zittrigen Händen öffne ich Stück für Stück den Umschlag, auf dem in Druckbuchstaben mein Name steht. Umständlich ziehe ich den beschriebenen Briefbogen heraus und falte ihn ehrfürchtig auseinander. Mit trockener Kehle beginne ich laut zu lesen:

Hey, Logan Harper, mein Rockstar,
wenn du diesen Brief in der Hand hältst, dann sitze ich wahrscheinlich schon mit Kurt Cobain, Janis Joplin, George Michael und manch anderen auf einer Wolke und wir ziehen uns genüsslich einen Joint durch. Also, nicht traurig sein und feiere das Leben. Bitte ohne dieses Zeug, was dich in die Hölle bringt.

Ich habe nie daran geglaubt, dass ich jemals Mutter werde. Grace ist meine Rettung gewesen, auch wenn es nur für einen kurzen Zeitraum war. Ich hätte sie zu gern großgezogen und ihr all meine Liebe geschenkt. Leider habe ich das verbockt und das tut mir unendlich leid.

Jetzt bleibt mir nur noch Zeit, das Richtige zu tun und deshalb schreibe ich dir diesen Brief.

Ich habe bei der Geburt von Grace bewusst keinen Erzeuger angegeben. Ich weiß, wir hatten eine andere Abmachung getroffen, aber mein Bauchgefühl sagte es mir anders. Ich will nur das Beste für sie und deshalb habe ich alle Menschen beobachtet, die mit ihr Kontakt hatten. Mir war aber schon kurz nach ihrer Geburt klar, dass nur du sie so lieben wirst, wie sie es verdient hat. Du warst es, der sie mit seinem Gesang beruhigen konnte und nur bei dir hat sie in absoluter Sicherheit auf deiner Brust geschlafen. Grace braucht dich wie du sie brauchen wirst, denn Rockstar, dein Leben wird dich noch etliche Male an deine Grenzen bringen. Dieses kleine Mädchen wird dich davor bewahren, erneut in die Hölle zu fahren und du wirst sie wie dein eigenes Kind beschützen. Das fühle ich und ich vertraue sie dir – und nur dir – an. Erzähle ihr von mir und vergesst mich nicht.

In Liebe, Cassandra

Nachdem ich den Brief dreimal laut gelesen habe, versagt meine Stimme. Ich starre auf das rosafarbene Briefpapier und erst jetzt bemerke ich die Tropfen darauf, die manche Buchstaben verschwimmen lassen. Ich weine. Ohne Hemmung.

Es ist nicht schwer, Cassandras Gedanken zu verstehen. Ehrlicherweise befürchtete ich so eine Entscheidung von ihr, denn sie deutete oft an – zwar in spaßiger Weise –, dass ich der perfekte Vater für Grace wäre. Ich ignorierte jedes Mal ihre Anspielung, doch heimlich legte ich mir einen Plan B zurecht. Dass ich diesen jetzt wahrscheinlich aktivieren muss, bereitet mir Angst. Ich habe Angst zu versagen, Angst, Grace nicht gerecht zu werden und Angst, sie durch mein turbulentes Leben in Gefahr zu bringen.

Während ich mit meinen Gedanken sowie Emotionen kämpfe, erscheint Grace vor meinem geistigen Auge. Sie ist mittlerweile drei Monate alt. In der letzten Zeit passierte es oft, dass, wenn ich sie ansah, sie ihren süßen kleinen Mund zu einem bezaubernden Lächeln verzog. Sie hatte keine Ahnung, welche unsagbaren Gefühle sie damit in mir auslöste. Ich habe noch nie so eine Art von Liebe empfunden wie für sie. Diese großen Emotionen vor der Außenwelt zu verbergen war so hart. Jeder Abschied von ihr fiel mir schwer, obwohl ich wusste, dass Cassandra alles für ihre kleine Tochter opferte. Dass ich jetzt über Graces Zukunft urteilen soll, ist die schwerste Entscheidung, die ich je in meinem Leben treffen musste.

„Was ist …, wenn ich nicht auf Cassandras Bitte eingehe?", röchle ich.

Madison wischt sich unbeholfen ihre Tränen aus dem Gesicht und sagt mit gebrochener Stimme: „Wenn sich niemand bereit erklärt, für sie zu sorgen, dann muss ich das Jugendamt informieren. Sie landet dann in einer Pflegefamilie und man sucht nach ihrem leiblichen Vater sowie weiteren Verwandten. Sind diese nicht auffindbar, dann wird sie zur Adoption freigegeben."

Theoretisch hätte ich mir die Frage sparen können, denn mir ist natürlich bewusst, was mit Grace nach Cassandras Ableben passiert. Doch ich musste es laut hören, damit mir das Ausmaß an Leid bewusst wird, sollte ich mich doch gegen sie entscheiden.

„Wie sicher kannst du dafür sorgen, dass ihr leiblicher Vater sowie andere Verwandte keinen Zugriff auf sie haben werden? Laut Cassandras Aussage kommen mehrere Typen als Erzeuger in Frage, die alle in der Drogenhölle hausen. Mit ihren Eltern hat sie … seit sie achtzehn Jahre alt war und von dort ausgezogen ist … keinen Kontakt mehr."

„Ja. Ich weiß. Sie hat mir für deine Sicherheit eine

eidesstattliche Erklärung unterschrieben, dass du der leibliche Vater bist …"

„Bitte was? Habe ich das gerade richtig gehört? Ich bin es nicht!"

„Das weiß ich doch! Aber wenn du kein Risiko eingehen willst, dann musst du zu dieser Lüge stehen. Die Wahrheit erfährt nur dein engster Kreis und auch da wäre ich vorsichtig."

„Okay!", sage ich und bin verwundert, welche Vorkehrungen Cassandra ohne mein Wissen mit Madison getroffen hat. Angestrengt überlege ich, wann ich die Affäre mit ihr, natürlich rein rechnerisch, gehabt haben könnte. „Das gibt richtig Stress", sage ich.

„Wie meinst du das?"

„Ich bin letztes Jahr im Mai wieder mit Roxy zusammengekommen. Grace ist Anfang Juli diesen Jahres geboren und eine Schwangerschaft dauert circa neun Monate. Wenn ich richtig gerechnet habe, dann ist sie letztes Jahr im Oktober gezeugt worden. Das passt doch …"

„Wie? Ich kann dir gerade nicht folgen."

„Zu diesem Zeitpunkt traf ich Cassandra in Barrys Musikladen und lud sie ins Studio ein. Roxy war von der ersten Minute an grundlos eifersüchtig auf sie. Wir hatten daraufhin so einen heftigen Streit, dass wir vierzehn Tage ohne Kontakt waren."

„Ahh. Jetzt verstehe ich dich. Du denkst dir schon eine glaubwürdige Story aus. Verstehe ich dich richtig, dass du Grace tatsächlich zu dir nehmen willst?"

„Ja!", antwortete ich mit voller Überzeugung.

„Um ganz sicher zu gehen! Du müsstest behaupten, dass du Roxy betrogen hast. Das könnte bedeuten, dass dadurch eure Beziehung zu Ende ist."

„Madison. Sorry, wenn ich so direkt bin. Deine vielen Hormone hindern dich aber nicht am logischen Denken,

oder?"

„Das könnte schon sein. Ich versuche aber, das in den Griff zu bekommen."

„Schön!", patze ich. „Nur zum besseren Verständnis. Roxy ist durch ihre Aktion gegen Emily für mich Geschichte. Egal, was in unserem Vier-Augen-Gespräch herauskommt."

„Und was machst du, wenn sie durch diesen Frank zu dieser Tat genötigt wurde?"

„Bist du jetzt tatsächlich so naiv? Oder sind die Videos, die der beauftragte Privatdetektiv gemacht hat, ein Fake?"

„Natürlich nicht!"

„Und warum nimmst du dann an, dass Roxy genötigt wurde? Die beiden laufen Arm in Arm am Strand entlang, sitzen kichernd im Café und küssen sich zum Abschied auf den Mund. Zwar flüchtig, aber es ist ein Kuss." Ich bin immer noch verwundert über meine lässige Reaktion, als mir Madison die Videos im Flugzeug gezeigt hat. Innerlich war ich sogar froh darüber und wusste, dass ich damit ein handfestes Argument für eine Trennung habe.

„Du hast recht. Wenn ich daran denke, was frühere Mandanten von mir alles inszeniert haben, um ihre Ex-Partner nicht nur finanziell zu ruinieren, dann wird mir heute noch schlecht. Trotzdem meine ich, dass sie für Grace eine gute Mutter geworden wäre."

Auch darüber habe ich mir bereits Gedanken gemacht und bedauerlicherweise kamen bei mir erhebliche Bedenken auf.

„Vielleicht tue ich Roxy auch Unrecht, aber ich habe die Befürchtung, dass sie Grace dazu benutzen könnte, mich fest an sich zu binden."

Madison sieht mich zwar an, doch scheint sie zu überlegen. Plötzlich springt sie auf und sagt: „Du brauchst für Grace einen Bodyguard!"

„Traust du mir nicht zu, dass ich sie selbst beschützen kann?" Ich fasse es nicht.

„Nein, natürlich nicht! Aber ... du ... als wohlhabender Rockmusiker und alleinerziehender Vater, bist die perfekte Beute für viele Frauen. Und diese werden sich zuerst auf Grace stürzen, um sie für sich zu gewinnen ..."

„Stopp! Sag so etwas nicht! Das macht mir Angst."

„Logan! Du hast den Hype um deine Person immer noch nicht begriffen, oder? In vierzehn Tagen trittst du mit den Jungs in der Tonight Show auf, um euer neues Album zu promoten. Diese Chance erhalten nur die Superstars und auch nicht alle."

„Jetzt bleibe bitte relax. Aufregung schadet deinem ungeborenen Kind und mich interessiert im Moment nur, wie es mit Grace weitergeht. Allerdings gebe ich dir recht, dass ich sie von der Außenwelt so gut es geht abschirmen muss."

„Und glaubst du, Roxy ist so gnädig mit dir?" Madison verzieht ihr Gesicht zu einer grässlichen Grimasse.

„Mach das nur nicht, wenn dein Kind zur Welt kommt. Das sucht sich gleich eine andere Mutter."

„Von was laberst du denn jetzt?"

„Du hast gerade nicht schön ausgesehen. Ich möchte einfach deinem Kind diesen Anblick ersparen." Jetzt muss ich lachen, weil mir einfach danach ist.

„Logan Harper. Du bist so ein kindischer Idiot. Du allein bist schuld, dass ich heiraten werde und obendrauf noch schwanger bin."

„What? Ich kann nichts dafür. Das hast du allein vermasselt."

Madison lacht. „Du warst es, der mich mit Damian zusammengebracht hat."

„Das stimmt. Aber ich habe nichts mit deiner Schwangerschaft zu tun und heiraten werde ich dich auch nicht."

„Das würde mit uns auch nicht gutgehen."

Madison hat recht. Dafür sind wir beide zu eigensinnig.

Nachdem wir eine Runde kindisches Gehabe hinter uns gebracht haben, stelle ich eine für mich wichtige Frage: „Meinst du, dass es besser ist, der Außenwelt nichts von meiner Affäre und dem daraus entstandenen Produkt zu erzählen? Nur zum besseren Verständnis. Ich habe kein Problem damit, diese Liaison zuzugeben. Mir geht es nur darum, Grace zu schützen."

„Logan, ich weiß es nicht. Ich werde dafür sorgen, dass du rechtlich abgesichert bist. Darauf kannst du dich verlassen. Allerdings denke ich, dass wir Amanda mit dieser Thematik betrauen sollten. Sie wird die passende Lösung finden."

Das wird sie, doch mache ich ihr damit keine Freude.

„Ich informiere sie gleich morgen früh. Sonst erfährt niemand etwas darüber!" Den letzten Satz betone ich besonders.

„Niemand. Niemand?", fragt Madison nach und sieht mich dabei vieldeutig an.

„Keine einzige Person! Auch nicht Damian!"

„Jetzt wird es spannend. Um meinen zukünftigen Mann musst du dir keine Sorgen machen. Er kennt Cassandra nicht."

„Stimmt. Wo er mit mir im Sommer auf Tour war, wurde Grace geboren. Ich habe mich damals unter einer fadenscheinigen Ausrede in Bezug auf meine Familie für zwei Tage beurlaubt, damit ich Cassandra beistehen konnte. Leider war ich zu spät. Die kleine Prinzessin hatte es sehr eilig, auf die Welt zu kommen."

„Im Nachhinein betrachtet hast du nicht einmal gelogen", sagt Madison.

Chapter 19

Emily

Das plötzliche und verfrühte Auftauchen von Pepe sowie sein eleganter Kleidungsstil bringen meinen Zeitplan gehörig durcheinander. Jetzt stehe ich vor meinem Schrank und überlege, ob ich das kleine Schwarze anziehe oder ein langes rückenfreies rotes Kleid. Beide finde ich für Manuels Taverne völlig overdressed. Doch Pepe scheint ganz eigene Absichten zu verfolgen und ich bin wirklich gespannt, welche das sind.

Abwechselnd halte ich mir beide Kleider vor meinen Körper und betrachte mich kritisch im Spiegel. Es dauert nicht lange, bis ich mich für keins von beiden entscheide. Ich hänge sie zurück in den Schrank und suche mir stattdessen eine Wideleg Jeans und ein weißes gerafftes schulterfreies Top, was an der Seite eine große aufgenähte Blüte hat. Das erscheint mir elegant genug. Meine Haare lasse ich offen und wähle nur ein leichtes Make-up. Zu meinen Accessoires gehören ein paar silberne Kreolen, zwei Ringe sowie eine weiße Handtasche. Damit ich mich neben Pepe nicht so mickrig fühle, schlüpfe ich in ein paar hochhackige weiße Riemchensandalen. Noch ein kurzer prüfender Blick in den Spiegel und zufrieden verlasse ich das Zimmer.

Aus dem Erdgeschoss dringt mir ein fröhliches Geplapper entgegen. Pepe scheint die Ladys sehr gut zu unterhalten.

Mit Bedacht steige ich die Treppen hinab, um mich selbst vor meiner Schusseligkeit und dem anschließenden Fauxpas zu bewahren. Es wäre nicht das erste Mal, dass ich in High Heels die Treppen vor Aufregung hinunter gestolpert bin.

Anscheinend ist die Unterhaltung so interessant, dass mich niemand bemerkt. Darüber bin ich sehr froh. Ich mag es nicht, wenn ich beim Betreten eines Raumes unzähligen neugierigen Blicken ausgesetzt bin. Sobald ich festen Boden unter meinen Schuhen spüre, lehne ich mich lässig an die Wand und amüsiere mich still über die fröhliche Runde. Leider bleibe ich nicht lange unentdeckt.

Pepe springt plötzlich auf und anstatt auf mich zuzukommen, bleibt er stehen und starrt mich an.

„Was ist?", frage ich und grinse ihn unverblümt an. „Hast du deine Sprache verloren?"

„Du ... bist ... wunderschön", stammelt er.

„War ich das früher nicht?" Ich weiß zwar nicht warum, aber mir ist es danach, ihn ein wenig zu provozieren.

„Natürlich ... das habe ... ich dir ... immer gesagt."

Ich weiß.

„Was ist? Wollen wir hier Wurzeln schlagen?" Ich schenke ihm einen Blick, der vieles bedeuten könnte.

Pepe räuspert sich kurz. Dann verabschiedet er sich recht förmlich von den Ladys – die die Szenerie aus der ersten Reihe genießen durften – und wendet sich mir zu.

„Darf ich bitten?", fragt er und bietet mir seinen Arm an, um mich bei ihm einzuhaken.

Für einen Moment überlege ich, ob ich dieser romantischen Geste nachkommen soll. Mit meiner Freundin Josephine gehe ich oft eingehakt am Strand spazieren und uns verbindet eine tiefe Freundschaft. Und genauso sollte ich den Abend mit Pepe verstehen. Das ist alles rein freundschaftlich.

Mit erhobenem Kopf und einem fetten Grinsen im Gesicht gehe ich auf Pepe zu und hake mich unter.

Dieser scheint sich sichtlich zu freuen, denn er gluckst eigenartig.

Hat er das früher auch getan?

***

Jetzt neben Pepe im Auto zu sitzen, fühlt sich seltsam und befremdlich an. Die vielen Jahre, wo wir nichts voneinander gehört haben, hinterließen ihre Spuren.

„Wieso hatten wir eigentlich keinen Kontakt mehr?", frage ich aus meinen Gedanken heraus.

Pepe antwortet prompt: „Weil du es nicht wolltest!"

Autsch! Ihn traf es auch?

„Das glaube ich nicht!", werfe ich energisch zu meiner Verteidigung ein.

„Wie waren doch deine Worte …" Pepe streckt den Kopf nach vorn, als wollte er meine damalige Aussage von der Frontscheibe ablesen. „Du möchtest in New York allein dein Glück versuchen. Eine Liebe würde nur stören", sagt er und sein vorwurfsvoller Blick trifft mich ungebremst.

Autsch. Autsch. Autsch.

„Sorry!", murmle ich.

„Ist schon gut. Irgendwie hattest du ja auch recht. Wir waren viel zu jung, um uns schon festzulegen. Trotzdem bleibst du meine erste große Liebe."

„Aber du hattest auch eine zweite, oder?"

„Darüber möchte ich im Moment nicht reden", sagt er leise und sieht zur Seite.
Das kann ich verstehen.
Plötzlich dreht er sich wieder zu mir und fragt mit kehliger Stimme: „Was ist mit dir? Du bist doch nicht mit diesem Rockstar zusammen, oder?"
„Er heißt Logan und ich kenne ihn schon ein paar Jahre. Wir surfen oft zusammen. Dass er ein bekannter Musiker ist, wusste ich bis letztes Jahr nicht. Und nein, wir sind kein Paar!"
„Sicher?"
„Ja! Ganz sicher! Was soll diese unangebrachte Fragerei?" Irgendwie bin ich jetzt genervt.
„Mein Gefühl sagt mir was anderes. Aber gut. Dann habe ich theoretisch eine Chance bei dir."
„Wie bitte?" Jetzt bin ich nicht nur genervt, sondern auch schockiert. „Halte sofort an!", blaffe ich.
„Emily. Bleib cool. Das war ein Scherz." Pepe hält zwar nicht an, doch verlangsamt er das Tempo. „Ich freue mich einfach, dich zu sehen."
Ich mich nicht mehr.
Dieses Gefühl verstärkt sich, als Pepe nicht in die Straße abbiegt, die in den Dorfkern zu Manuel führt, sondern in Richtung Strand fährt.
„Ich habe in meiner Handtasche nicht mein Surfbrett versteckt", sage ich und versuche, meinen Frust nicht nach außen zu tragen.
„Lass dich einfach überraschen", sagt er. Seine Stimme hat plötzlich so einen verführerischen Unterton.
Das gefällt mir nicht.
Jetzt ärgere ich mich, dass ich Damian als Anstandsdame abgesagt habe. Sobald ich die Gelegenheit habe, werde ich ihn anrufen oder ihm eine Nachricht schreiben.
Nach einer gefühlten Ewigkeit, die tatsächlich nur

einige schweigsame Minuten dauerte, parkt Pepe das Auto am Straßenrand.

Schon von Weitem kann ich die Stelle sehen, wo mich Logan vor wenigen Stunden noch leidenschaftlich geküsst hat. Erneut spüre ich seine Lippen und sofort wird mir flau im Magen.

Mit diesem unangenehmen Gefühl steige ich zügig aus dem Auto und kann damit verhindern, dass mir Pepe mit seinem Gentleman-Getue nicht zu nah kommt. Er ist sichtlich enttäuscht, dass er mir beim Aussteigen nicht behilflich sein konnte. „Darf ich dir dann wenigstens meinen Arm anbieten?"

„Danke. Aber ich kann alleine laufen!", sage ich. Jetzt hört man mir an, dass ich genervt bin.

Pepe scheint das nicht zu stören. Er grinst mich breit an und gibt mir mit einer grazilen Handbewegung zu verstehen, dass ich vorgehen soll. Doch so einfach ist das nicht. Mit meinen hochhackigen Sandalen brauche ich wohl etliche Stunden, bis ich unten am Strand angekommen bin.

„Warum hast du mir nicht schon eher gesagt, dass wir nicht zu Manuel gehen?", schimpfe ich. Dabei ziehe ich meine Schuhe aus, nehme sie in die Hand und stapfe los. Auf Pepe nehme ich keine Rücksicht.

„Jetzt sei doch nicht böse auf mich", ruft er mir hinterher.

Sekunden später hat er mich bereits eingeholt und geht neben mir. Ich würdige ihn keines Blickes.

Warum bleibe ich überhaupt?

Während ich für meine Frage nach einer plausiblen Antwort suche, entdecke ich aus der Ferne am Strand das Unvermeidliche. Tatsächlich steht dort ein romantisch eingedeckter Tisch mit zwei Stühlen daran.

Abrupt bleibe ich stehen, zeige in die Richtung des Tisches und sage: „Der ist nicht für uns, oder?"

„Warum nicht?" Pepe grinst mich siegessicher an.
Der spinnt doch!
„So funktioniert das nicht! Denkst du tatsächlich, dass wir einfach an der Stelle weitermachen, wo wir vor dreizehn Jahren aufgehört haben?"

„Wir haben nicht aufgehört, sondern du hast es beendet!"

„Warst du früher auch schon so nachtragend?"

„Ich glaube nicht! Der Tod meiner Frau hat mich zu einem Zyniker werden lassen. Sorry, Emily. Ich kann mit vielen Dingen einfach nicht mehr normal umgehen", sagt er und klingt wehleidig.

Ich ahne, was jetzt gleich kommt. „Untersteh dich, deinen berüchtigten unwiderstehlichen Hundeblick aufzusetzen."

Jetzt muss er lachen. „Ich glaube, den kann ich nicht mehr."

„Sicher?"

„Ich kann es probieren."

„Nein!"

„Wahrscheinlich habe ich mit dem Tisch am Strand maßlos übertrieben, aber ich habe mich so gefreut, dich hier wieder zu treffen. Das war immer unser Ort und ich verbinde damit so eine wunderschöne Zeit." Er sagt das mit so viel Gefühl in der Stimme, dass ich ihm tatsächlich glaube.

„Dann lass uns jetzt der alten Zeiten wegen einen schönen Abend verbringen", sage ich und hake mich wie selbstverständlich bei ihm ein.

Zusammen stapfen wir durch den noch warmen Sand. Das Meer ist heute Abend verdächtig ruhig. Der Wind hat gedreht und statt der hohen Wellen tagsüber plätschern sie jetzt nur vor sich hin.

Doch das ist nicht mein Problem, sondern tatsächlich der zauberhaft eingedeckte Tisch genau vor mir. In der

Mitte thront ein großer Strauß roter Rosen, der umrahmt ist von etlichen brennenden Kerzen und Teelichtern.

„Hast du das gemacht?", frage ich.

In Pepes wunderschönen Augen spiegelt sich der Kerzenschein. Für einen kurzen Augenblick verliere ich mich in dieser unfassbar romantischen Atmosphäre.

„Gefällt es dir?", fragt er und stellt sich direkt vor mich.

„Es ist wirklich wunderschön", flüstere ich und vermeide es, ihn anzusehen. Ich habe Angst, dass er versucht, mich zu küssen, denn die Stimmung zwischen uns ähnelt der von früher.

„Ich vermisse unsere Liebe", sagt er mit gesenkter Stimme.

Geht es mir ähnlich?

Auf Anhieb wird mir klar, dass ich diese Gefühle nicht hege. Pepe gehört zu meinem Leben. Das ist Fakt. Aber er ist auch die Vergangenheit. Außerdem habe ich echte Bedenken, dass er nicht mich, sondern seine verstorbene Frau vermisst.

Um jetzt eine peinliche Situation zu vermeiden, flüchte ich zu einem der beiden Holzstühle und setze mich an den Tisch.

„Sei ehrlich! Du hattest Hilfe", sage ich und betrachte die vielen brennenden Kerzen. „Wer hat die alle angezündet?" Ich habe einen Verdacht. Doch genau wissen kann ich es nicht.

„Es war Tom", gibt Pepe kleinlaut zu. „Und er hatte auch diese Idee", setzt er nach.

Oh. Jetzt bin ich ein wenig enttäuscht.

Anderseits fühle ich mich befreiter. Ich lache. „Und ich hatte schon die Befürchtung, du machst mir einen Antrag."

„Das hätte ich damals machen sollen. Dann wärst du vielleicht nicht nach New York gegangen." Pepe setzt sich mir gegenüber. Dann stützt er seinen Kopf auf seinen Händen ab und verzieht eine verträumte Miene.

Nein, ich falle darauf nicht wieder herein!

„Gibt es jetzt auch etwas zu essen oder sind wir nur wegen der schönen Aussicht hier?" Ich darf nicht zulassen, dass die Stimmung zu romantisch wird.

„Du warst früher schon so ungeduldig, wenn du Hunger hattest." Pepe grinst breit.

„Manche Dinge ändern sich nie", antworte ich und halte Ausschau nach Tom. Dass dieser tatsächlich mit einem Tablett in der Hand barfuß durch den Sand stapft, lässt mich etwas lockerer werden. Ich bin nicht allein an diesem menschenleeren Strand.

Moment!

Höre ich Stimmen, die aus der Strandbar zu uns herüber dringen?

Bevor ich Pepe danach fragen kann, trifft ein völlig geschaffter Tom an unserem Tisch ein. Das ist fast wortwörtlich gemeint, denn ihm fällt das Tablett aus der Hand und etliche Kerzen erleiden dadurch ein erbärmliches Ende.

„Ich kann nicht mehr", jammert er. Nebenbei versucht er, das Chaos auf unserem Tisch zu mildern. Auf die noch freien Stellen platziert er die Getränke sowie Vorspeisen.

„Hört ihr die Amerikaner? Die sitzen seit heute Mittag hier und machen Party. Ich musste mir von Manuel schon Bier und Gin besorgen, weil die alles vernichten, wo Alkohol drin ist."

Innerlich muss ich lachen. Damian und die Jungs lassen wirklich nichts anbrennen. Dann brauche ich ihn auch nicht anschreiben, sondern kann im Notfall zu ihnen rübergehen.

„Nimm es als göttliche Fügung", sage ich. „Die Jungs spülen dir zu Saisonende noch mal richtig Geld in die Kasse."

„Du kennst sie?" Tom sieht mich an und sein Blick könnte flehender nicht sein.

„Ja. Sicher. Wir sind befreundet. Wir surfen seit vielen Jahren zusammen."

„Emily!" Tom steht mit gefalteten Händen vor mir. „Kannst du sie bitte dazu überreden, dass sie endlich in ihre Unterkunft verschwinden?"

Abwägend bewege ich meinen Kopf hin und her. „Hmm. Vielleicht."

„Du bist die Beste." Tom faltet erneut seine Hände als Dankeschön.

„Aber erst bekomme ich was zu essen", sage ich und grinse ihn frech an.

„Natürlich!" Postwendend verschwindet er wieder.

Amüsiert sehe ich zu Pepe, doch dieser ist sichtlich genervt. „Was ist los?"

„Nichts!", mault er. Missmutig sammelt er die erloschenen Teelichter ein und stapelt sie zu einem Turm. Das ist auch eine Art, seinen Frust abzubauen.

Ich gebe ihm noch einen Moment. Als er dann immer noch schweigend die Teelichter betrachtet, neigt sich meine Geduld dem Ende zu.

„Ich möchte jetzt wissen, warum wir tatsächlich hier sind!" Bewusst habe ich meine Aussage nicht als Frage formuliert, weil ich endlich Klarheit möchte.

„Das weiß ich selbst nicht!" Pepes ehrliche Antwort überrascht mich.

„Können wir bitte vernünftig miteinander reden? Dein Verwirrspiel irritiert mich."

„Du hast recht. Und es tut mir wirklich leid. Du bist der letzte Mensch, den ich mit meinen Problemen belasten möchte. Ich dachte, ein Umzug nach New York löst diese. Ich habe von meiner Firma ein traumhaftes Angebot bekommen und soll die Expansion von dreißig zusätzlichen Filialen an der Ostküste leiten. Bei so einem

Unterfangen bleibt keine Zeit für ein Privatleben und genau das war mein Plan."

„Okay. Du musst mich erst mal aufklären, für wen du überhaupt arbeitest."

„Ich dachte, das hat sich bereits rumgesprochen. Ich arbeite schon seit fünf Jahren für den zweitgrößten spanischen Modekonzern."

„Du hast was mit Mode zu tun? Ich fasse es nicht." Ich bin tatsächlich mehr als überrascht. „Aber zurück zu meiner Frage. Welche Rolle spiele ich dabei?"

„Wenn ich ehrlich sein soll ... keine. Dass ich hier auf dich getroffen bin, hat alles durcheinander geworfen. Plötzlich fühlte ich mich in unsere gemeinsame Vergangenheit zurückversetzt und meine Trauer wurde immer erträglicher. Emily, es tut mir wirklich leid, dass ich dich in so eine unangenehme Lage gebracht habe. Das musst du mir glauben."

Ich brauche erst mal einen Moment, um seine Worte sacken zu lassen. Gedankenversunken betrachte ich das Chaos auf unserem Tisch. Die ruinierte Tischdecke, ein zersprungenes Glas und der Turm von erloschenen Teelichtern. Irgendwie passt das zu unseren beider Leben.

„Du sagst gar nichts." Pepes Stimme zittert leicht.

„Irgendwie stehen wir beide gerade vor den Trümmern unseres vorherigen Lebens. Ich bin von Long Island geflohen, weil ich unglücklich verliebt bin und du hast deine Frau verloren und flüchtest ebenso. Uns verbindet wohl mehr, als wir zugeben wollen."

„Es ist der Rockmusiker, richtig?" Pepe strahlt mich unvermittelt an.

Wie soll ich das denn nun wieder deuten?

„Lachst du mich aus?", frage ich.

„Nein!" Pepe hebt beschwichtigend beide Hände. „Allerdings kann ich mir beim besten Willen nicht vorstellen, wie du als unabhängige Frau mit so einem

Mann zusammen sein willst. Eure Leben sind so unterschiedlich. Mehr geht doch kaum."

Sagt er das nur, weil er hofft, dass wir irgendwann wieder zusammenkommen oder meint er das ernsthaft?

„Und wir würden besser passen?", konfrontiere ich ihn.

Pepe überlegt einen Moment. „Beruflich sind wir definitiv auf der gleichen Wellenlänge. Wir lieben Mode. Und der Rest … funktionierte damals hervorragend. Mir musst du nicht hinterherreisen und außerdem bin ich noch ein paar Jahre jünger als dein Musiker. Zudem habe ich keine so bewegte Vergangenheit wie er." Pepe verzieht verächtlich das Gesicht.

„Du hast ihn gestalkt?"

„Eher gegoogelt. So scharf bin ich nicht auf ihn."

„War das jetzt eine Bewerbung für den Mann an meiner Seite?", frage ich scherzhaft.

„Vielleicht später. Mir ist heute Abend klar geworden, dass ich noch nicht soweit bin. Allerdings wäre ich gern weiter mit dir befreundet. Denkst du, wir bekommen das hin?"

Es ist genau das, was ich mir wünschen würde. Doch ich lasse Pepe noch ein bisschen im Ungewissen. Nachdenklich beobachte ich die sanften Wellen.

„Musst du ehrlich darüber nachdenken?", beschwert sich mein Gegenüber.

Ich wende mich ihm wieder zu und sage: „Mit leerem Magen treffe ich keine so schwere Entscheidung."

Pepe stockt kurz. „Ernsthaft? Du hast noch nicht mal die Vorspeise angerührt."

Oh verdammt.

„Trotzdem! Bist du dir sicher, dass es Tom ohne Malheur erneut hierher schafft?"

Pepe verzieht sein Gesicht zu einer dümmlichen Grimasse. „Nein. Wir verhungern hier erbärmlich. Lass uns einfach zu ihm gehen."

„Dort treffen wir aber auf meine amerikanischen Freunde ...", gebe ich zu bedenken.

„Surfen die alle?"

„Natürlich!"

„Dann wird es wohl Zeit, sie kennenzulernen ..."

Das ist ein Anfang.

Chapter 20

Logan

Es ist fast Mitternacht. Mit großer Ungeduld erwarte ich die Ankunft von Jonathan. Er schrieb mir vor der Abfahrt aus Manhattan eine Nachricht, dass er mit Jayce, Miranda sowie Grace auf dem Rückweg ist. Dadurch wächst meine Aufregung nicht nur minütlich, sondern im Sekundentakt. Alle möglichen Zweifel an meiner Entscheidung, Grace für immer zu mir zu nehmen, sind verflogen. Allerdings weiß ich, dass ich einen krisensicheren sowie verlässlichen Plan für die Durchsetzung benötige. Meine kleine Prinzessin darf keinesfalls unter meinem familienuntypischen Lebensstil leiden.

Ich suche nach einer Möglichkeit, meine innerliche Unruhe zu bändigen. Normalerweise würde ich jetzt einen Kaffee trinken und dazu eine Zigarette rauchen. Dass beides kontraproduktiv zu meinem Zustand ist, weiß ich und trotzdem beruhigt es mich des Öfteren.

Madison scheint es nicht anders zu gehen. Sie wollte unbedingt mit mir auf die Ankunft von Grace warten.

„Das wird noch dauern", sage ich zu ihr. „Willst du nicht lieber nach Hause fahren?"

„Das könnte dir so passen. Dich lasse ich heute nicht allein. Ich beziehe in der Zwischenzeit schon mal das Gästezimmer. Das ist mir nicht unbekannt." Im letzten Satz schwingt ein Hauch Ironie mit.

Nur zu gut erinnere ich mich an diese eine Nacht. Eigentlich war das der Tag, an dem Miranda und Jayce heiraten wollten. Obwohl die Hochzeit bekanntermaßen erst Wochen später stattfand, gab es abends eine Party am Strand. Madison war ebenfalls anwesend und betrank sich aus Kummer fürchterlich. Kurz darauf befand sie sich in einem lebensbedrohlichen Zustand. Es war dem schnellen Eingreifen meiner Mutter zu verdanken, dass Schlimmeres verhindert wurde.

„Fühle dich wie Zuhause", sage ich. Unter anderen Umständen hätte ich das nie für akzeptabel empfunden. Heute ist es mir tatsächlich egal.

Sobald sich Madison in das Gästezimmer zurückgezogen hat, hole ich mir aus der Küche statt einer Tasse Kaffee ein Glas Wasser und trinke ein paar Schlucke.

Das plötzliche Aufleuchten von Autoscheinwerfern in meiner Auffahrt macht mich stutzig. Das kann definitiv noch nicht Jonathan sein. Trotzdem eile ich zur Tür. Ich gehe das Risiko ein und öffne sie, ohne zu wissen, wer mich tatsächlich um diese späte Uhrzeit besucht.

Ich bin geschockt! Zutiefst! Tiefer geht nicht!

Es ist eine Frau, die vor meinem Haus ihr Auto parkt.

Roxy.

Ich glaube es nicht.

Woher zur Hölle weiß sie, dass ich schon wieder zu Hause bin?

„Logan?", ruft sie, während sie aus dem Auto steigt. „Was machst du hier?"

Will sie mich verarschen?

„Diese Frage stelle ich dir auch. Aber, lass mich raten, irgendein ... von euch beauftragter Privatdetektiv ... wird dir von meiner Ankunft erzählt haben, oder?"

Roxy bleibt abrupt stehen, betrachtet mich erst skeptisch, um dann eine ernste Miene aufzusetzen. Entweder ist an ihr eine Hollywoodkarriere vorbeigegangen oder sie hat wirklich keine Ahnung.

„Von was redest du?" Ihre Stimme klingt schrill.

Natürlich habe ich großes Interesse daran, Roxys eigenartiges Verhalten zu entschlüsseln. Allerdings muss ich jeden Moment mit Jonathans Ankunft rechnen und davon darf sie nichts mitbekommen. Deshalb sage ich zu ihr: „Lass uns morgen darüber sprechen. Ich bin müde und habe jetzt keine Lust, mich mit dir zu streiten."

„Wie jetzt? Du fertigst mich einfach vor der Haustür ab?" Roxy kommt drei weitere Schritte auf mich zu und bleibt dann erneut stehen. „Du beantwortest weder meine Nachrichten noch nimmst du meine Anrufe entgegen. Geschweige denn erfahre ich, dass du schon wieder von Ibiza zurück bist. Was soll das alles?"

Ich bin nicht nur von ihrer schrillen Stimme genervt, sondern auch von ihren Vorhaltungen. Unter anderen Umständen wären diese auch berechtigt, aber das sind sie nicht.

Misstrauisch sehe ich mich um, denn ich bin mir nicht sicher, ob irgendwo versteckt ein – bestellter oder auch nicht – Paparazzi hockt und heimlich Fotos oder Videoaufnahmen von uns macht. Zutrauen würde ich ihr auch das. Deshalb bitte ich sie, ins Haus zu kommen.

Roxy nimmt schweigend meine nicht freiwillig ausgesprochene Einladung an und würdigt mich keines Blickes, als sie an mir vorbeigeht. Sobald sie außer Reichweite ist, hole ich hastig mein iPhone aus der Hosentasche und schreibe Jonathan eine Nachricht. Ich gebe ihm die Anweisung, dass er langsamer fahren sowie auf meinen Anruf warten soll. Roxy darf zum jetzigen Zeitpunkt keinesfalls erfahren, dass Grace hier bei mir ist.

Diese Frau ist intelligent genug, um die passende Schlussfolgerung daraus zu ziehen.

Ich schließe die Haustür hinter uns und nun bin ich es, der Roxy sofort zur Rede stellt. „Du hast mir keine plausible Erklärung abgegeben, was du zu dieser Uhrzeit vor meinem Haus machst."

„Ich bin noch unterwegs gewesen und habe bei dir im Haus plötzlich Licht gesehen. Ist es verwerflich, dass ich mir Sorgen mache, dass jemand hier eingebrochen ist?"

Ich glaube ihr kein Wort.

Zusätzlich fällt mir auf, dass sie ziemlich mitgenommen aussieht. Ihre Haare wirken ungepflegt. Außerdem ist sie nur mit einem Jogginganzug bekleidet und sie ist ungeschminkt – was mich persönlich überhaupt nicht stört. Ich mag kein dick aufgetragenes Make-up, doch Roxy würde nie das Haus verlassen, ohne perfekt gestylt zu sein – schon wegen der Medien, ist immer ihre Rechtfertigung.

Offensichtlich mustere ich sie weiter und plötzlich beschleicht mich ein ungutes Gefühl. „Ist alles okay bei dir?"

„Mir tut unser blödsinniger Streit vor deinem Abflug nach Ibiza total leid", sagt sie und ihre Stimme zittert leicht. „Kannst du mich bitte in die Arme nehmen? Ich möchte, dass alles wieder gut zwischen uns ist."

Was läuft hier gerade ab?

„Das ist alles? Sonst geht es dir wirklich gut? Keiner bedroht dich oder Sonstiges?" Ich möchte sicher sein, bevor ich sie mit den harten Fakten konfrontiere.

„Wie kommst du denn darauf? Logan, kannst du mir sagen, was mit dir los ist?"

„Nichts! Ich habe ..."

Weiter komme ich nicht, denn in meiner Hand vibriert mein iPhone. Das ist bestimmt Jonathan.

Sofort wende ich mich von Roxy ab und mein Blick

auf das Display gibt mir recht. Ich nehme das Gespräch an und bevor Jonathan etwas sagen kann, komme ich ihm zuvor: „Ich bin gleich da. Gib mir noch ein paar Minuten! Roxy ist hier!" Ich hoffe einfach, dass er meine indirekte Andeutung versteht.

„Logan!" Das ist Miranda und nicht Jonathan. „Was soll das jetzt?" Sie hört sich verzweifelt über die Freisprechanlage des Autos an.

Was ist da los?

„Wartet an der Ecke auf mich!", sage ich und beende das Gespräch.

Mit dem nächsten Atemzug wende ich mich wieder Roxy zu. Sie sieht mich mit weit aufgerissenen Augen an. „Wo willst du um diese Uhrzeit noch hin?" Ihr vorwurfsvoller Ton gefällt mir gar nicht.

„Ich bin dir keine Rechenschaft schuldig. Doch ich sage es dir trotzdem. Jayce und ich ... wir müssen nochmal ins Studio." Ich weiß, dass Roxy mir meine kleine Notlüge glauben wird, denn ich bin oft bis in die Morgenstunden im Studio. Ich liebe diese Ruhe und meistens bin ich in dieser Zeit am kreativsten.

„Dann komme ich mit!" Ihre Aussage schockiert mich, obwohl ich damit rechnen musste.

„Nein!", antworte ich. „Ich lade dich morgen zum Lunch ein, wenn du noch hier bist. Schläfst du bei deiner Freundin Josie?"

„Ja! Wo denn sonst?"

„Dann reden wir morgen weiter." Zeitgleich bewege ich mich an ihr vorbei in Richtung der Eingangstür.

„Du schmeißt mich raus?" Roxy klingt not amused.

„Wir waren nicht verabredet und ja, ich habe auch noch ein eigenes Leben. Über uns können wir morgen sprechen. Also, bitte! Ich habe es eilig", dränge ich.

Das mehrfache Schnaufen, welches ich hinter meinem Rücken höre, ignoriere ich und öffne die Tür. Ich warte ein paar Sekunden und als Roxy dann immer noch nicht kommt, drehe ich mich zu ihr um.

Verstohlen wischt sie sich mit der Hand über die Wange.

Nicht doch!

Auch wenn ich momentan eine enorme Abneigung für sie empfinde, so ereilt mich doch ein Hauch von Schuldgefühl. Sollte ich ihr wirklich Unrecht tun, dann werde ich das selbstverständlich wieder gutmachen.

„Jetzt komm!", mahne ich mit versöhnlichem Ton. „Wir sehen uns morgen."

„Ich weiß noch nicht, ob ich Zeit habe. Immerhin muss ich einer gewöhnlichen Arbeit nachgehen und kann nicht einfach so freinehmen." Mit diesen Worten stolziert sie an mir vorbei und jetzt ärgere ich mich über meine Schuldgefühle.

„Morgen ist Samstag. Musst du Überstunden machen?" Ich kann auch sarkastisch sein.

An Roxys erschrockenem Blick erkenne ich, dass sie über ihre eigene Lüge gestolpert ist.

Sie jetzt damit zu konfrontieren, empfinde ich als vertane Zeit. Mit mehr Schwung als nötig ziehe ich die Haustür hinter mir zu und verabschiede mich mit einer flapsigen Handbewegung.

Ich will nur weg.

Weg von Roxy.

Hin zu Grace.

***

Jonathan wartet an der ausgemachten Straßenecke, die nur wenige Meter entfernt von meinem Haus ist. Ich bin mir sicher, dass mich Roxy heimlich beobachtet. Um meine Lüge, dass ich ins Studio fahre, glaubhaft zu machen, laufe ich zu dem parkenden SUV. Die dunkel verglasten

Scheiben verhindern perfekt, dass man von außen ins Innere sehen kann.

Sobald ich am Auto angekommen bin, öffnet sich wie von Geisterhand die rechte hintere Tür. Ohne zu zögern steige ich ein und finde dort Miranda vor, die eine schlafende Grace im Arm hält.

Jayce sitzt vorn und begrüßt mich mit einem Handschlag. „Was für ein Chaos", murmelt er. „Danke Bro, für die Rettung meiner Ehe."

„Das war mir ein Vergnügen", antworte ich und bitte Jonathan, loszufahren.

„Mr. Harper. Wohin?", fragt er.

Bevor ich eine Erklärung abgeben kann, beginnt Miranda ihren Unmut kundzutun: „Logan! Bei aller Liebe, die ich für dich empfinde, habe ich jetzt kein Verständnis für diese Aktion."

„Ich traue Roxy nicht", sage ich und bitte Jonathan, nur eine kleine Runde durch die Stadt zu fahren.

„Mr. Harper, brauchen Sie sonst noch Unterstützung?"

„Jonathan, was würde ich ohne Sie tun?", sage ich. „Wissen Sie jemanden, der mir mit Bestimmtheit sagen kann, dass Roxy sich nicht mehr in der Nähe meines Hauses aufhält?"

„Natürlich, Mr. Harper. Dafür müsste ich einen kurzen Anruf tätigen."

„Davon gehe ich aus", antworte ich.

Im nächsten Moment ruft er über die Sprachfunktion der Freisprechanlage eine mir unbekannte Nummer an. Das Gespräch wird bereits nach dem ersten Klingelton angenommen. Eine dunkle männliche Stimme meldet sich monoton mit: „Ja!"

Jonathan antwortet in ähnlicher Stimmlage. „Ich brauche eine sofortige Überwachung sowie eine Ortung eines Autokennzeichens." Unvermittelt gibt er das von

Roxy weiter, welches ich nicht einmal auswendig kenne. So einsilbig, wie das Gespräch begonnen hat, endet es mit der Auftragsbestätigung.

Normalerweise müsste mich jetzt ein schlechtes Gewissen ereilen, aber das entspricht nicht der Wahrheit. Ich möchte alle Optionen nutzen, um später die richtige Entscheidung treffen zu können.

„Heißt das jetzt, dass wir auf einen Rückruf warten müssen?" Miranda wirkt angespannt.

„Das wird sich bestimmt schnell aufklären", flüstere ich, damit ich Grace nicht aufwecke.

„Das glaube ich weniger", sagt Jayce leise. „Hat dir Roxy irgendetwas verraten, woher sie wusste, dass du wieder in den Hamptons bist?"

„Nein. Sie ist mir die Antwort schuldig geblieben. Ich treffe mich mit ihr morgen zum Lunch. Sie wirkte echt merkwürdig auf mich."

„Und von dem Instagram-Posting habt ihr auch noch nicht gesprochen?" Jayce klingt besorgt.

„Auch darüber nicht. Ich kläre das wirklich alles morgen. Du kannst dich auf mich verlassen. Ich weiß, was auf dem Spiel steht. Aber jetzt geht es erst mal um Grace. Sobald wir bei mir zu Hause sind, muss ich dringend mit euch reden. Madison hat mir einen Brief übergeben, den Cassandra geschrieben hat. Darin regelt sie den Verbleib von Grace."

Weder Miranda noch Jayce äußern sich zu meiner Aussage, was mich stutzig macht. Außerdem bleibt mir nicht verborgen, dass beide vieldeutige Blicke austauschen.

Was ist, wenn sie doch Grace behalten wollen?

Das hätte zur Folge, dass erneut meine tiefe Freundschaft zu den beiden auf eine harte Probe gestellt würde.

„Wie lange müssen wir noch herumfahren?", jammert

Miranda. „Mir platzt gleich die Blase."

Dass in der darauffolgenden Sekunde der ersehnte Rückruf erfolgt, nenne ich Fügung des Schicksals.

Jonathan nimmt das Gespräch sofort an und wir erfahren, dass Roxy sich vor fünf Tagen in das Maidstone Hotel in East Hampton eingemietet hat. Vor fünf Tagen?

„Zu dieser Zeit war ich noch hier", sage ich und bin irritiert und entsetzt zugleich. „Das würde bedeuten, dass sie nach unserem heftigen Streit nicht wieder zurück in ihre Wohnung nach Manhattan gefahren ist und auch nicht zu ihrer Freundin Josie, die hier in East Hampton wohnt. Wieso das denn?"

„Diese Frage kann nur Roxy beantworten", sagt Miranda.

Ich weiß und auf die Antwort bin ich gespannt. Doch darauf werde ich nicht vertrauen und stattdessen Madison darüber informieren. Vielleicht finden ihre privaten Schnüffler heraus, ob sich dieser Frank hier auch aufhält.

***

Je näher wir meinem Haus kommen, umso aufgeregter werde ich, denn die Entscheidung über Graces Zukunft müssen wir heute noch fällen. Darauf bestehe ich.

„Jonathan!", sage ich. „Bitte parken Sie in meiner Garage."

„Natürlich, Mr. Harper. Wohin soll das Gepäck?"

Das ist eine gute Frage.

Fällt hier und jetzt bereits die Entscheidung? Vielleicht sollte ich einfach einen klaren Standpunkt beziehen.

„Logan!", sagt Miranda und wendet sich mir zu. „Ich kann nicht ihre Mutter sein. Das schaffe ich nicht. Jayce und ich … wir haben uns nach unserer Hochzeit entschieden, kinderlos zu bleiben. Wir möchten für Grace nur das Beste. Das sind aber nicht wir als ihre Eltern." Auch wenn es dunkel ist, kann ich die Tränen sehen, die ihr über das Gesicht laufen.

„Lass uns bitte im Haus weiterreden", sage ich. Innerlich bin ich wirklich erleichtert, dass ich nicht um Grace kämpfen muss.

„Logan!", sagt Jayce mit Nachdruck und dreht sich zu mir um. „Du hast es nicht verstanden, was Miranda dir sagen wollte, oder?"

„Doch! Ich muss trotzdem mit euch sprechen."

Natürlich könnte ich ihnen jetzt erzählen, was in dem Brief von Cassandra steht. Aber das möchte ich nicht. Alles, was jetzt mit Grace zu tun hat, soll ordnungsgemäß abgewickelt werden. Deshalb möchte ich Madison als meine Zeugin dabeihaben.

„Jonathan. Wären Sie so nett und bringen die Sachen von Grace zu mir ins Haus? Und passen Sie bitte auf, dass morgen keine Fotos davon im Internet zu finden sind."

„Mr. Harper. Sie können sich auf mich verlassen."

„Ich weiß!", sage ich und berühre als dankbare Geste kurz seine Schulter.

„Immer gern. Ich stehe Ihnen die nächsten Tage rund um die Uhr zur Verfügung."

„Ich danke Ihnen", sage ich.

Dann wende ich mich an Miranda. „Ich steige jetzt aus und nehme dir Grace ab. Ist das okay für dich?"

„Ja ...", antwortet sie zögerlich. „Was wird denn jetzt aus ihr, wenn wir sie nicht nehmen? Ich fühle mich so unglaublich schlecht."

„Das musst du nicht. Es wird alles gut."

So zuversichtlich war ich selten in meinem Leben.

***

Die Stimmung, die in meinem Wohnzimmer herrscht,

gleicht der einer Trauerfeier. Jayce sowie Miranda sitzen in angespannter Körperhaltung auf meiner Couch. Schweigend und Händchen haltend.

Madison, die uns bei der Ankunft sofort in Empfang nahm – womit ich nicht gerechnet habe, weil ich dachte, dass sie bereits schläft – steht mit ihrer Aktenmappe mitten im Raum und wirkt ziemlich verloren. Kein Wunder, denn sie hat eine wirklich unangenehme Aufgabe zu erledigen.

Ich halte Grace im Arm und wiege sie behutsam hin und her. Sie schläft und ist nicht einmal aufgewacht, als ich sie Miranda abgenommen habe. Laut Jayces Aussage muss sie sehr müde sein, denn sie hat wohl im Krankenhaus fast nur geweint.

„Wollen wir beginnen?" Meine Frage richtet sich an Madison.

„Unbedingt! Ich möchte das hier gern hinter mich bringen. Außerdem brauche ich dringend Schlaf."

Den brauchen wir alle.

„Ich fühle mich wie auf einer Testamentseröffnung", murmelt Jayce.

„Das ist es auch." Madison hat den anwaltlichen Modus angeworfen. Plötzlich ist ihre Aussprache akkurat und klar definiert. Sie erzählt beiden von Cassandras letztem Willen und überreicht ihnen den Brief, der an mich gerichtet ist.

Interessiert beobachte ich beide, weil ich auf ihre Reaktionen gespannt bin. Miranda fängt schon nach kurzer Zeit an zu weinen. Jayce hingegen kämpft tapfer mit seiner Fassung. Ich kenne beide schon sehr lange und sehr gut, doch ist dies für uns alle eine absolute Ausnahmesituation. Sobald sie den Brief zu Ende gelesen haben, stehen sie auf und kommen beide weinend auf mich zu.

Das ist mir too much.

„Wartet!", sage ich. „Es geht hier nur um Grace. Alles andere ist jetzt außen vor. Ich habe keine Lust auf Drama!"

„Okay!", sagt Jayce. „Problem verstanden. Wie kann ich ... oder wir ... dich unterstützen?"

„Du kannst wirklich auf uns zählen", pflichtet Miranda mit tränenerstickter Stimme bei.

„Also ohne Hilfe von außen schaffe ich das nicht. Ich brauche jemanden, der mir hier im Haus hilft, in einem der Gästezimmer ein Kinderparadies einzurichten. Zusätzlich benötige ich einen zuverlässigen Babysitter, der gegebenenfalls mit mir später auf Tour geht."

„Also ... bleibst du der Musikbranche treu?" In Jayces Frage schwingt ein zweifelnder Unterton mit.

„Definitiv. Ich lass die Jungs nicht noch einmal im Stich."

„Diese Angst haben sie seit dem gestrigen Posting von Roxy."

„Ich weiß. Justin hat mir das bereits mit Nachdruck erzählt. Sie haben die Befürchtung, dass ich erneut wegen Roxy in die Hölle fahre. Aber sie wäre nicht der Grund. Wenn, dann wegen Grace. Ihr darf nichts passieren und sie muss in absoluter Sicherheit leben können."

„Dafür sorgen wir!", sagt Jayce euphorisch.

Miranda pflichtet ihm bei. „Ich habe auch schon eine Idee, wer als Babysitter in Frage kommen würde. Was hältst du davon, wenn wir mein altes Kindermädchen fragen?"

„Lorena!" Sie war nicht nur das, sondern in Wirklichkeit ihre leibliche Mutter, was Miranda erst letztes Jahr erfahren hat. Ihre angeblichen Eltern – die bedauerlicherweise zu meiner Familie gehören – nutzten Lorenas damalige prekäre Situation aus. Sie war ungewollt schwanger mit Zwillingsmädchen und gleichzeitig deren Hausangestellte. Bei einer Routineuntersuchung wurde festgestellt, dass eins der Mädchen schwer herzkrank ist. Um diese kostspielige und lebensrettende Operation gleich nach der Geburt durchführen lassen zu können, erhielt Lorena ein wirklich verwerfliches Angebot: Sie verkauft das gesunde Mädchen an meinen Onkel und dessen Frau und kann mit dem Geld das kranke Kind retten. Nur der Gedanke daran beschert mir eine Gänsehaut.

„Was hältst du von dem Vorschlag?", fragt mich Miranda und reißt mich damit aus meinen Gedanken.

„Das wäre die perfekte Lösung", sage ich. Zumindest für die nächste Zeit. Ich nehme mal an, dass sich Lorena einen anderen Lebensabend vorgestellt hat, als erneut ein Baby zu sitten.

„Wenn du möchtest, dann frage ich sie morgen gleich. Sie kommt mit Marisa zum Lunch zu uns."

„Babe. Das ist schon heute." Jayce deutet auf seine Armbanduhr.

„Dann heute", antwortet Miranda und gibt ihm einen Kuss, der mich tatsächlich glücklich macht. Bei den beiden scheint alles wieder in Ordnung zu sein.

„Ich stehe natürlich auch als Babysitter zur Verfügung", bietet sich Madison an. „In dreißig Wochen muss ich in der Lage sein, auch das zu managen."

„Das ist aber kein neuer Fall, Frau Anwältin", witzelt Jayce.

„Für mich ist es der schwerste, den ich je hatte", antwortet Madison. Dabei huscht ihr tatsächlich ein schelmisches Grinsen übers Gesicht.

Sie wird auch das rocken.

„Logan!" Jayce schlägt plötzlich einen ernsten Ton an. „Justin hat mich gebeten, dir etwas Wichtiges von Roxy mitzuteilen. Eigentlich wollte er dir das persönlich sagen, doch im Zuge der derzeitigen Ereignisse bittet er mich, es zu tun, weil du es unbedingt wissen musst."

„Ich weiß schon, dass sie noch mit diesem Frank zusammen abhängt."

„Das ist es nicht. Roxy schuldet Justin noch fünfzigtausend Dollar."

„Kannst du das bitte wiederholen?"

Jayce räuspert sich. „Du hast schon richtig verstanden. Anscheinend ist Roxy kaufsüchtig und nicht in der Lage, vernünftig mit ihrem Geld umzugehen. Justin hat viele Male ihre Rechnungen bezahlt."

Normalerweise würde ich jetzt laut fluchen, doch dann würde ich Grace erschrecken. Ein kurzer Blick in ihr süßes Gesicht reicht mir, um mich einigermaßen wieder in den Griff zu bekommen. „Davon hatte ich keine Ahnung. Sie hat mich um kein Geld gebeten. Ich bezahle die Miete für ihre Wohnung. Aber auch nur, weil ich nicht wollte, dass sie bei mir einzieht. Ich kläre das natürlich mit Justin."

„Er wollte nicht, dass es erneut wegen Roxy zu Spannungen zwischen euch kommt. Das verstehst du hoffentlich?"

„Glaube mir, wegen Roxy werde ich die Band nicht noch einmal gefährden. Das schwöre ich beim Augenlicht von Grace."

Chapter 21

Emily

Was ist das für ein Krach? Durch die geöffnete Balkontür dringt ein für mich unerklärlicher Lärm herein, von dem ich wohl aufgewacht bin.
Was ist da draußen los?
Wenn mich mein Gehör nicht täuscht, dann streiten sich Logans Eltern. Über was, das kann ich nicht verstehen. Dafür bin ich noch zu müde und zu restalkoholisiert.
Ein Blick auf das Display meines iPhones offenbart mir die Uhrzeit. Es ist erst oder bereits 10 Uhr. Wenn ich richtig rechne, dann hatte ich gerade mal vier Stunden Schlaf. Eigentlich möchte ich im Bett bleiben und weiterträumen, doch verspüre ich plötzlich eine innere Unruhe. Ich bin mir sicher, dass das Streitgespräch, welches zwischen Logans Eltern stattfindet, sie nicht zu deren Zeitvertreib veranstalten. Ein Grund dafür ist vielleicht ihr Sohn oder es gibt Unstimmigkeiten bezüglich der Kaufabwicklung von Sofias Villa. Auch wenn es mir nicht passt, sollte ich aufstehen.
Mühevoll setze ich mich auf und werde von stechen-

den Kopfschmerzen begrüßt. Warum musste ich auch so viele Gläser Gin Tonic trinken?
Ich hasse mich nun selbst dafür.
Mit diesem Gefühl schlurfe ich ins Badezimmer und beginne mit meiner üblichen Morgenroutine. Dabei lasse ich den gestrigen Abend sowie die anschließende Nacht noch einmal Revue passieren.

Nachdem Pepe und ich uns zu meiner Surfer-Clique begeben haben, wurde es noch turbulenter als zuvor. Tom stand die Verzweiflung ins Gesicht geschrieben. Irgendwann gab er auf und setzte sich mit zu uns in die Runde. Für mich war es einer der schönsten Abende seit langer Zeit. Dass die Jungs zu meinem Leben gehören und ich sie schrecklich vermissen werde, wurde mir erst wirklich dort bewusst. Jetzt denke ich tatsächlich ernsthaft darüber nach, mir einen Wohnsitz in den Hamptons und einen auf Ibiza einzurichten. So kann ich weiterhin Sofia unterstützen und trotzdem meine Karriere als Designerin in New York voranbringen, zu der mich nicht nur Pepe inspiriert hat.

Sein Versuch, ein romantisches Date zu veranstalten, verlief für uns beide anders als erwartet. Dass wir füreinander noch Gefühle haben, steht außer Frage. Wir wurden uns jedoch recht schnell einig, dass sie eher freundschaftlich zu sehen sind. Außerdem gibt es Überlegungen, ob wir eventuell geschäftlich eine Kollaboration eingehen. Vielleicht ergibt sich eine Möglichkeit, dass ich Waren von der Modekette, für die Pepe arbeitet, bei mir in der Boutique anbieten kann. Ich würde damit mein Portfolio auch für die Kundinnen ausweiten, die die sogenannte Streetwear bevorzugen, denn diese suchen bis jetzt bei mir vergebens nach Kleidungsstücken.

Kurz bevor wir gegen Morgen die Strandbar endlich verlassen wollten, konfrontierte ausgerechnet Oliver mich mit einer riesigen Überraschung und gestand mir, dass er sich verliebt hätte.

Halleluja. Der Bad Boy in love.

Während Marc, Ian, Steve, Damian, Nick und Logan in mehr oder weniger festen Partnerschaften leben, irrt Oliver immer noch als Junggeselle durch die Welt. Beziehungen hat er nie wirklich ernst genommen und deshalb waren sie schneller beendet, als sie angefangen haben. Seine plötzliche Vertrautheit mir gegenüber endete damit, dass er sich neben mich auf den gerade frei gewordenen Stuhl von Damian setzte und auf Kuschelkurs ging. Glücklicherweise stellte sich schnell heraus, dass nicht ich das Objekt seiner Begierde war, sondern meine Freundin Josephine. Seit diese vor zwei Monaten als Untermieterin in meine Wohnung in East Hampton eingezogen ist, schwärmt sie nicht nur von der schönen Aussicht, sondern ebenfalls von einem Mr. Unbekannt. Dass das ausgerechnet der größte Lebemann im Großraum New York ist, verschwieg sie mir bewusst. Josephine weiß, dass ich Oliver als Freund sehr schätze, ihn aber als Partner für absolut untauglich halte.

Jedenfalls offenbarte mir dieser besagte Freund, dass er es total ernst mit ihr meint. Ich konnte mir – wahrscheinlich wegen meines hohen Alkoholspiegels – ein hysterisches Lachen nicht verkneifen und nötigte wohl Oliver zu einer spontanen Handlung. Plötzlich holte er aus seiner Hosentasche eine wunderschöne kleine Schmuckdose heraus, die mit den goldenen Buchstaben *Tiffanys* beschriftet war. Dass sich darin ein Verlobungsring befand, der mit einem prachtvollen Diamanten verziert ist, hat mich dazu gebracht, noch mehr Gin Tonic zu trinken. Ich bin jetzt noch geflasht von dieser Entwicklung und muss das erstmal sacken lassen.

***

Wirklich besser sind meine Kopfschmerzen nach meiner ausgiebigen Dusche nicht geworden. Ich brauche ein Medikament gegen meine Beschwerden und ein leichtes Frühstück. Und Kaffee. Ja, dieses braune, aufputschende Getränk könnte mir Linderung verschaffen.

Mit unsicheren Schritten begebe ich mich ins Erdgeschoss und werde dort von vier Menschen empfangen, die mich mit ernsten Mienen betrachten.

„Guten Morgen", sage ich zögerlich. „Ich störe wohl."

„Nein, natürlich nicht", beteuert meine Tante und schenkt mir ein kurzes, aber freundliches Lächeln. „Wie war dein Abend? Du bist erst gegen Morgen nach Hause gekommen. Dann war es bestimmt schön."

Bei dieser Logik spare ich mir die Antwort. Viel mehr möchte ich wissen, warum hier so eine negative Grundstimmung herrscht.

Ich sehe zu Logans Vater John, doch dieser wendet sich plötzlich ab und nimmt ein Telefonat an. Seine Frau Lydia betrachtet ihn dabei mit zusammengepressten Lippen.

Das geführte Gespräch ist genauso wortkarg wie dieses Treffen. Trotzdem erfahre ich, dass die Privatmaschine der Familie Harper um 13 Uhr Ortszeit wieder startklar ist.

Wie jetzt?

Logan ist doch erst gestern Vormittag mit dieser Maschine zurück in die Hamptons geflogen. Und jetzt ist sie schon wieder hier? Was ist das denn bitte für eine Umweltbelastung? Die Treibhausgasbilanz dieser Familie hallt ja bis in die nächsten fünf Generationen nach.

„Emily. Ich brauche deine Hilfe." Logans Mutter wendet sich an mich. Ihr angespannter Gesichtsausdruck bereitet mir ein wenig Angst.

„Ich weiß überhaupt nicht, um welches Problem es

sich handelt", sage ich.

„Lydia!", mahnt Logans Vater. „Jetzt lass Emily außen vor."

„Wenn Cassandra wirklich verstirbt, dann wird Logan Emily brauchen."

Ich verstehe rein gar nichts.

„Wer ist Cassandra?" Anscheinend hat diese Frau eine enorme Bedeutung für Logan und ich habe keine Ahnung von ihr. Außerdem scheint ihr etwas Schlimmes passiert zu sein, wenn man sogar mit ihrem Tod rechnet. Jetzt kann ich etwas die Hysterie von Logans Eltern nachvollziehen. Trotzdem. Vielleicht ist sie eine Ex-Freundin oder sogar eine Affäre?

Plötzlich beschleicht mich ein eigenartiges Gefühl, dass ich in Logan einen für mich geschaffenen Traummann sehe und er in Wirklichkeit jemand ganz anderes ist. In unserer Surfer-Clique war er derjenige, mit dem ich am wenigsten Kontakt hatte. Viel von seinem Privatleben gab er nie preis und wenn es mal eine Frau an seiner Seite gab, dann war das meistens Miranda.

„Emily?" Mrs. Harper holt mich aus meinen Gedanken. „Hast du etwas von Logan gehört? Hat er sich bei dir gemeldet?"

„Ähm. Nein. Bis jetzt nicht", gebe ich zögerlich zu.

„John! Siehst du, nicht einmal bei Emily meldet er sich. Wir müssen zurück. Ich habe so eine Angst um ihn."

Jetzt wird es immer merkwürdiger.

Lydia ist so fahrig und wirkt so durcheinander, dass ich wohl von ihr keine vernünftige Antwort erwarten kann.

Deshalb wende ich mich an Anna. „Können wir kurz draußen sprechen? Ich muss mal an die frische Luft. Meine Kopfschmerzen hindern mich an klaren Gedanken."

„Sehr gern. Das wollte ich auch gerade vorschlagen",

antwortet Anna.

„Wir sind gleich wieder da", sage ich in die Runde.

Fast fluchtartig verlassen wir den Veranstaltungsort und nicht nur ich atme erleichtert auf, als wir endlich draußen sind.

„Was in aller Welt soll dieses Szenario? Ich verstehe immer noch nicht, was los ist", zetere ich. „Wer ist Cassandra?"

„Eigentlich ist es ganz einfach. Sie ist die Backgroundsängerin von Jayces Band. Logan und sie sind befreundet und haben eine ähnliche Vergangenheit. Die Drogensucht. Deshalb verbindet sie mehr als nur die Musik. Außerdem gibt es da noch Grace …"

„Grace", wiederhole ich.

Noch eine Frau.

„Und was ist mit ihr? Ist sie auch Backgroundsängerin?" Meine letzte Frage wird von einer gewissen Ironie begleitet. Vielleicht ist es auch ein wenig Eifersucht.

„So … in der … Art. Sie befindet sich noch … sagen wir … in der Ausbildung", stottert Anna.

Was soll ich mit dieser Information anfangen?

Irgendetwas verschweigt Anna mir, denn als sie den Namen Grace erwähnte, begleitete sie kurz ein schmachtender Blick. Zumindest kam es mir so vor.

„Trotzdem bin ich jetzt noch nicht viel schlauer." Das bin ich wirklich nicht.

„Mrs. Harper hat vor einer Stunde durch einen befreundeten Arztkollegen aus dem Krankenhaus erfahren, dass Cassandra in ein künstliches Koma versetzt wurde. Sie ist zwar nicht ihre behandelnde Ärztin, aber Logan hat sie damals um Hilfe gebeten, als der irreparable Gehirntumor festgestellt wurde. Deshalb ist sie nach wie vor in diesen Fall involviert. Nun hat sie panische Angst, dass wegen der Vorkommnisse der letzten Stunden ihr

Sohn wieder ein Ticket in die Hölle bucht. Cassandras dramatische Geschichte könnte seine kurze Zündschnur zum Brennen bringen."

Jetzt beginne ich zu verstehen.

„Hast du diese Angst auch?", frage ich Anna.

„Nein! Fakt ist aber, dass irgendetwas nicht stimmt. Es herrscht eine einheitliche Funkstille in den Hamptons. Weder Jayce noch Miranda und schon gar nicht Madison oder Logan sind telefonisch zu erreichen. Sie schicken alle nur Nachrichten, dass alles okay sei. Das macht auch mich stutzig."

„Hmm ... und welchen Part soll ich dann übernehmen?" Diese Suche nach dem letzten fehlenden Puzzleteil nervt mich zusehends.

„Wenn ich Mrs. Harpers Angst richtig deute, dann sollst du Logan von der Höllenfahrt abhalten."

„So ein Quatsch. Als könnte ich das."

„Nicht aufregen, Kleines. Ich glaube das allerdings auch. Außerdem kennst du meine Meinung."

„Mal angenommen, ich fliege zurück. Soll ich dann zugucken, wie Logan sich wieder mit Roxy versöhnt oder ihm bei der Trauerbewältigung beistehen? Ist das nicht ein wenig viel verlangt? Und warst nicht du es, die mir gesagt hat, dass ich mich von den Harpers unabhängig machen soll?"

„Du hast mir zugehört. Fantastisch."

„Natürlich!", sage ich trotzig.

„Emily. Es ist deine Entscheidung. In jeder Beziehung. Du legst fest, ob und in wieweit du dich Logan näherst. Niemand anderes. Solltest du mitfliegen wollen, dann sei in einer Stunde startklar."

Wenn ich richtig gerechnet habe, dann ist es hier 12 Uhr mittags und in den Hamptons dagegen erst früh am Morgen.

Ob Logan noch schläft und wer liegt neben ihm?

Chapter 22

Logan

Die ersten Sonnenstrahlen bahnen sich ihren Weg durch die abgekippten Jalousien. Doch davon bin ich nicht wach geworden, sondern von einem leisen fröhlichen Quietschen und Jauchzen neben mir.

Geschlafen habe ich kaum. Die Aufregung war einfach zu groß. Außerdem hatte ich totale Angst, Grace im Schlaf zu erdrücken. Eigentlich sollte sie in ihrem Reisebett schlafen, doch das wollte sie partout nicht. Deshalb entschloss ich mich – gezwungenermaßen –, sie mit in mein Bett zu nehmen, was sie ohne Weiteres akzeptierte.

Vorsichtig drehe ich mich zur Seite und mein Blick trifft auf das süßeste Etwas, was ich je in meinem Leben am frühen Morgen in meinem Bett gesehen habe. Grace. Sie lächelt mich an und bewegt aufgeregt ihre kleinen Arme. Dazu strampelt sie vor Freude.

Ich bin verliebt. Schockverliebt.

Die kleine Prinzessin scheint meine überwältigenden Gefühle für sie nicht zu erwidern, denn sie fängt plötzlich an zu schreien.

„Es ist alles gut", sage ich.

Behutsam nehme ich sie hoch und lege sie auf meinen nackten Oberkörper. Es dauert nur Sekunden, bis ich den Grund ihrer Missstimmung rieche. „Du brauchst eine neue Windel und Hunger hast du bestimmt auch."

Glücklicherweise scheint die kleine Lady meine Meinung zu teilen, denn sie beruhigt sich so schnell wieder, wie sie angefangen hat zu weinen.

Etwas unbeholfen hieve ich mich mit ihr aus dem Bett und trage sie ins Badezimmer. Auf dem Boden liegt eine provisorische Wickelunterlage, auf der ich Grace ablege. Das scheint sie als Kampfansage zu verstehen, denn sofort fängt sie wieder an zu schreien.

„Junge Lady. Jetzt gib mir bitte eine Chance. Ich muss mich genauso an die neue Situation gewöhnen wie du", sage ich. Dabei durchwühle ich hektisch die Wickeltasche nach brauchbaren Utensilien, um dem kleinen Schreihals den Popo zu putzen. Zusätzlich singe ich irgendwelche Songzeilen, die absolut keinen Sinn ergeben. Grace ist das egal. Sie ist plötzlich still und scheint mir zuzuhören.

Dummerweise fängt sie genau in dem Moment an, vor Freude zu strampeln, als ich ihr die Windel mit dem übel riechenden Inhalt entfernen will. Dass ich es trotzdem schaffe und dabei nicht von dem Geruch ohnmächtig werde, weil ich tiefes Einatmen vermeide, nenne ich Glück.

Während ich tapfer mit der kleinen Prinzessin um jeden Handgriff an ihr kämpfe, nehme ich wahr, dass an der Badtür geklopft wird.

„Ja. Ich bin salonfähig", antworte ich.

Kurz darauf höre ich, dass die Tür geöffnet wird.

„Guten Morgen. Logan? Puh! Warum stinkt es hier so?", fragt Madison.

Bevor ich antworten kann, vernehme ich nur ein Geräusch, was man durchaus als Würgen bezeichnen kann und Madison verlässt fluchtartig das Bad.

„Lass es drin. Dein Kind braucht auch etwas zu essen", rufe ich ihr hinterher.

Leider ignoriert sie meinen nicht dienlichen Rat, denn ich höre, wie sie sich fürchterlich übergeben muss.

Dass sie kurz darauf wieder im Badezimmer erscheint, nenne ich Stehvermögen. Verstohlen werfe ich einen Blick nach ihr. „Du sahst schon mal besser aus."

„Blödmann!", ist ihre Antwort.

Ich ignoriere das und frage stattdessen: „Kannst du in der Zwischenzeit für Grace das Fläschchen vorbereiten?"

„Ich? Logan! Davon habe ich keine Ahnung."

„Dann lerne es. Wenn du in ein paar Monaten das zu deinem Kind sagst, wird es dir das Leben zur Hölle machen."

„Momentan machst du es gerade. Also, viel schlimmer kann es nicht werden."

„Bist du dir sicher?"

„Keine Ahnung! Was soll ich machen?"

„Warte!", sage ich und stülpe Grace das kleine langärmelige Shirt über den Kopf, was sie überhaupt nicht mag. Gerade will sie ihrem Unmut Luft machen, doch bin ich dieses Mal schneller und hebe sie hoch. „Nimm du sie. Dann zeige ich dir, wie man so ein Fläschchen zubereitet."

Madison scheint von meiner Idee wenig begeistert zu sein und greift deshalb nur zögerlich zu.

„Halt sie fest!", herrsche ich sie an und stehe auf.

„Ist ja gut", sagt sie und drückt das kleine Wesen an sich.

„Jetzt komm mit in die Küche."

„Logan. Warte!" Madison steht vor mir und wippt mit Grace im Arm hin und her.

Geht doch!

„Was?", frage ich und mir gefällt, was ich da sehe. Ich

bin mir sicher, dass sie eine gute Mutter werden wird, obwohl ich das nie erwartet hätte.

„Woher weißt du das alles? Ich meine, wie man ein Baby wickelt und es versorgt."

Ich nehme mir einen Augenblick, um die richtige Antwort zu finden. „Ich habe seit Graces Geburt viel Zeit bei Cassandra verbracht. Meine perfekte Ausrede dafür war, dass ich im Studio bin. Deshalb hat es niemand Außenstehendes bemerkt."

Madison sieht mich erst irritiert an, bevor sie fragt: „Hattest du was mit ihr? Also, mit Cassandra?"

Ich wusste es!

„Genau deshalb habe ich nichts erzählt. Mir war klar, dass ich mich dieser Frage stellen muss. Nein! Da war gar nichts. Nicht mal ein Kuss. Vom Alter her hätte sie meine Tochter sein können und genauso war unser Verhältnis. Außerdem ist sie die einzige Person gewesen, mit der ich über unsere Erlebnisse in der Drogenhölle reden konnte. Niemand anderes in meinem engen Umfeld hat jemals diese Erfahrung gemacht."

Madison nickt unmerklich und beginnt wieder, Grace zu wippen. Diese bedankt sich mit einem freudigen Glucksen.

„Wie kann man nur so süß sein?", schwärmt die werdende Mutter.

„Du hast noch den ganzen Tag Zeit, sie zu bewundern. Jetzt zeige ich dir, wie man so ein Fläschchen zubereitet."

„Wieso den ganzen Tag? Ich muss irgendwann nach Hause."

„Ich treffe mich heute mit Roxy zum Lunch. In der Zwischenzeit musst du auf Grace aufpassen."

„Allein? Logan! Vergiss es!"

„Du schaffst das!"

***

Nachdem ich Grace versorgt habe und sie nach etlichen Fehlversuchen nun endlich zu ihrem Vormittagsschlaf überreden – oder besser gesagt – einsingen konnte, gönne ich mir mein wohlverdientes Frühstück. Madison hat es für uns beide vorbereitet, doch machte ihr die morgendliche Übelkeit schwer zu schaffen. Deshalb sitze ich jetzt hier allein an meinem Küchentresen. Sie ist mit dem Taxi in ihr noch nicht fertig renoviertes Haus nach Montauk gefahren, um sich frisch zu machen. Unter erneutem Protest hat sie mir versprochen, dass sie auf Grace aufpasst, während ich mich zum Lunch mit Roxy treffe.

Dass mein iPhone ausgerechnet dann vibriert, als ich in mein Sandwich beißen will, sollte mich nicht stören.

Eigentlich.

Anscheinend hat meine Mutter erfahren, dass Cassandra im Krankenhaus im Koma liegt. Es hätte mich auch gewundert, wenn nicht. Deshalb kontaktierte sie wohl alle Personen, die sich in meinem momentanen unmittelbaren Umfeld befinden. Dass ich nun mit unzähligen Anrufen und Nachrichten bombardiert werde, ignoriere ich. Es ist wirklich ihr Problem, wenn sie meine Nachricht, die ich ihr geschrieben habe, als nicht glaubwürdig einstuft. Ich bin gespannt, wie lange sie braucht, um hier aufzuschlagen. Ich schätze, spätestens heute Abend wird sie vor mir stehen.

Trotzdem wage ich einen Blick auf das Display meines iPhones und entdecke einen neu dazugekommenen entgangenen Anruf. Dieser ist von Amanda. Dass sie sich auf den Weg zu mir befindet, weiß ich. Spannend wird es, wenn sie erfährt, dass ich über Nacht alleinerziehender Vater geworden bin. Darüber habe ich bisher beharrlich auch ihr gegenüber geschwiegen.

Damit ich weiter frühstücken kann, stelle ich mein

iPhone beim Rückruf auf laut.

Amanda nimmt nach dem zweiten Klingelton das Gespräch an. „Du Blödmann. Weißt du nicht, wo das Gaspedal ist?", flucht sie lautstark.

„Nein. Ich sitze am Küchentresen. Da ist keins."

„Logan. Dich meine ich doch nicht. Vor mir fährt so ein Lahmarsch und es gibt keine Möglichkeit, ihn zu überholen."

„Wo bist du denn?"

„Ich fahre gerade auf der Hauptverkehrsstraße durch East Hampton."

„Dort überholt man auch nicht. Und außerdem herrscht dort eine Geschwindigkeitsbegrenzung", mahne ich.

„Habe ich nicht gesehen. Und was ich nicht sehe, existiert nicht. Egal. Ich bin gleich bei dir."

„Ich habe die Klingel deaktiviert. Ruf mich an, wenn du vor der Haustür stehst."

„Es ist doch noch gar nicht Halloween."

„Amanda! Ruf einfach an. Bis gleich", sage ich und beende das Gespräch.

Ich dachte immer, Mrs. Perkins ist eine rasante Autofahrerin. Allerdings musste ich meine Meinung revidieren, denn die Fahrkünste ihrer Schwester Amanda übertreffen diese um einiges. Das wurde mir bewusst, als ich mit ihr auf Ibiza zum Flughafen gefahren bin.

Kaum habe ich zu Ende gefrühstückt, vibriert mein iPhone erneut. „Da ist sie ja schon", sage ich mit dem Blick aufs Display. Hoffentlich versucht sie nicht, in der Garage zu parken. Da passt kein Auto mehr rein.

Damit Amanda nicht doch noch auf die Idee kommt zu klingeln, gehe ich zur Eingangstür und öffne sie zaghaft. Meine PR-Beraterin, die mich mittlerweile auch im Management unterstützt, parkt zwar nicht in meiner vollbesetzten Garage, dafür aber direkt vor der Tür. Diese unmögliche Angewohnheit pflegt ihre Schwester ebenfalls. Doch heute verkneife ich mir eine ironische Bemerkung und bin froh, wenn sie endlich im Haus ist. Vielleicht täusche ich mich auch, aber ich habe einen eigenartigen Duft in der Nase, der nach Paparazzi riechen könnte.

Amanda steigt aus dem Auto aus und ignoriert mich völlig. Eigentlich hatte ich erwartet, dass sie mich sofort eines skeptischen Blickes unterzieht, um meinen Gemütszustand abzuschätzen. Stattdessen geht sie mit hektischen kleinen Schritten zum Kofferraum, öffnet ihn kurz, um ihn umso heftiger wieder zu verschließen.

„Geht das auch leiser?", frage ich.

„Huch. Ist der Herr Rockstar heute zart besaitet?"

Beladen mit zwei Taschen und einer Aktenmappe kommt sie auf mich zu.

„Willst du bei mir einziehen?", frage ich und deute auf ihr Gepäck.

„Das könnte dir so passen. Willst du mir nicht behilflich sein?"

„Von wollen ist da keine Rede. Aber ich helfe dir natürlich trotzdem", sage ich und nehme ihr die Taschen ab. „Sobald wir im Haus sind, reden wir bitte leise miteinander."

„Warum das denn? Hast du Angst, dass dich das FBI überwacht und es überall Wanzen installiert hat?"

„Nein! Du wirst gleich sehen, warum. Flüstere einfach."

Amanda brummt etwas Unverständliches vor sich hin und betritt mein Haus.

Nachdem ich die Eingangstür verschlossen habe, folge ich ihr ins Wohnzimmer. Sie steht mitten im Raum und sieht sich unsicher um. „Woher kommen die ganzen Babyspielsachen?" Sie zeigt auf einen Spielbogen, unter dem eine kuschelige Decke liegt.

Ohne ihr eine Antwort zu geben, gehe ich zum Couchtisch, greife nach dem Brief, den Cassandra mir geschrieben hat und überreiche ihn ihr. „Lies! Darin findest du die Antwort. Setz dich besser dazu hin."

„Von wem ist der Brief?"

„Cassandra", antworte ich knapp.

„Ich kann mir schon denken, was darin steht. Auch wenn ich nichts gesagt habe, ist mir nicht entgangen, dass ihr viel Zeit miteinander verbracht habt. Dann bin ich jetzt auch so dreist und frage dich, ob Grace deine leibliche Tochter ist."

Wow! Damit habe ich jetzt nicht gerechnet.

„Willst du einen Kaffee?", frage ich. Eher als Ablenkung statt aus Gastfreundlichkeit.

„Whisky wäre mir lieber."

„Der Alkohol ist leider gestern im Sand versickert."

„Hattest du einen Rückfall?"

„Ich war kurz davor."

„Und jetzt ist alles okay?"

„Jep. Ich habe mich im Griff."

„Dann nehme ich eine Tasse Kaffee. Mit viel Milch, bitte." Amanda nickt mir zu und ich erwidere ihre Geste. Mittlerweile verstehen wir uns so gut, dass wir nicht einmal mehr miteinander sprechen müssen, um zu wissen, was der andere denkt.

Während ich in die Küche schlendere, um den Kaffee zuzubereiten, geht mir der Gedanke nicht aus dem Kopf, dass Amanda tatsächlich annahm, ich habe eine Affäre mit Cassandra.

Ob das Jayce ebenfalls dachte? Ich werde ihn diesbezüglich auf alle Fälle ansprechen. Nicht, dass mich ihre Vermutungen in irgendeiner Form beeinflussen würden. Es interessiert mich einfach.

Der Kaffeeautomat verrichtet lautstark seine Tätigkeit und kurz darauf erscheine ich mit einer extra großen Tasse

Milchkaffee in der Hand wieder im Wohnzimmer. Genau in diesem Moment wischt sich Amanda verstohlen über ihr Gesicht. Sie hat geweint.

Wortlos stelle ich ihr die Tasse auf den Couchtisch und setze mich gegenüber in einen der zwei Sessel. Ich warte noch einen Moment, bis sie fertig ist, ihr Taschentuch zu benutzen und frage sie dann: „Schaffen wir es, der Presse glaubwürdig zu vermitteln, dass Grace meine Tochter ist?"

Amanda sieht auf und mir direkt in die Augen. Das passiert wirklich selten. Sie vermeidet oft den direkten Blickkontakt. „Ich erzähle denen genau das, was du mit deiner Anwältin ausgehandelt hast. Zumindest gehe ich davon aus, dass Madison hierüber Bescheid weiß."

„Natürlich!", antwortete ich und erzähle ihr, wie es zu diesem Brief und der Vaterschaftsanerkennung gekommen ist.

„Gut. Du bist dir ganz sicher, dass du das durchziehen willst?"

„Ja! Absolut. Das bin ich beiden schuldig."

„Und welche Frau hast du dir als Graces Mutter vorgestellt?" Amanda sieht mich erneut an und zieht dabei die rechte Augenbraue hoch.

„Niemanden! Mein Privatleben steht ab jetzt an dritter Stelle."

„Oh! Und was an zweiter?"

„Die Musik!"

„Das sind total neue Erkenntnisse. Aber gut. Die passen zu meinen Neuigkeiten, die ich dir zu verkünden habe."

„Du bist aber nicht schwanger, oder?"

Amanda hält bei meiner nicht ernst gemeinten Frage kurz die Luft an, bevor sie hörbar wieder ausatmet.

„Deinen Humor hast du schon mal nicht verloren. Aber ich kann dir zu der Frage nach meiner Fruchtbarkeit eine für dich erlösende Antwort geben. Es kann nichts mehr passieren."

Hmm. Muss ich diese erhaltene Information weiter besprechen?

„Hat dein Fruchtbarkeitszustand irgendetwas mit meiner Zukunft zu tun? Ich möchte nur sicher gehen, dass ich nichts verpasse."

Amanda fängt plötzlich so laut zu lachen an, dass ich mir ernsthafte Sorgen um Graces Schlaf mache. „Nicht so laut!", mahne ich sie deshalb und deute auf das Zimmer nebenan.

„Sorry", sagt sie und hält sich die Hand vor den Mund. Es dauert tatsächlich einen Moment, bis sie sich wieder beruhigt hat.

„Hast du es jetzt?", frage ich nach. Ich muss aufpassen, dass mich ihr Lachflash nicht ansteckt.

„Dein Kommentar war echt gut. Das muss ich unbedingt Jeffrey erzählen."

Jeffrey?

„Du meinst aber nicht meinen Tour-Manager, oder?"

Amandas Gesichtsausdruck nimmt augenblicklich eine ernste Mimik an und zusätzlich bekommt sie wieder diese roten hektischen Flecken am Hals. „Ist das ein Problem?", fragt sie zögerlich.

Wie jetzt?

„Willst du mir jetzt ernsthaft mitteilen, dass du Jeffrey mir vorziehst?" Ich versuche, bei meiner scherzhaften Frage keine Miene zu verziehen. Innerlich freue ich mich für sie. So eine kleine Vermutung hatte ich schon. Die beiden haben im Sommer auf der Stadion-Tour viel Zeit miteinander verbracht. Auf meine explizite Nachfrage wurde mir damals immer von beiden Seiten mitgeteilt, dass das rein beruflich ist.

„Eigentlich schon ..." Amanda wirkt betroffen.

„Dann freue ich mich für dich", sage ich. „Lass dich

umarmen."

„Du bist echt komisch heute", antwortet sie.

Einen Augenblick später drücke ich sie an mich und ich bin so froh, dass sie glücklich ist. „Sollte dich Jeffrey schlecht behandeln, dann ist er seinen Job los. Sag ihm das!"

„Das weiß er schon. Er hat eine Menge Respekt vor dir."

„Das sollte er. Immerhin bin ich sein Chef."

„Du kannst mich jetzt wieder loslassen."

„Natürlich!"

„Ich habe dir noch eine weniger gute Nachricht zu übermitteln und dabei möchte ich mich nicht in deinen Armen befinden."

„Ich bin jetzt Vater. So grausam wie vorher bin ich nicht mehr", versuche ich zu scherzen.

„Euer Auftritt bei der Tonight Show wurde auf kommenden Freitag vorverlegt. Ihr müsst schon Anfang der Woche zu den Proben erscheinen."

„Amanda! Das ist ein Scherz!", rufe ich.

„Sei leise! Grace!"

„Trotzdem!", flüstere ich. „Justin und Tommy befinden sich noch in London. Wie stellst du dir das vor?"

„Eigentlich ganz einfach. Allerdings macht mir deine über Nacht eingetretene Vaterschaft Probleme. Diese torpediert meine Pläne."

„Deshalb musst du vorher mit mir reden!"

„Wie sollte ich das? Nach dem gestrigen Chaos, welches durch das Posting von Roxy entstanden ist, habe ich versucht, ein wenig Schadensbegrenzung zu betreiben. Als dann noch ein Anruf von dem Chef der NBC persönlich kam und er mich auf die Probleme ansprach, musste ich ihm versichern, dass bei dir alles okay ist. Du weißt, wer er ist?"

Natürlich. Ben Johnson. Wir sollten schon vor

einundzwanzig Jahren in der Tonight Show auftreten und wurden bereits Monate vorher von dem Sender gehypt. Durch meinen plötzlichen Ausstieg ruinierte ich nicht nur meine Karriere, sondern auch seine, weil man ihm Versagen vorwarf. Er konnte rein gar nichts für meine Entscheidung. Dass er es trotzdem noch an die Spitze dieses gigantischen Unterhaltungsriesen geschafft hat, nenne ich willensstark.

„Richte ihm beste Grüße aus und dass er nicht um seinen Chefsessel bangen muss."

„Noch einmal verzeiht er dir das nicht!"

„Das ist mir schon klar. Doch warum findet jetzt unser Auftritt eine Woche eher statt?"

„Taylor Swift sollte ursprünglich auftreten, doch die Gute plagt eine Halsentzündung. Deshalb hat man eure Termine geswitcht."

„Okay. Gegen diese Frau bin ich absolut machtlos."

„In der Tat. Aber das interessiert mich nicht. Jetzt geht es nur um dich. Wie ist dein Gespräch mit Roxy verlaufen?"

„Ich treffe mich in einer Stunde zum Lunch mit ihr. Danach bin ich schlauer."

„Okay. Doch hoffentlich nicht in der Öffentlichkeit, oder?"

„Jetzt, wo du so skeptisch fragst, finde ich die Idee auch nicht mehr so gut."

„Das ist eine beschissene Idee, um es ehrlich zu sagen. Draußen wimmelt es vor Paparazzi und du willst dich öffentlich mit der Frau treffen, die gerade dein Leben sabotiert? Ich zweifle gerade an deinem Verstand."

Ich auch.

„Was schlägst du stattdessen vor?" Keine Ahnung, was ich mir dabei gedacht habe, Roxy zum Lunch einzuladen. Ich weiß nur noch, dass ich sie schnell wieder loswerden wollte.

„Weißt du, wo sie sich derzeit aufhält?"
„Ja! Hier in der Stadt in einem Hotel."
„Dann fahr dorthin und überrasche sie. Ich warte hier auf dich und wenn etwas ist, dann melde dich. Wer kümmert sich in der Zwischenzeit um deine kleine Prinzessin?"
„Du und Madison!"
„Logan! Du träumst!"
„Nope. Ich bin hellwach."

***

Mit einem mulmigen Gefühl im Bauch fahre ich die Strandstraße in Richtung City entlang. Ich bin eine halbe Stunde zu früh unterwegs und werde auch nicht zu dem Restaurant fahren, welches ich eigentlich als Treffpunkt mit Roxy per WhatsApp vereinbart habe. Wenn die Information stimmt, die ich kurz vor der Abfahrt noch von Madison erhalten habe, dann müsste ich sie in flagranti mit diesem Frank erwischen. Entweder betrügt sie mich mit ihm oder er ist dort, um sie zu erpressen. Mit beiden Geschehnissen könnte ich umgehen und die dafür nötigen Konsequenzen ziehen. Dass das Maidstone Hotel im historischen Viertel von East Hampton liegt und deshalb alles andere als billig ist, macht die Situation noch befremdlicher.

Ich parke nur wenige Meter entfernt von dem altertümlich anmutenden Gebäude. Wenn meine Vermutung stimmt, dann ist das mit weißem Holz verkleidete Haus um die 150 Jahre alt.

Zielstrebig gehe ich auf den großzügig überdachten Eingang zu. Sobald ich die Lobby betrete, ist komischerweise mein flaues Bauchgefühl weg. Warum auch immer.

Ich sehe mich kurz um und steuere dann auf die attraktive Empfangsdame an der Rezeption zu. Doch je näher ich ihr komme, umso erstaunter und peinlich berührter werde ich.

Das läuft doch schon mal suboptimal für mich.

„Hallo Riley", begrüße ich die langhaarige Schönheit.

„Hallo Rockstar. Du kennst meinen Namen noch? Wahnsinn. Du bist mir noch ein Frühstück schuldig."

„Ich frühstücke nicht."

„Stimmt. Du bevorzugst es, am frühen Morgen abzuhauen. Machst du das mit deiner Verlobten auch so?"

„Ich bin nicht verlobt! Stehe ich unter Anklage?"

„Du hast dich wirklich nicht verändert. Immer eine passende Antwort parat."

„Bin ich jetzt freigesprochen?"

„Logan! Was soll das? Auch wenn du jetzt wieder der große Rockstar bist, bleibst du für mich ein Arschloch. Zumindest hast du dich mir gegenüber so benommen."

„Wow. Jetzt mal langsam. Also, gewachsen bin ich nicht mehr und nur, weil ich nicht bis zum Frühstück geblieben bin, bin ich in deinen Augen ein Arschloch? Das ist ein bisschen übertrieben, denn wir hatten vorher die Bedingungen geklärt. Und ich kann mich nicht daran erinnern, dass ich dich schlecht behandelt habe, oder?"

Riley schweigt betroffen. Dann verdreht sie die Augen und sagt: „Wahrscheinlich … weil es so toll mit dir war, wollte ich einfach mehr. Nun gut. Viel Spaß mit deiner Nicht-Verlobten. Warum eigentlich leugnest du das? Übrigens, ihr Fahrer ist schon seit einer Stunde hier."

Ihr Fahrer?

Jetzt nur nichts anmerken lassen.

„Das ist gut. Dann wird sie hoffentlich fertig gepackt haben."

„Oh. Sie verlässt uns? Davon weiß ich noch gar nichts."

Da bist du nicht die Einzige.

Ich schenke Riley ein erzwungenes Lächeln und

benehme mich so, als wüsste ich, wo Roxys Zimmer ist. In Wirklichkeit habe ich keine Ahnung. Ich weiß nur von Madison, dass sie Room No. 19 bewohnt. Mehr Zimmer gibt es hier auch nicht.

Mit einer flapsigen Handbewegung verabschiede ich mich von Riley und nehme den erstbesten Treppenaufgang. Oben angekommen laufe ich einem Paar in die Arme, das mich nach einer kurzen Musterung freudig begrüßt. „Du bist doch der Sänger von der Band The Masters, richtig?", fragt der Mann, der in meinem Alter sein könnte.

„Ähm. Schuldig", antworte ich und bleibe stehen.

„Wir sind extra aus Deutschland angereist, um euch bei der Tonight Show zu sehen." Vielleicht bilde ich es mir auch nur ein, aber ich habe das Gefühl, dass mich die Frau ein wenig anhimmelt. Jedenfalls grinst sie mich unentwegt an.

„Wow. Das ist mir wirklich eine Ehre. Hat man euch schon informiert, dass die Show vorverlegt wurde?"

„Ja. Vor ungefähr einer Stunde. Das verkürzt die Wartezeit, denn wir sind so aufgeregt. Aber dich jetzt hier persönlich zu treffen, ist für mich wie Geburtstag und Weihnachten an einem Tag", sagt die Frau und zwinkert mir verhalten zu.

„Wir sind Fans der ersten Stunde, denn wir haben uns auf einem Konzert von euch in München kennengelernt. Da wart ihr noch die Vorgruppe von Aerosmith."

„Jesus. Das ist über fünfundzwanzig Jahre her. Mit den Jungs auf Tour … das war für uns eine anstrengende Erfahrung. Steven Tyler unter den Tisch zu trinken habe ich damals nicht geschafft."

Ein paar Jahre später konnte ich ihm mit meiner Drogen- und Alkoholsucht kurzzeitig Konkurrenz bieten.

„Das ist jetzt Vergangenheit", beteuert der Mann, als wäre er mein Therapeut.

Ich merke ihm an, dass ihm das Thema peinlich ist. Mir definitiv nicht, denn ich habe meine bewegte Vergangenheit lange genug verschwiegen. Trotzdem werde ich mich jetzt verabschieden, denn ich bin aus ganz anderen Gründen hier. „Dann sehen wir uns kommenden Freitag. Ihr müsst uns unbedingt die Daumen drücken."

„Das machen wir. Es wird fantastisch werden", freut sich die Frau. „Dürfen wir noch um ein Selfie bitten?"

„Natürlich!" Zusammen grinsen wir in die Kamera ihres Smartphones. Bevor ich jetzt noch weitere Fragen beantworten muss, verabschiede ich mich endgültig.

Einen Moment warte ich noch, bis beide außer Sichtweite sind. Dann eile ich suchend und mit großen Schritten den Flur entlang bis zum Room No. 19.

Gefunden.

Ungehalten klopfe ich an, denn ich möchte endlich diese Ungewissheit aus meinem Leben schaffen.

Es rührt sich nichts.

Ich klopfe ein zweites Mal. Nur lauter.

Plötzlich höre ich eine weibliche Stimme fragen: „Wer ist da?"

„Roxy! Ich bin es. Bitte öffne die Tür!"

„Du bist viel zu früh." Das hört sich vorwurfsvoll an.

„Machst du jetzt bitte auf?"

„Können wir uns unten in der Lobby treffen? Ich komme gleich." Roxy spricht mit einem flehenden Unterton.

Das gefällt mir gar nicht und deshalb werde ich ungeduldig. „Nein! Mach auf oder ich trete die Tür ein. Ich weiß, dass dieser Frank bei dir ist."

Plötzlich höre ich Schritte und kurz darauf wird zögerlich die Tür geöffnet. Roxy steht vor mir und ihr Aussehen ist noch desolater als letzte Nacht. Sofort fällt sie mir um den Hals und fängt an zu schluchzen.

„Was ist passiert?", frage ich sie.

Behutsam dränge ich sie zurück ins Zimmer, damit ich hinter uns die Tür schließen kann. Es muss nicht das gesamte Hotel wissen, welches Drama sich zwischen uns abspielt.

Sobald wir sicher sind, gilt meine gesamte Aufmerksamkeit nicht Roxy – die sich förmlich an mir festklammert –, sondern ob ich irgendwelche Spuren von Betrug erkennen kann. Das Doppelbett ist zwar zerwühlt, aber nur die rechte Seite. Und von diesem Frank sind weder Kleidungsstücke noch er selbst zu sehen. Natürlich ist das Badezimmer noch eine Option. Sollte er sich darin befinden, dann lasse ich ihn noch etwas schmoren. Allerdings gerät ein Damenhut in meinen Fokus, den ich irgendwo schon einmal gesehen habe.

Stopp!

Der ist doch aus Emilys Boutique. Ich weiß das so genau, weil mir diese Hüte bei der Renovierung letztes Jahr aufgefallen sind. Emily erzählte mir auf meine explizite Nachfrage, dass sie diese Modelle selbst anfertigt. Und nun besitzt Roxy so ein Exemplar. Das stimmt mich nachdenklich. Sehr nachdenklich.

Jetzt gibt es kein Zurück mehr. Ich will endlich die Wahrheit wissen. „Du erzählst mir jetzt und hier, was wirklich mit dir los ist!", sage ich zu Roxy.

„Ich kann nicht", antwortet sie weinerlich. „Du wirst mich hassen."

„Hast du es freiwillig getan oder wurdest du gezwungen?"

„Was meinst du?" Roxy lockert ihre Umklammerung und sieht mich an. Ihre sonst so wunderschönen Augen sind gerötet und ihr Blick ist leer.

„Rede mit mir! Hast du ein Verhältnis mit diesem Frank?"

Abrupt löst sie sich von mir und tritt einen Schritt zurück. Dann betrachtet sie mich abfällig. „Hast du eins mit dieser Emily?"

Wow. Jetzt wird es interessant.

„Nein!", antworte ich.

„Du verarschst mich. Ich weiß mittlerweile, dass du sie seit über einem Jahr stalkst. Hast du eine Ahnung, wie viele Male du ihren Namen im Schlaf gesagt hast? Sogar beim Sex hast du mich mit ihr verwechselt. Also, wer von uns beiden ist jetzt der Lügner?"

Für einen Moment bin ich tatsächlich sprachlos, denn davon hatte ich keine Ahnung. Wie auch? Im Schlaf höre ich mich nicht reden. Doch die Unterstellung, dass ich ein Lügner bin, lasse ich nicht zu.

„Es tut mir leid, dass ich dich damit verletzt habe. Das war wirklich nicht meine Absicht. Ich habe dich vielleicht in Gedanken mit Emily betrogen, aber nicht körperlich. Und ja, es kam auf Ibiza zu mehreren Küssen. Diese waren nicht so harmlos wie du Frank geküsst hast, als ihr Arm in Arm am Strand spazieren gegangen seid. Ich glaube, wir sind quitt, oder?"

„Woher weißt du davon?" Roxys Stimme klingt schrill.

„Kannst du dir das nicht denken?"

„Natürlich! Deine Mutter und ihre *Bluthunde*. Aber zu deiner Beruhigung. Zwischen mir und Frank läuft nichts mehr. Wir sind nur noch gute Freunde."

„Aha! Und weil ihr so eng freundschaftlich verbunden seid, erpresst ihr gemeinsam andere Menschen, damit diese ihre Immobilien zu einem Spottpreis verkaufen, oder?" Mein Sarkasmus hat sich gerade von selbst aktiviert.

„Ich habe keine Ahnung, von was du sprichst." Roxy spannt ihren Oberkörper an und spitzt ihre Lippen. Sie fühlt sich ertappt und unwohl.

„Natürlich! Aber ich kann es dir sagen. Dein Frank arbeitet mit einem Immobilienhai zusammen, der hauptsächlich in Europa agiert und über dein Konto erfolgt die Geldwäsche."

„Was stöberst du ..."

„Lass mich ausreden! Gegen mich werden beide den Kürzeren ziehen, weil ich sie mit einem Rudel von *Bluthunden* vernichten werde." Mittlerweile bin ich so wütend und angewidert, dass ich mich beherrschen muss, um nicht die Fassung zu verlieren.

„Was hast du damit zu tun?", fragt Roxy und sie wirkt total irritiert.

„Ich habe die Villa von Emilys Tante gekauft und es soll sich nur einer von euch trauen, dort weiterhin irgendwelche Bedrohungen auszusprechen oder zu hinterlassen. Denn ab jetzt bin ich euer Gegenspieler!" Dass der Kauf noch nicht abgeschlossen ist, muss sie nicht wissen.

„Oh ...", sagt Roxy, dreht sich um und setzt sich auf die Bettkante.

„Also steckst du da mit drin?" Meine Tonlage ist wirklich nicht freundlich.

„Ich wusste bis vor ein paar Tagen nicht, dass es sich um die Immobilie von Emilys Tante handelt. Das musst du mir glauben."

„Mir wird nichts anderes übrigbleiben, denn es gibt überhaupt keinen Sinn, Emily von Ibiza zu vertreiben. Sie würde logischerweise wieder nach East Hampton ziehen und wäre somit in meiner unmittelbaren Nähe. Oder gibt es einen anderen Grund für deine idiotische Eifersucht?"

„Ja! Ich brauche Geld und Frank beteiligt mich prozentual an den Deals, wenn er meine Konten für den Geldtransit nutzen darf."

„Ist das von deiner Seite aus freiwillig?"

„Ich habe keine andere Wahl. Mein Schuldenberg wird immer höher und ich habe Angst, dass ich völlig die Kontrolle verliere."

Das deckt sich mit der Aussage von Justin. Deshalb glaube ich ihr. „Von welcher Summe reden wir?"

„Das willst du nicht wissen!"

„Ich frage nicht umsonst. Justin schuldest du fünfzigtausend Dollar ..."

„Das hat er dir verraten?" Roxy ist entsetzt und peinlich berührt zugleich.

„Wem schuldest du noch Geld?", bohre ich weiter.

„Frank. Er hat mir den Umzug nach New York bezahlt."

„Wie hoch sind deine Schulden bei ihm?"

„Dreißigtausend Dollar", sagt sie kleinlaut.

„Wie bitte? Was hast du mit dem ganzen Geld gemacht?" Ich bin fassungslos.

„Das Leben an deiner Seite ist teuer und ich wollte nicht als eine Frau dastehen, die dir nicht ebenbürtig ist ..."

Fuck.

„Habe ich dir das so vermittelt?" Plötzlich fühle ich mich auf eine gewisse Art schuldig.

„Nein, gar nicht. Du warst immer sehr großzügig zu mir. Ich glaube eher, dass ich ein psychisches Problem habe. Wenn es mir schlecht geht, dann belohne ich mich mit Einkäufen. Früher reichten mir ein paar Schuhe oder ein Kleidungsstück von einem Discounter. Mittlerweile müssen es nur noch teure Designersachen sein, die ich mir eigentlich überhaupt nicht leisten kann."

„Ich habe von deinen Problemen nichts bemerkt. Das tut mir echt leid." Ich komme mir in diesem Moment echt schäbig vor.

„Das muss es nicht. Ich hätte auch mit dir reden können, doch ich habe mich viel zu sehr geschämt. Und als ich dann das Angebot von Frank erhielt, schien es so, als würden sich meine Probleme in Luft auflösen. Ich habe nicht daran gedacht, dass ich dich dadurch verlieren würde, denn deshalb wolltest du doch mit mir reden, oder?"

„Ich wollte die Wahrheit wissen."

„Jetzt weißt du es."

„Noch nicht alles. Was sollte das Posting von unserer Verlobung auf Instagram?"

„Das ist jetzt ein Scherz, oder?"

„Nope!"

„Logan! Mein Account ist vor einer Woche gehackt worden. Ich habe seit dieser Zeit keinen Zugriff mehr. Das musst du mir glauben." Roxy faltet ihre Hände wie zu einem Gebet. „Ich war das wirklich nicht."

„Okay. Aber woher stammt das Foto mit meinem Ring … der dir nicht mehr passt … an deinem Finger? Das musst du mir erklären." Um meiner Forderung Nachdruck zu verleihen, hole ich mein iPhone aus meiner Hosentasche, suche das kompromittierende Foto heraus und zeige es ihr.

„Ach herrje. Das ist ein Foto von damals, als mir dein Ring noch passte. Es wurde definitiv neu bearbeitet. Sieh nur hier. Die kleine Narbe, die ich auf dem Handrücken habe, existiert auf dem Foto nicht …" Auf Roxys Hand schon.

„Könnte es Frank gewesen sein, der das gepostet hat? Wo ist er eigentlich? Hast du ihn im Bad versteckt?"

„Bist du etwa eifersüchtig?" Roxy amüsiert sich ein wenig.

Ich verkneife mir eine Antwort, denn ich möchte sie nicht noch mehr verletzen als sie so schon ist. Eifersucht ist nicht das, was ich gegenüber diesem Frank empfinde. Es ist eher Wut und Hass.

„Wo ist er?", frage ich mit Nachdruck.

„Er hat dich vorhin hier ankommen gesehen und ist deshalb schnellstmöglich verschwunden."

„Ich werde ihn finden. Sag ihm das! Aber jetzt zu uns."

„Sag bitte nichts! Ich weiß, bei wem dein Herz ist."
Im Moment sollte es nur bei Grace sein. Sollte.
„Das spielt jetzt keine Rolle. Ich möchte dir helfen und deshalb werde ich deine finanziellen Probleme übernehmen. Du machst mir eine Aufstellung, wem du alles Geld schuldest. Und Roxy! Alle! Ich meine das ernst. Wer zahlt eigentlich dieses teure Hotel?"
„Ich! ... Logan. Das kann ich nicht annehmen."
„Brauchst du einen Therapieplatz?"
„Wenn ich das Geld dafür hätte, dann wären einige meiner Dummheiten nicht passiert."
Das klingt logisch.
„Ich kümmere mich auch darum. Es wäre wirklich schön, wenn wir Freunde bleiben könnten." Roxy wird immer zu meinem Leben gehören und sie bleibt meine erste große Liebe. Ob es jemals eine zweite geben wird, weiß ich zum jetzigen Zeitpunkt nicht.

Chapter 23

Emily

Im Vergleich zu meinem Hinflug nach Ibiza in einer herkömmlichen Linienmaschine war der Rückflug in dem Privatflugzeug der Familie Harper das reinste Vergnügen. Abgesehen von der pompösen Ausstattung sowie der zuvorkommenden Flugbegleiterin lernte ich nicht nur diese Annehmlichkeiten kennen, sondern noch intensiver Logans Eltern. Lydia ist für mich eine Art von einer menschlichen Geheimwaffe. Sie ist nicht nur eine renommierte Ärztin, sondern auch ein Genie, wenn es sich um rechtliche Dinge handelt.

Die zwei *Bluthunde,* die zu meiner Überraschung erst am Flughafen zu uns gestoßen sind, hatten tatsächlich die bereits von meiner Tante unterschriebenen Unterlagen für den Kauf sowie den Rückkauf der Villa dabei. Mittlerweile weiß ich, dass Lydia einen großen Anteil daran hat, dass dies so schnell gegangen ist. Sie hat nicht nur dafür gesorgt, dass ihr Mann das Baugutachten in Rekordzeit erstellt, sondern ebenfalls ihre *Bluthunde* die Fährte aufnehmen. Mit wirklich viel Geduld – zumindest empfand ich das so – erläuterten sie mir jedes winzige

Detail der Verträge, die sogar ich als Nicht-Anwältin verstand. Genug Zeit dafür war vorhanden, denn der Flug dauerte ganze elf Stunden.

Den Rest des Fluges verbrachte ich mit essen und schlafen. Das funktionierte so lange, bis ich von Pepe eine E-Mail erhielt. Mit großer Verwunderung öffnete ich sie und tatsächlich befand sich im Anhang eine Vertragsvereinbarung zwischen dem gigantischen Modeunternehmen, für welches er tätig ist und mir. Das ging schnell. Zu schnell für mein Empfinden.

Wahrscheinlich sah man mir meine Skepsis an, denn plötzlich stand ich im Fokus – nicht nur von Lydia. Anscheinend dachten alle, dass ich eine schlechte Nachricht von Logan erhalten habe. Doch dem war nicht so. Er schrieb mir erst kurz vor der Landung und wollte unbedingt mit mir telefonieren. Nur mit Mühe konnte ich ihn auf zwei Stunden später vertrösten, denn ich wollte unbedingt allein sein, wenn ich mit ihm spreche.

Trotzdem nahm ich die Gelegenheit wahr und bat Lydia sowie ihre *Bluthunde,* über die Vertragsvereinbarung von Pepe zu sehen. Diese fanden nur unwesentliche Punkte zu meinen Ungunsten heraus, die aber branchentypisches Verhalten aufwiesen. In einer Nachbesserung wäre diese Vereinbarung tatsächlich eine Bereicherung für meine weitere geschäftliche Tätigkeit.

Lydia wies sofort ihre *Bluthunde* an, dass sie sich um alles Weitere kümmern sollen. Einerseits bin ich natürlich froh, dass ich professionelle Hilfe bekomme, aber andererseits habe ich kaum eine Chance, mich von der Familie Harper unabhängig zu machen. Am liebsten hätte ich noch mit Lydia über die Mietzahlung meiner Boutique gesprochen, doch dann wäre wahrscheinlich Anna in Schwierigkeiten geraten, die mir erst diese vertrauliche Information gab. Ich werde definitiv auf die passende Gelegenheit warten.

Je näher wir der Landung kamen, umso nervöser und ungeduldiger wurden Logans Eltern. Sie versuchten, sich in einer wirklich liebevollen Art gegenseitig zu beruhigen, doch übertrug sich ihre enorme Anspannung auf uns alle. Außer auf mich. Ich wunderte mich selbst über meine innere Ruhe und Gelassenheit.

***

Eine Stunde später halten wir vor meiner Boutique in East Hampton und jetzt bin ich genau so aufgeregt, wie Logans Eltern es immer noch sind. Allerdings nicht wegen ihres Sohnes, sondern weil ich nie damit gerechnet habe, so schnell wieder hier zu sein. Ich verabschiede mich von Lydia und John sowie Anna und muss ihnen versprechen, dass wir in Kontakt bleiben. Sie fahren jetzt weiter zu Logans Strandhaus.

Unbeholfen steige ich aus dem dunkelverglasten Van aus. Jonathan, wie ich während der Fahrt vom Flughafen erfahren habe, ist der Chauffeur der Harpers und rettet mich vor einer Bruchlandung auf dem Gehweg, indem er mir seine Hand reicht.

„Ich danke Ihnen. Sie sind mein Held", sage ich und schenke ihm ein seliges Lächeln.

„Immer gern, Mrs. Torres. Soll ich Ihr Gepäck tragen?"

„Nein, nein. Vielen Dank. Das ist nur ein kleiner Koffer. Das schaffe ich selbst."

„Wie Sie wünschen", antwortet er und verabschiedet sich höflich.

Ich winke ihm freudig zu und genau in dem Moment, wo ich loslaufen will, vernehme ich ein fürchterliches Gekreische. Das kann nur Josephine sein.

„Du bist wieder da. Du bist wieder da …", ruft sie in Dauerschleife.

„Ich fahre gleich wieder, wenn du nicht damit aufhörst", motze ich.

Keuchend steht Josephine vor mir. „Hast du deinen Humor auf Ibiza gelassen? Komm her und lass dich umarmen."

Ich weiß, dass jetzt jeglicher Einwand zwecklos ist und deshalb ergebe ich mich ihrer stürmischen Begrüßung.

„Ich freue mich auch, dich zu sehen", sage ich und erwidere ihre liebevolle Geste.

Irgendwann lässt sie mich wieder los und sieht mich mit ernster Miene an.

„Was ist los?", frage ich und bin ein wenig irritiert.

„Du musst mir alles erzählen. Ich will jedes kleinste Detail von der Begegnung mit Logan wissen."

„So? Vielleicht erzählst du mir erst mal von deiner Liaison mit Oliver? Wann sollte ich davon erfahren? Am Tag deiner Hochzeit?"

Josephines verdatterter Blick spricht für sich. „Du glaubst doch nicht ernsthaft, dass dieser Mann mich heiratet?"

Dilemma. Schon ist es da.

„Was weiß ich? Wieso muss es unbedingt Oliver sein?" Ich darf mich keinesfalls verplappern, denn er würde es mir nie verzeihen, wenn ich nur einen Hauch von einer Andeutung bezüglich des Verlobungsrings machen würde.

„Müssen wir das hier auf dem Gehweg besprechen? Außerdem, woher weißt du davon? Wir haben das total geheim gehalten."

„Das ist euch auch gut gelungen. Und ich wüsste es bis heute nicht, wenn sich dein Lover nicht nach etlichen Gin Tonics selbst geoutet hätte."

„So ein Idiot", schimpft Josephine. „Jetzt lass uns endlich reingehen. Da hinten steht so ein blöder Typ, der ein Paparazzo sein könnte. Die schleichen seit vorgestern hier andauernd herum und bestimmt nicht wegen mir."

Etwa wegen mir?

„Du lenkst vom Thema ab. Wieso ist Oliver ein Idiot?" Das interessiert mich wirklich. Die ganze Zeit schwärmt sie mir von ihm vor und nun klingt das ganz anders.

„Nein. So meine ich das nicht. Ich habe einfach Angst, dass ich mich gefühlsmäßig total verrannt habe. Deshalb rede ich ihn mir ab und zu mal schlecht." Josephine klingt niedergeschlagen und traurig zu gleich. Jetzt bin ich wirklich froh, dass ich von Olivers ernsten Absichten Kenntnis habe, denn andernfalls würde ich ihn ihr tatsächlich ausreden.

„Das Schicksal wird es richten."

„Sagt die Frau, die nicht daran glaubt."

„Das stimmt so nicht", wehre ich mich.

„Was ist mit dir auf Ibiza passiert? Haben sie dir in der Hippie-Kommune eine Gehirnwäsche verpasst? Ich meine ... nicht, dass die mal nötig gewesen wäre ..."

„Ich habe Logan geküsst", erkläre ich, während ich die Eingangstür meiner Boutique hinter uns schließe.

„Wow. Und wie muss ich mir den Kuss vorstellen? So mit Leidenschaft und der Hand unterm Shirt, oder ..."

„Logan ist nicht Oliver ..."

„Jesus. Deine Naivität ist immer noch vorhanden. Emily. Wir sprechen von Logan Harper. Der war bis letztes Jahr in Bezug auf Frauenbegegnungen nicht besser als Oliver. Erschwerend kommt hinzu, dass er zusätzlich Musiker ist."

„Du musst mir nicht erklären, wer er ist. Aber er hat sich mir gegenüber als Gentleman benommen ... auch wenn du mir das nicht glaubst."

„Dann ist doch alles gut", sagt Josephine und freut sich sichtlich.

„Du bist ein bisschen komisch. Ist wirklich alles okay bei dir?", frage ich und sehe sie skeptisch an.

Eigentlich könnte Josephine meine Zwillingsschwester sein. Wir ähneln uns nicht nur im Aussehen, sondern wir haben auch viele Gemeinsamkeiten. Nur in Bezug auf die Männerwelt gehen wir getrennte Wege. Zumindest bis vor Kurzem. Irgendetwas hat sich bei ihr verändert. Ich bin gespannt, wie es mit den beiden weitergeht, sobald Oliver wieder hier ist.

***

Nachdem ich meinen Koffer ausgepackt, mich frisch gemacht und etwas gegessen habe, erzähle ich Josephine von dem Angebot von Pepe. Dass sie mir vor Freude um den Hals fällt, beruhigt mich. „Ich hatte schon die Befürchtungen, dass du die Idee nicht gut findest."

„Emily. Du bist die Chefin und ich deine Angestellte. Allerdings freut es mich schon, wenn du meinen Rat möchtest. Bedeutet das jetzt, dass du hier bleibst? So ganz verstehe ich deine Zukunftspläne nicht."

„Auf alle Fälle für die nächsten Monate. Sofia braucht mich den Winter über nicht auf Ibiza. Erst wenn im April der Touristenwahnsinn wieder losgeht, werde ich ihr meine Hilfe anbieten."

„Soll ich in der Zwischenzeit wieder zu meinen Eltern ziehen?" Josephine sieht mich an und ich kann ihre Anspannung förmlich spüren. Ich weiß, dass sie froh ist, hier in den Hamptons zu wohnen, denn ihre Familie ist nicht nur zahlreich, sondern auch dementsprechend laut. Ihre Großeltern haben sizilianische Wurzeln und sind in den Zwanzigerjahren nach New York gezogen.

„Wenn du weiterhin die Abgeschiedenheit und meine langweilige Gesellschaft genießen willst, dann bist du hier herzlich willkommen."

„Besonders deine biedere Lebensweise hat es mir angetan", sagt sie und ich erfahre eine erneute Umarmung.

Dass gerade in diesem Moment mein iPhone klingelt, nervt mich etwas. Ich schiele zum Couchtisch, worauf mein Smartphone liegt und sehe, dass der Anruf von Logan ist.

„Hat da etwa jemand Sehnsucht nach dir?" Josephine lässt mich los und reicht mir mein iPhone.

Zögerlich greife ich zu und bin mir nicht sicher, ob ich heute wirklich noch mit Logan telefonieren soll.

„Jetzt geh schon ran. Ich bin neugierig, was er von dir will."

„Okay." Mit einer vorgetäuschten Coolness nehme ich das Gespräch an und gerate schon nach ein paar Sekunden ins Stocken. „Wo bist du?", frage ich voller Ungläubigkeit, denn ich kann nicht fassen, dass er vor meiner Boutique wartet. Sind seine Eltern sowie Anna schon gegangen? Anscheinend. „Gib mir fünf Minuten", sage ich und beende das Telefonat.

„Was ist los?" Josephine mustert mich neugierig.

„Er steht unten", röchle ich.

Kaum habe ich meinen Satz zu Ende gesprochen, rennt Josephine zum Fenster.

„Nicht! Er kann dich doch sehen!", mahne ich.

„Quatsch! Er steht auf der gegenüberliegenden Straßenseite und telefoniert. Jesus. Sah der schon immer so gut aus?"

Wie jetzt?

Logischerweise treibt mich meine Neugier ebenfalls zum Fenster. Logan steht im Lichtkegel der Straßenlaterne und bei seinem Anblick muss ich schwer schlucken, bevor ich auf Josephines Frage antworte: „Ja, leider. Das ist skandalös!"

„Du hast mein aufrichtiges Mitleid. In diesem langen

Fake-Ledermantel sieht er richtig heiß aus."

„Skandalös heiß."

„Soll ich euch allein lassen?"

„Nein! Bloß nicht. Ich traue mir selbst nicht!"

„Dass ich das nochmal erleben darf ..."

„Mach dich nur lustig über mich. Also, auf der Straße will ich mich nicht mit ihm treffen. Ich werde ihn bitten, dass er in die Boutique kommt."

„Mhhh. Sex in der Umkleidekabine klingt spannend. Vergiss die Kondome nicht."

„Du bist unglaublich", schimpfe ich, doch innerlich muss ich lachen. Prinzipiell passt Josephine perfekt zu Oliver.

„Ich gehe jetzt und sollte ich nicht wiederkommen, dann schicke einen Rettungstrupp los", sage ich und schließe die Wohnungstür hinter mir.

Im Eilschritt bewältige ich die Treppe ins Erdgeschoss und entsichere dort die Seitentür, die in meine Boutique führt. Damit wir nicht von außen bei voller Beleuchtung gesehen werden können, knipse ich nur die Lampen in den zwei Umkleidekabinen an. Das wird reichen.

Spätestens jetzt bemerke ich meine Nervosität.

Sie ist groß. Viel zu groß, um sie verbergen zu können. Vielleicht sollte ich einfach eine Flasche Champagner öffnen und zwei Gläser auf ex trinken, obwohl ich dieses Blubberwasser überhaupt nicht mag. Egal. Ich begebe mich zu dem kleinen Kühlschrank im Backoffice und hole mir eine Flasche heraus. Natürlich besitze ich für meine Kundinnen die dafür gebräuchlichen Gläser, doch diese sind mir für mein Vorhaben zu klein. Deshalb schnappe ich mir das erstbeste Wasserglas und will gerade die Flasche öffnen, als ich merkwürdige Geräusche im Verkaufsraum vernehme. Ohne nachzudenken, spurte ich zurück und bleibe abrupt mitten im Raum stehen.

„Wie ... kommst du ... hier herein?", stottere ich und bin nicht in der Lage, meinen Blick von Logan abzuwenden.

Er steht breitbeinig da, wie es oft große Männer machen, um ihrem Gegenüber besser in die Augen sehen zu können. Eine Hand steckt lässig in der Hosentasche und sein halboffenes Hemd gibt einen Hauch von seinem durchtrainierten Oberkörper frei. Bekleidet mit diesem Fake-Ledermantel befindet sich vor mir der Inbegriff von Männlichkeit.

Ich bin erledigt. Diesem Mann zu widerstehen schaffe ich nicht.

„Was gibt es zu feiern?", fragt er und seine Stimme klingt kehlig.

„Feiern?", wiederhole ich und weiß nicht, was er meint.

„Du hast eine Flasche Champagner in der Hand."

„Oh. Die meinst du." Ich lache und klinge so verwirrt, wie ich es tatsächlich bin. „Die habe ich gerade beim Aufräumen gefunden", lüge ich.

Logan antwortet darauf nichts. Stattdessen starrt er mich weiterhin an.

Ich komme mir in diesem Moment ziemlich dumm vor und bringe die Flasche sowie das Glas zu dem Verkaufstresen.

„Du hast mir meine Frage noch nicht beantwortet", sage ich und versuche, meine Nervosität zu bändigen, indem ich mir einrede, dass nicht Logan vor mir steht, sondern Quasimodo.

„Ach ja? Erstens hast du eine sehr mitteilungsfreudige Mitbewohnerin, die mir verraten hat, wo ich dich finde und zweitens habe ich letztes Jahr hier ein paar Renovierungsarbeiten durchgeführt. Wie du siehst, kenne ich mich noch gut aus."

„Und was verschafft mir nun die Ehre deines

spontanen Besuches?"

„Mein ursprünglicher Plan, dich auf Ibiza anzurufen, hatte sich in dem Moment erledigt als ich persönlich von meinen Eltern erfuhr, dass du zurück in den Hamptons bist. Wolltest du es mir erzählen oder sollte ich es gar nicht erst wissen?"

„Bist du etwa sauer auf mich?"

„Nein! Aber ich habe keine Lust und auch keine Nerven mehr für deine Spielchen. Mein Leben hat sich seit gestern Abend völlig geändert und ich brauche jetzt Menschen um mich herum, auf die ich zählen kann."

Autsch. Das hat gesessen.
Trotzdem.

„Ich spiele nicht mit dir! Und woher soll ich wissen, dass sich dein Leben seit unserer letzten Begegnung verändert hat?" Ich kann auch unangenehm werden.

„Deshalb wollte ich mit dir sprechen. Ich muss zugeben, dass ich nicht damit gerechnet habe, dich so schnell wiederzusehen."

„Schlimm?"

„Nein! Das Problem ist nur, dass ich mich an dich gewöhnen könnte." Seine Stimme hat plötzlich so einen sexy Unterton, der mir durchaus gefällt.

„Jetzt verlieb dich nicht noch in mich", sprudelt es im Scherz aus mir heraus.

Mein Gegenüber scheint das eher als eine Bedrohung zu empfinden, denn seine Gesichtszüge spiegeln eine ernste Mimik wider.

„Das war nur scherzhaft gemeint", versuche ich ihn zu besänftigen. Das scheint mir nicht zu gelingen, denn sein Blick ist so intensiv, dass ich anfange, mich unwohl zu fühlen.

Ich sollte mich verabschieden.

„Was ist, wenn es schon passiert ist?", fragt er plötzlich. „Eigentlich sollte ich als Rockstar immun

dagegen sein. Die verlieben sich nicht. Eigentlich ..."
Was ist das denn für eine Aussage?
„Ich kann dir gerade nicht folgen", sage ich und spüre eine aufkommende Angst vor seiner Antwort.
„Dass ich Gefühle für dich habe ..."
Fuck. Das glaube ich jetzt nicht.
Augenblicklich schießt mein Puls in die Höhe und mein Herz klopft schneller.
Ich muss einen klaren Kopf behalten, ermahne ich mich tonlos. Er ist liiert! Das darf ich nicht vergessen.
„Also, du bringst mich gerade noch mehr durcheinander ...", sage ich. „Was ist mit dir und Roxy? In sie hast du dich doch auch verliebt, obwohl du ein Rockstar warst."
„Wir bleiben gute Freunde", sagt er knapp. „Mehr gibt es dazu nicht zu sagen."
Okay. Ich stehe gerade auf verdammt dünnem Eis.
Seit unserer Begegnung letztes Jahr in der Strandbar träume ich davon, mit ihm zusammen zu sein und nun habe ich plötzlich Angst davor. Mit mir stimmt doch was nicht.
Logan scheint auf eine Antwort zu warten, denn er starrt mich unvermittelt an. Ich bin aber nicht in der Lage, sie ihm zu geben, denn ich muss selbst erst einmal mein Gefühlschaos sortieren.
„Hast du morgen schon etwas vor?", fragt er plötzlich und verschränkt seine Arme vor der Brust.
Was wird das denn jetzt?
„Einen genauen Plan gibt es noch nicht. Ich habe die unterschriebenen Kaufverträge für Sofias Villa dabei, die du noch durchsehen müsstest. Außerdem erhielt ich ein Angebot von Pepe, dass ich noch ..."
„Von deinem Ex-Freund?", unterbricht mich Logan.
„Ja", antworte ich brav und freue mich innerlich über sein Erstaunen. Er wird doch nicht eifersüchtig sein?

„Was will er von dir?" Logan hat wieder diesen finsteren Gesichtsausdruck aufgesetzt.

„Eine Zusammenarbeit. Die *Bluthunde* deiner Mutter haben schon den Vertrag geprüft und mich auf kleine Nachbesserungen aufmerksam gemacht."

„Ah. Wie praktisch. Also wirst du mit ihm arbeiten?"

„Ich denke ernsthaft darüber nach." Dass ich mich schon entschieden habe, verschweige ich ihm. Ich möchte Logans Laune nicht noch mehr strapazieren.

„Na, dann brauche ich dir wohl kein Angebot zu unterbreiten, oder?"

„Logan! Was soll das? Du weißt, dass ich jede Unterstützung gebrauchen kann." Jetzt bin ich ungehalten.

„Okay. Lass uns morgen darüber sprechen. Kannst du so gegen 14 Uhr zu mir ins Strandhaus kommen? Dann erkläre ich dir alles. Auch, wie meine weitere Zukunft aussieht."

What?

„Ja, klar. Ich komme vorbei", sage ich und bin völlig verwirrt.

„Dann bis morgen." Mit diesen Worten verabschiedet er sich und ist im nächsten Moment genauso geräuschlos verschwunden, wie er gekommen ist.

Ich stehe allein und völlig perplex mitten in meiner Boutique und versuche zu verstehen, was das gerade zwischen uns war. Es gab weder einen Kuss noch eine körperliche Berührung, sondern nur Blicke und Worte, die teilweise widersprüchlich waren.

Ich brauche Schlaf. Dringend.

Chapter 24

Logan

Ich bin mir nicht sicher, ob ich von dem Duft frisch gemahlener Kaffeebohnen oder dem lauten Mahlgeräusch des Automaten aufgewacht bin. Fakt ist, dass es draußen noch dämmrig ist, Grace anscheinend noch schläft und ich definitiv keinen Übernachtungsgast habe, der schon tätig werden könnte.
Also wer zur Hölle ist in meinem Haus?
Nur meine Eltern und Mrs. Perkins wissen, wie sie sich Einlass verschaffen können. Ich ahne definitiv nichts Gutes, außer, dass es schon mal Kaffee gibt.
Missmutig stehe ich auf und werfe einen Blick auf meine Prinzessin, die trotz der lauten Geräusche noch in ihrem Reisebettchen schlummert. Während ich sie entzückt betrachte, rückt in meinen Blickwinkel eine stattliche Person.
„Guten Morgen, ihr zwei Langschläfer", flüstert mein Vater und sieht mich mit einem fetten Grinsen im Gesicht an. „Kaffee? Du siehst aus, als könntest du einen

gebrauchen."

„Was machst du schon hier?", frage ich leise, schnappe mir mein iPhone, welches unter meinem Bett liegt und verlasse, nur mit Shorts begleitet, das Schlafzimmer. Sobald ich die Tür hinter mir geschlossen habe, aktiviere ich die App für das Babyphone. Dann wende ich mich an meinen Vater. „Du hast meine Frage noch nicht beantwortet!"

„Sorry, Logan, dass ich schon eher gekommen bin. Aber du sagtest gestern Abend, dass Grace gegen 7 Uhr wach wird. Ich wollte dich einfach unterstützen, damit du eventuell noch etwas schlafen kannst."

„Das nächste Mal besprechen wir das bitte vorher. Ich bin kurz im Bad", sage ich zu meinem Vater und lege mein iPhone auf den Küchentresen. „Du passt auf?"

„Ich habe hier alles im Griff."

„Okay", antworte ich und verschwinde ins Badezimmer.

In Windeseile widme ich mich meiner Morgentoilette, denn so wirklich traue ich meinem Vater noch nicht zu, sich um Grace zu kümmern. Außerdem wird der Kaffee kalt, den er zu frühzeitig, doch bestimmt mit den besten Absichten zubereitet hat.

Mit noch nassen Haaren und in einen Bademantel gehüllt, erscheine ich schneller als sonst wieder in der Küche und traue meinen Augen nicht. Mein Vater steht mit dem Rücken zu mir und wippt mit Grace auf dem Arm hin und her. Dabei trällert er ein Kinderlied, an das ich mich sogar noch erinnern kann. Ganz nebenbei bereitet er für sie ein Fläschchen. Auch wenn ich sein Gesicht nicht sehen kann, sagt mir seine Körperhaltung, dass er gerade sehr glücklich ist.

„Du schüttest ihr keinen Kaffee in ihr Fläschchen, oder?"

„Warum nicht? Das hat bei dir früher doch auch

funktioniert."

„Ah. Deshalb war ich ab und an so hyperaktiv."

Mein Vater dreht sich zu mir um und strahlt über das ganze Gesicht.

„Was ist los mit dir?", frage ich. „Du warst gestern Abend schon so euphorisch, als du mit Mum und Mrs. Perkins hier aufgetaucht bist und erfahren hast, dass Grace dein Enkelkind wird. Dagegen hat Mum viel verhaltener reagiert."

„Du willst eine ehrliche Antwort?"

„Sicher. Immer raus damit."

„Ich war manchmal schon ein wenig traurig, wenn Freunde von mir mit ihrem Großvaterdasein prahlten. Ich kannte aber deine Gründe, die dagegensprachen und deshalb war das Thema nicht weiter relevant. Doch jetzt darf ich diese zuckersüße Prinzessin in den Armen halten und das ist ein wahnsinnig tolles Gefühl. Mir ist völlig egal, ob sie deine Gene besitzt oder nicht."

„Ist das wirklich so?"

„Sie wird eine geborene Harper sein. Ich habe mir schon viele Dinge überlegt, die ich mit ihr erleben möchte. Angefangen damit, dass sie dein altes Kinderzimmer erhält ... natürlich mit neuen Möbeln ... und wenn sie noch so klein ist, ein altersgerechtes Baumhaus nur für sie. Und ..."

„Stopp!", sage ich. Das Gespräch läuft in die falsche Richtung. „Was wird das? Grace wohnt hier bei mir und nicht bei euch."

„Das ist mir klar. Ich habe mich in der letzten Nacht lange mit deiner Mutter unterhalten und leider sind ihre Sorgen um dich nicht geringer geworden. Sie hat totale Angst, dass du dir zu viel zumutest. Die habe ich übrigens auch. Deshalb biete ich dir meine Unterstützung an, indem ich beruflich ein ganzes Stück kürzer trete."

Hat er das jetzt wirklich gesagt?

„Du willst was?"

„Kürzer treten. Du hast schon richtig gehört. Wir haben dich auch ohne Kindermädchen großgezogen."

„Das weiß ich. Aber wenn ich mit der Band unterwegs bin, brauche ich eins. Lorena hat bereits ihre Unterstützung zugesagt. Nur ist sie momentan durch eine Fußverletzung außer Gefecht gesetzt. "

„Nimm mich. Ich würde gerne bei deiner bevorstehenden Clubtour dabei sein."

„Ernsthaft? Was wird aus all deinen Bauprojekten? Ich meine ... du bist eine angesehene Persönlichkeit, nicht nur in New York. Außerdem wollte ich dir noch ein paar von meinen Projekten abgeben."

„Du weißt selbst, dass sich bei unserer Arbeit viele Dinge auch von unterwegs telefonisch oder online regeln lassen. Außerdem wird es Zeit, dass mein persönlicher Assistent Ronan mehr Verantwortung bekommt. Was hältst du von meinem Plan?"

„Du solltest zuerst Grace ihr Fläschchen geben, bevor sie weiter auf deine Schulter sabbert. Und ich brauche auf den Schock erst mal einen Kaffee."

„Die volle Tasse steht für dich bereit."

„Der ist kalt. Ich hasse kalten Kaffee", sage ich und verziehe angewidert das Gesicht.

Im nächsten Augenblick bereite ich mir eine frische Tasse zu. Während ich darauf warte, dass ich das heiße Gebräu endlich trinken kann, beobachte ich meinen Vater, wie er mit Hingabe und Liebe Grace versorgt. Ich weiß jetzt schon, dass er ein verdammt guter Großvater für sie werden wird.

„Du kommst aber nicht wegen der ganzen Groupies mit, oder?", will ich wissen.

Mein Vater lacht herzlich auf. „Deine Mutter würde mich mit dem Brotmesser kastrieren. Das Risiko gehe ich nicht ein. Außerdem, denkst du wirklich, dass da noch welche kommen? Du bist keine zwanzig mehr."

„Das hatte ich glatt vergessen. Du hast recht. Da kommt niemand mehr."

„Sag ich doch. Der wahre Grund ist, dass ich stolz auf dich bin. Nicht erst seit gestern, sondern immer. Ich frage mich manchmal, ob ich die Kraft gehabt hätte, jedes Mal wieder aufzustehen und weiterzumachen."

„Vielleicht wärst du gar nicht erst in die Hölle gefahren …"

„So charakterstark wie du bin ich nicht. Ich glaube, dass ich schon während meiner Musikkarriere abgestürzt wäre. Dieser enorme Stress und dieser Druck, dem ihr da ausgesetzt wart, hätte ich nicht geschafft."

„Früher oder später erwischt es fast jeden. Die einen mehr und die anderen weniger. Letztes Beispiel ist Liam Payne. Der Druck bei so einer Boyband ist wesentlich höher als er bei uns war. Zwanzig Jahre später haben wir die Erfahrung und auch das Privileg, dass wir über viele Dinge mitbestimmen dürfen. Das wird den Wenigsten gewährt."

„Denkst du wirklich, dass die Plattenfirma immer so nachsichtig und wohlwollend sein wird, wie sie im Moment ist?"

„Nein!", antworte ich und warte auf die Reaktion meines Vaters.

Anstatt einer Antwort sieht er mich mit weit aufgerissenen Augen an. Ich habe ihn wohl geschockt. „Dir ist schon aufgefallen, dass Grace nur noch an der leeren Flasche nuckelt, oder?"

„Oh …", sagt er. Im nächsten Moment spuckt sie ihm auf seine Schulter, was meinen Vater anscheinend nicht stört.

Ich reiche ihm eines der zahlreichen Tücher, die mittlerweile in jedem Zimmer akkurat platziert sind. Das war nicht meine Idee, sondern die von Mrs. Perkins, welche bei ihrem gestrigen Besuch völlig aufgelöst wegen Grace war.

„Können wir nochmals auf dein entschiedenes NEIN zurückkommen? Wenn ich darüber nachdenke, dann beschleicht mich so ein eigenartiges Gefühl", sagt mein Vater.

„Hast du in deine Glaskugel geschaut?", frage ich und grinse dümmlich.

„Ich meine das ernsthaft. Was hast du vor?"

„Als ich diesen Sommer mit den Jungs auf Tour war, fühlte sich das wie ein cooler längerer Urlaub an. Für mich gab es weder diese zerstörerische Einsamkeit, die meistens nach dem Konzert im Hotel auf dich wartet, noch den hysterischen Fanauflauf. Zu unserer großen Freude konnten wir uns relativ frei bewegen, zumal jeder von uns Familie und Freunde dabei hatte. Doch das wird nicht so bleiben. Ich muss für mich eine sichere Lösung haben, damit ich nicht wieder in diesen Strudel von Selbstzerstörung gezogen werde. Jetzt, wo Grace bei mir ist, wird es schwerer werden, doch ist sie nicht die Garantie dafür. Was letztens mit Liam Payne passiert ist, so wäre ich vor über zwanzig Jahren auch beinahe geendet. Mein Glück war nur, dass mein Zimmer keinen Balkon hatte."

Mein Vater betrachtet mich mit angespanntem Gesichtsausdruck und wippt dabei Grace mehr als nötig. Ihr scheint es zu gefallen, denn sie gluckst vor Vergnügen.

„Wenn ich dich so reden höre, verspüre ich eine gewisse Unruhe. Sogar Angst."

„Die habe ich tatsächlich auch. Doch eigentlich will ich sagen … sollte mir der Druck der Plattenfirma zu groß werden, dann steige ich aus und gründe mein eigenes Label. Das wird zwar nicht so erfolgreich sein, aber es sichert uns das Überleben."

„Du ... überraschst mich ... immer wieder", stottert mein Vater. Er wirkt sichtlich ergriffen. „Wissen Justin und Tommy von deinem Plan?"

„Ja. Wir haben das bei unserem letzten Treffen erörtert. Wir brauchen alle drei das Geld nicht so wie die Musik."

„Dann plane mich schon mal als einen Investor ein. Ich finde, dass solltest du unbedingt machen. Ihr könntet doch ebenfalls junge Talente fördern und denen beibringen, wie sie in dem Haifischbecken der Musikindustrie überleben ..." Plötzlich ist mein Vater ein begeisterter Verfechter meines Vorschlags.

„Auch das", sage ich und freue mich sichtlich über sein Interesse. Ob ich ihn wirklich als Investor dabei haben möchte, weiß ich noch nicht. Ich glaube eher weniger, denn es ist mein Herzensprojekt, welches ich allein bewerkstelligen möchte.

„Soll ich uns ein Frühstück zubereiten?", fragt mein Vater.

Ich lache. „Gerade fühle ich mich in meine Kindheit zurückversetzt. Da hattest du nur kein Baby auf dem Arm."

„Du glaubst gar nicht, wie glücklich mich dieser Augenblick mit euch beiden macht." Dass bei seinen emotionalen Worten seine Stimme leicht zittert, verrät mir seine wahre Gefühlswelt. Mein Vater ist nie ein Mann gewesen, der mir verboten hätte, zu weinen, weil ich ein Junge war. Im Gegenteil. Er hat mich immer bestärkt, meine Gefühle zu zeigen. Auch Frauen gegenüber. Das hat nur wirklich bei Roxy funktioniert. „Ich habe mich gestern Abend bei Emily wie der größte Idiot benommen", sage ich aus meinen Gedanken heraus.

„Sag nicht, dass ich dich nicht gewarnt hätte."

Ich war nur so aufgebracht, weil mir Emily nicht mitgeteilt hatte, dass sie sich auf dem Rückflug in die

Hamptons befand. Mein Vater warnte mich davor, mit diesen negativen Emotionen zu ihr zu fahren. Doch ich musste sie einfach sehen.

„Und wie schlimm hast du es verkackt?" Bei seiner Wortwahl muss ich lachen.

„Übst du schon mal einen lässigen Sprachgebrauch?", frotzle ich.

„Bis Grace sprechen kann, bin ich topfit. Jetzt erzähl schon. Was ist schiefgegangen?"

„In meiner Enttäuschung war ich nicht in der Lage, sie zu küssen, obwohl ich das unbedingt wollte. Und als ich ihr mein Angebot unterbreiten wollte, dann erzählte sie mir, dass sie von diesem Pepe schon eins bekommen hat. Er will unbedingt mit ihr zusammenarbeiten. Warum hast du mir das nicht erzählt?"

„Dann wäre zu deiner Enttäuschung noch Eifersucht hinzugekommen und beides zusammen sind schlechte Berater für ein Treffen, welches ich dir ausreden wollte."

„Das nächste Mal bist du energischer!", fordere ich.

„Ich werde dich an deine Worte erinnern. Wie geht es jetzt in deiner Dreiecksbeziehung weiter?" Mein Vater fragt das mit so einem gewissen Unterton.

„Dreiecksbeziehung?"

„Für mich ist sie das. Du willst Roxy weiterhin zur Seite stehen und sie nicht nur finanziell, sondern auch bei ihren gesundheitlichen Problemen unterstützen. Zumindest hast du uns das gestern so erzählt. Und Emily ... da spielen deine Gefühle für sie eine große Rolle. Weiß sie von Grace?"

„Nein."

„Und Roxy?"

„Auch nicht!"

„Geheimnisse für dich behalten, das kannst du."

Stimmt.

„Darf ich trotzdem von deiner weiteren Vorgehensweise bezüglich deines Gefühlslebens erfahren?"

„Du bist noch neugieriger als Mum", sage ich und muss ein bisschen lachen. „Ich habe Emily gebeten, dass sie heute Nachmittag hierher ins Strandhaus kommt. Dann wird sie auch von Grace erfahren."

„Hmm. Und was machst du, wenn sie dir absagt?"

„Darüber habe ich mir noch keine Gedanken gemacht. Sollte ich das?"

„Wenn es um Frauen geht, dann muss man als Mann immer einen Plan B in der Tasche haben."

Den hatte ich nie.

***

Keinen Plan B zu haben, wird mir heute zum ersten Mal bewusst zum Verhängnis.

Ich bin geschockt. Zutiefst.

Emily hat mich tatsächlich versetzt, weil sie sich mit diesem Pepe in Manhattan zur Vertragsunterzeichnung trifft. Das hat sie mir gerade am Telefon mitgeteilt. Mit wirklich viel Mühe konnte ich sie überreden, dass wir uns heute Abend im Hilton Hotel in New York treffen. Eigentlich wollte ich morgen erst dort einchecken, doch ich möchte das Risiko nicht eingehen, dass Pepe auch noch den Abend oder sogar die Nacht mit ihr verbringen kann.

Ich brauche Amanda.

Hektisch tippe ich auf dem Display des iPhones herum und stelle es auf laut. Erst nach dem fünften Klingelton nimmt sie das Gespräch an. „Hast du schon Sehnsucht nach mir?", fragt sie und klingt abwesend.

„Wo bist du?", frage ich deshalb.

„In deiner Suite. Ich nehme gerade die Menge an Paketen, Taschen und sonstigen Dingen in Empfang. Was ist los? Du rufst mich nicht an, weil es dir langweilig ist,

oder?"

„Bestimmt nicht. Ich checke heute noch ein. Ich weiß nur noch nicht, wann genau. Mein Vater ist gerade mit Grace unterwegs. Doch sobald er zurück ist, frage ich ihn, ob ich den Hubschrauber nutzen kann."

„Sicher. Der Rockstar lässt sich einfliegen."

„Lass deinen Sarkasmus. Mit dem Auto bin ich zu lange unterwegs."

„Warum machst du so einen Stress? Es reicht doch, wenn du morgen hier eintriffst."

„Nein! Emily trifft sich mit diesem Pepe und …"

„Ahh. Und du fungierst als Party Crush. Schäm dich."

„What? Was hattest du zum Frühstück?"

„Eier. Eine Menge."

„Dann ist Jeffrey auch schon da?"

„Ja. Wir müssen deine Clubtour bis ins kleinste Detail planen. Das meine ich jetzt ernsthaft. Es haben sich ein paar Probleme eingestellt. Manche Veranstaltungsorte sind nicht mit unseren Forderungen kompatibel. Es gibt tatsächlich immer noch Veranstalter, denen Geld vor Sicherheit geht."

Es hat sich nichts zu früher geändert.

„Ihr regelt das. Ist Jake auch schon vor Ort?"

„Dein Sicherheitschef? Natürlich. Es sind alle außer Tommy und Justin da. Deren Privatmaschine landet in einer Stunde."

„Kann mich Jake vom Helikopterlandeplatz abholen?"

„Ja sicher. Du musst uns nur mitteilen, auf welchem du landest. Apropos Jake. Ich habe über deinen Kopf hinweg entschieden, dass wir zusätzliches Sicherheitspersonal brauchen. Der Hype um euch nimmt ganz komische Züge an. Du glaubst gar nicht, wie viele Interviewanfragen ich allein nur heute bekommen habe wegen eures Auftrittes bei der Tonight Show."

„Ich habe schon deren Posting bei Instagram gesehen.

Wieso jetzt dieser Hype? Wir treten doch nur eine Woche früher auf."

„Ich glaube, dass dich dein aufregendes Liebesleben noch interessanter gemacht hat."

„Ich bin alleinerziehender Vater ..."

„Das weiß aber noch niemand und wird dich später noch attraktiver machen ..."

„Was für ein Blödsinn. Wir sehen uns in ein paar Stunden", sage ich und beende das Telefonat.

Plötzlich beschleicht mich ein ungutes Gefühl.

Chapter 25

Emily

Was für ein Tag. Begonnen hat er mit einer Verlobung in den Hamptons.
Ich wurde von einem fürchterlichen Gekreische und Schreien aufgeweckt. Bevor ich überhaupt realisieren konnte, was passiert ist, flog – sprichwörtlich gesehen – die Tür zu meinem Schlafzimmer auf und Josephine stürmte herein. Sekunden später saß sie mitten auf meinem Bett und logischerweise teils auch auf mir und drückte mir ihre Hand fast ins Gesicht. In Dauerschleife rief sie, dass sie verlobt sei und bald heiraten würde. Bei mir löste das einen Würgereiz aus, der sich auch nicht mit dem Auftauchen von Oliver verflüchtigte. Heimlich, damit es Josephine nicht mitbekam, drohte ich ihm mit einem eindeutigen Handzeichen, dass ich ihn umbringe, sollte er sie unglücklich machen. Ich habe wirklich nicht damit gerechnet, dass er ihr den Antrag so schnell macht.
Dass ich für Josephine das Hochzeitskleid entwerfen und anfertigen darf, ehrt mich besonders und ich habe schon eine Idee, wie es aussehen könnte.
Kaum hatte ich diesen Teil des Tages erfolgreich

überstanden, war es Pepe, der mich kurz sprachlos machte. In einem Telefonat teilte er mir mit, dass meine Forderungen für die Vertragsnachbesserungen schon bearbeitet werden und ich am Nachmittag zur Unterzeichnung nach Manhattan kommen könnte. Bevor ich nur den kleinsten Einwand anbringen konnte, erhielt ich die Information, dass sich bereits ein Chauffeur auf dem Weg zu mir befinden würde. Ab diesem Moment verlor ich kurz meine Stimme. Nicht, weil ich so angetan von seinem Angebot war, sondern weil mir seine erneute Übergriffigkeit zu weit ging. Doch ich behielt vorerst meinen Unmut für mich und willigte nur deshalb ein, weil ich auf die Unterstützung noch angewiesen bin.

Nach diesem Telefonat bahnte sich das nächste Dilemma an. Ich musste das Treffen mit Logan absagen, was mich wirklich ärgerte. Zu gern hätte ich gewusst, warum er gestern Abend so anders zu mir war. Außerdem hat mich seine Andeutung, dass er mir ebenfalls ein Angebot unterbreiten wollte, schon neugierig gemacht.

In großer Aufregung rief ich ihn an und erklärte ihm die Situation. Ich hatte das Gefühl, dass er mir überhaupt nicht zuhörte und mir stattdessen immer wieder sagte, dass er mich unbedingt treffen wollte. Als er mir den Vorschlag unterbreitete, zu ihm ins Hotel zu kommen, kribbelte es in meinem Bauch. Ich verstand mich zwar in diesem Moment selbst nicht, aber das passiert nicht zum ersten Mal. Zumindest, wenn es sich um Logan Harper handelt.

Der Chauffeur von Pepe hielt pünktlich gegen Mittag vor meiner Boutique und ich stieg mit leichtem Gepäck und einer schweren Nervosität ein. Die Fahrt nach Manhattan verlief sehr entspannt. Um mich ein wenig abzulenken, skizzierte ich meine Idee für Josephines Brautkleid auf meinem iPad. Ich bin noch nicht ganz zufrieden mit dem Entwurf, aber darüber mache ich mir weniger Sorgen.

Pepe wiederzutreffen entpuppte sich für mich als unspektakulär, zumal er seine Assistentin im Schlepptau hatte, deren unpersönliche Art ich gar nicht mochte. Doch der Vertrag für die Zusammenarbeit ist in meinem Sinne erfolgreich zustande gekommen und nur das zählt für mich. Auch wenn Pepe danach mit mir allein noch zum Dinner ausgehen wollte, lehnte ich das mit einer freundlichen Lüge ab. Wahrscheinlich hätte ich seine Einladung angenommen, wenn ich nicht noch mit Logan verabredet gewesen wäre. Danach stieg meine Aufregung sekündlich.

***

Mit feuchten Händen und wild pochendem Herz chauffiert mich Logans Sicherheitschef Jake durch New Yorks Straßen. Er hat mich tatsächlich von dem Restaurant abgeholt, wo ich mit Pepe und seiner überaus attraktiven Assistentin über unsere zukünftige Zusammenarbeit gesprochen habe. Obwohl ich Jake überhaupt nicht kenne, wusste er zur Begrüßung bereits meinen Namen. Außerdem habe ich erfahren, dass er Anfang dreißig ist und erst seit der Tour im Sommer für Logan arbeitet.

„Ich war einige Jahre für die Sicherheit verschiedener Politiker zuständig. Doch das war mir irgendwann zu langweilig", erzählt mir Jake weiter. Ich bin ihm für das Gespräch sehr dankbar, denn das nimmt mir etwas meine Nervosität.

„Und wie kam es, dass du nun in der verrufenen Musikbranche gelandet bist?"

Jake wirft mir einen flüchtigen Blick über den Rückspiegel zu, bevor er antwortet. „Logans Mutter ist irgendwann bei mir zu Hause aufgetaucht. Wenn ich danach gehe, was sie alles über mich wusste, dann wurde mir klar, dass diese Frau sehr mächtig ist. Deshalb lehnte ich anfangs den Auftrag auch ab. Ich hatte auf so ein irrsinniges Familiengeflecht keine Lust mehr. Letztendlich war es der Fanhype meiner älteren Schwester, die schon als Jugendliche besessen von der Musik von der Band The Masters war, warum ich meine Meinung geändert habe. Heute bin ich ihr außerordentlich dankbar dafür, denn es gibt keinen cooleren Chef als Logan. Für ihn gebe ich mein Leben. Das habe ich bei den Politikern nur gesagt, wenn ich dafür königlich entlohnt wurde."

„Oh. Okay. Ich finde den Hype um ihn ein wenig übertrieben", gebe ich kleinlaut zu.

„Ich glaube, deshalb bist du ihm auch so wichtig."

„Bin ich das?"

„Du zweifelst?"

„Es ist verdammt kompliziert bei uns", antworte ich und sehe zum Fenster hinaus. Jake muss meine Tränen nicht sehen, die plötzlich in mir aufsteigen.

„Es ist nur kompliziert im Leben, wenn man es zulässt. Es gibt für alles eine Lösung. Man muss sie nur wollen."

Was für wahre Worte.

„Bist du zusätzlich Philosoph?"

„Nein. Das sind die Worte meiner Großmutter und danach lebe ich."

Eine patente Großmutter!

„Wir sind gleich da", sagt er und verlangsamt die Fahrt. Zeitgleich orientiert er sich im Rückspiegel und danach in den Außenspiegeln. „Ich bringe dich zum Hintereingang des Hotels."

„Warum das denn?", frage ich und sehe mich unsicher um.

„Erstens werden wir schon verfolgt, seit wir losgefahren sind und zweitens stehen vor dem Haupteingang eine Menge Leute."

Ungläubig sehe ich zum Seitenfenster hinaus und tatsächlich befindet sich vor dem Hotel eine Menschentraube. Fans halten selbstgeschriebene Plakate hoch und Fotografen rennen aufgeregt hin und her.
Heilige Scheiße.
„The Masters sind doch keine Boyband mehr", sage ich und bin innerlich entsetzt. „Außerdem ... woher wissen die alle, dass sie in diesem Hotel wohnen? Ihr Auftritt ist doch am Freitag und heute ist Sonntag."
Jake lacht. Nicht, weil ich so lustig bin, sondern so unerfahren. Zumindest hört es sich für mich so an. „Ich komme mir gerade ziemlich naiv vor", sage ich leise und hoffe, dass Jake es nicht hört.
„Das ist Quatsch."
Er hat es gehört.
„Ich glaube zu wissen, dass du sehr gut im Leben zurechtkommst. Die Harpers würden dich sonst nicht so hofieren."
Den letzten Satz ignoriere ich vorerst. Jake kennt mich nicht. „Trotzdem interessiert mich, woher die Fans sowie die Medien wissen, dass die Band im Hilton Hotel wohnt. Haben die *Bluthunde* von Lydia ihren Spürsinn verloren?"
„Das zweifle ich stark an. Logan war bei seiner Ankunft in New York mit seiner Mutter erst im Krankenhaus bei Cassandra. Dort haben ihn zwei Krankenschwestern auf dem Gang entdeckt. Unglücklicherweise tauchte Minuten später schon das erste Foto von ihm bei Instagram auf. Du glaubst gar nicht, wie engmaschig die Fans untereinander vernetzt sind. Man kann sicher sein, dass innerhalb kürzester Zeit Späher an die in Frage kommenden Hotels ausgesandt wurden."
„Das hört sich richtig gruselig an", sage ich und ein unangenehmer Schauer ereilt mich.
„Social Media ist mittlerweile schlimmer als die Paparazzi. Die Fans können ein Fluch oder auch ein Segen

sein", sagt er, während er durch den Hinterhof des Hotels in die Tiefgarage fährt.

Auf was habe ich mich da nur eingelassen?

„Okay. Es geht los. Hast du eine Sonnenbrille und ein Basecap dabei?", fragt er mich, als er den Van parkt.

„Wofür? Etwa zur Tarnung?"

„Jep. Logans Fans müssen jetzt noch nicht wissen, wer du bist. Sie werden dich sonst für die Trennung verantwortlich machen und nicht ihn."

„Was? Ich habe mich nie zwischen die beiden gestellt. Sind sie denn wirklich getrennt?"

„Du weißt es nicht? Warum bist du dann hier?"

Eine gute Frage.

Lange muss ich nicht überlegen, um die passende Antwort zu finden. „Ich sollte zurück in die Hamptons fahren. Hier passe ich nicht hin."

„Ah. Okay. Jetzt verstehe ich", sagt Jake und steigt aus.

Was will er denn verstehen?

Er öffnet die hintere Tür, damit ich aussteigen kann. Dann reicht er mir seine Hand und sagt: „Egal wie dein Fluchtplan aussieht ... ich werde ihn durchkreuzen. Mein Auftrag lautet, dich unbeschadet zu Logan zu bringen. Daran wird sich nichts ändern."

Ich fühle mich durchschaut.

„Wie kommst du darauf, dass ich flüchten möchte?"

„Intuition. Außerdem habe ich einen Tipp von meinem Chef erhalten." Jake zwinkert mir verschwörerisch zu. „Gibst du mir jetzt bitte deine Hand? Ich möchte nicht den Abend hier unten verbringen."

„Erst erzählst du mir, was Logan dir anvertraut hat!"

„Das würde gegen meine Schweigepflicht verstoßen. Ich könnte meinen Job verlieren, wenn ich dir dieses Geheimnis anvertraue. Willst du das?" Jake sieht mich mit eindringlicher Miene an.

Sofort plagt mich das schlechte Gewissen. „Natürlich nicht", antworte ich und reiche ihm meine Hand.

Sobald ich vor ihm stehe – er hat die Größe und Statur ähnlich wie die von Logan – grinst er mich frech an.

Dann sagt er: „Geht doch!"

What?

„Hast du mich etwa verarscht?", empöre ich mich und muss doch im nächsten Augenblick lachen.

„Nur ein bisschen. Aber die Warnung von Logan war echt. Jetzt setz deine Sonnenbrille und das Basecap auf. Es wird ernst."

„Ich habe nur eine Sonnenbrille dabei", sage ich ungehalten. Ich ärgere mich, dass ich mich so unentschlossen benehme. Die ganze Zeit jammere ich herum, dass ich mit Logan nicht zusammen sein kann und nun bin ich kurz vor dem Ziel und möchte doch wieder wegrennen. Und das Schlimme dabei ist, dass es Logan vorausgeahnt hat. Bin ich tatsächlich so leicht zu durchschauen?

Anscheinend.

Genervt von mir selbst, krame ich in meiner Handtasche, hole meine Sonnenbrille heraus und setze sie mit Unmut auf.

Jake nimmt das mit einer flapsigen Geste zur Kenntnis. „Na, dann los", sagt er und greift erneut nach meiner Hand.

„Ähm. Was wird das jetzt?"

„Nur damit du mir unterwegs nicht wegläufst."

„Ernsthaft? Hast du das mit Roxy auch gemacht?", frage ich, während er mit schnellen Schritten vorausgeht.

„Das war nicht nötig. Sie hätte nie freiwillig Logan verlassen."

Diese Aussage muss ich erstmal sacken lassen.

Jake scheint sich in dem Hotel bestens auszukennen, denn er nimmt statt den Weg durch die Lobby und weiter zu den Zimmern das Treppenhaus, welches auch als Fluchtweg gekennzeichnet ist.

„Führst du mich mit Absicht hier entlang?" Dass meine Frage nicht ernst gemeint ist, versteht er hoffentlich.

„Was dachtest du denn? Aber nutze deine Information erst, wenn ich dich bei Logan abgeliefert habe. Dann ist mein Job erledigt und ich kann an der Bar etwas trinken gehen."

„Ernsthaft?", rufe ich und bin leicht außer Atem. So viele Treppenstufen am Stück bin ich nicht gewohnt.

„Nein! Das war ein Scherz! Ich glaube, dass die Nacht lang werden wird."

„Wie ... kommst ... du darauf?", frage ich und kämpfe mit Atemproblemen.

„Das ist nur so ein Gefühl."

Ich bin mir nicht sicher, ob diese Aussage für mich relevant sein kann. Das ist jetzt nicht mehr wichtig, denn wir stehen vor Logans Suite.

„Viel Glück", sagt Jake und zwinkert mir erneut verschwörerisch zu.

„Du kommst nicht mit?", frage ich und fühle mich bei dem Gedanken unwohl.

„Nope. Mein Job ist getan. Ich bleibe aber vor der Tür stehen, falls du doch wegrennen willst."

„Sehr lustig", sage ich und gebe mich beleidigt, was ich nicht bin. Bevor ich an die Tür klopfe, hole ich tief Luft und puste sie langsam wieder aus.

„Übrigens. Vielen Dank."

„Hat mich auch gefreut", sagt Jake und übernimmt für mich das Anklopfen.

Jetzt bin ich nervös. So richtig nervös.

***

Logan jetzt wiederzusehen und endlich allein mit ihm zu sein, fühlt sich wahnsinnig aufregend an. Ungeduldig warte ich darauf, dass sich die Tür öffnet.

„Ist er überhaupt da?", frage ich scherzhaft Jake.

Genau in diesem Moment wird die Tür aufgerissen und Anna steht vor mir. „Na endlich. Meine Schwester ist die Ungeduld in Person, weil du noch nicht da bist."

Wie jetzt?

Irritiert sehe ich zu Jake, der mich mit einem breiten Grinsen und einem Schulterzucken beehrt. Na toll!

Ich schenke ihm einen pikierten Blick und folge Anna, die schon vorangegangen ist. Ich höre noch, wie die Tür von außen geschlossen wird, bevor mich eine Art von Fassungslosigkeit befällt.

Dass ich in meiner naiven Denkweise tatsächlich der Meinung war, Logan allein zu treffen, raubt mir den Glauben an mich selbst. Auf die Schnelle entdecke ich neben Anna und ihrer Schwester noch Madison mit Damian, die vier Mitglieder von Logans Band, eine aufgetakelte junge Frau sowie zwei unsympathisch wirkende Männer, die sich alle in der riesigen Suite befinden. Damit habe ich nicht gerechnet.

Wie war doch gleich der Fluchtplan?

Unschlüssig drehe ich mich um und starre die Tür in die vermeintliche Freiheit an.

„Du willst aber nicht schon wieder gehen, oder?" Es ist Logan. Er fehlte bei meiner Schnellanalyse.

Ruckartig drehe ich mich wieder um und tatsächlich steht er direkt vor mir. Er strahlt mich an und bevor ich irgendetwas sagen kann, spüre ich seine Lippen auf den meinen. Sein Kuss ist flüchtig. Für mich bedeutungsvoll. Immerhin sind wir nicht allein in dieser Suite.

„Hi", sagt er und umschlingt mich mit seinen muskulösen Armen.

Mein „Hi" geht völlig unter, denn mein Gesicht klebt

sprichwörtlich an dem Stoff seines T-Shirts an seiner Brust. Dass ich dabei seinen männlichen Duft nicht nur einatme, sondern förmlich inhaliere, wird mir hoffentlich nicht zum Verhängnis. Ich habe mir vorgenommen, so lange wie möglich standhaft zu bleiben und meinen Gefühlen und Bedürfnissen nicht die Oberhand zu geben.

Ich höre mich an, als hätte ich gerade erfolgreich die Klosterschule absolviert.

„Geht es dir gut?", fragt er. „Ich hoffe, dass es nicht zu stressig für dich ist."

„Eher eng", antworte ich und winde mich gekonnt aus seiner Umarmung.

Logan betrachtet mich mit einer Mischung aus Sorge und Verlangen.

„Dein Bodyguard ist ein toller Mann", sage ich. Ich möchte nicht, dass jeder im Raum die greifbare Spannung, die zwischen uns herrscht, bemerkt. Deshalb meine doch leicht provokante Aussage.

„Muss ich mir Sorgen machen?" Logans Stimme ist tief und verführerisch.

Ich öffne den Mund, um ihm zu antworten, als plötzlich sein Name in forscher Art gerufen wird.

Mein Gegenüber reagiert darauf mit einem leisen Stöhnen, bewegt sich aber keinen Zentimeter von der Stelle. Er dreht sich nicht einmal um, sondern wendet sich wieder mir zu. „Du hast mir noch nicht geantwortet."

Dazu komme ich auch nicht, denn dieses Mal hallt ein: „Logan! Verdammt! Ich habe nicht den ganzen Tag Zeit!" durch die Suite.

Vor Schreck halte ich den Atem an. Ich bin wohl nicht die einzige Person, die geschockt ist, denn es herrscht im Raum eine peinliche Stille.

Logan hingegen dreht sich langsam um und sein wütender Blick trifft auf einen Mann mittleren Alters, der in einer großkotzigen Pose am Fenster steht. Neben ihm wartet ein schnöseliger Jüngling, der ebenfalls eine genervte Grimasse aufgesetzt hat.

„Jim. Was läuft falsch bei dir?", ruft Logan mit tiefer Stimme. „Das hier ist meine Party und du bist einfach mit deinem Assistenten aufgetaucht und willst mir Vorschriften machen? Das hat vielleicht vor über zwanzig Jahren geklappt, aber jetzt nicht mehr."

„Wir müssen aber eine Lösung finden", entgegnet Jim.

„Falsch. Nicht wir, sondern du. Ich habe keine Tour im Frühjahr ohne deine Zustimmung gebucht. Aber du schon. Wir können darüber reden, wenn das neue Album und die bevorstehende Clubtour ein Erfolg wird. Vorher bekommst du von mir keine Unterschrift. Und wenn dir das nicht passt, dann kündige mir den Plattenvertrag. Meine Anwältin steht links von dir. Ihr könnt das sofort regeln."

Heilige Scheiße. Was geht denn hier ab?

„Logan! Jetzt bleib ruhig. Das ist alles ein Missverständnis", versucht Jim, die Situation zu schlichten.

„Missverständnis!" Logan lacht höhnisch. „Glaubst du wirklich, dass du mich noch so verarschen kannst wie früher?"

„Die Zeiten haben sich geändert. Es wird sich alles klären …"

„Nichts hat sich geändert. Ihr seid noch dieselben Blutsauger wie damals. Aber wir Musiker sind nicht mehr so dumm. Also, wenn du deinen Job behalten willst, dann sei gefälligst freundlich zu uns. Und jetzt … schnapp dir deinen Assistenten und verschwinde!"

„Logan!" Jim breitet seine Arme zu einer freundschaftlichen Geste aus.

„Raus hier! Sofort!" Logans Stimme vibriert vor Anspannung und Wut.

„Wie du willst", sagt Jim und setzt eine beleidigte

Miene auf. Dann stolziert er mit seinem Assistenten an uns vorbei zur Tür hinaus, um sie geräuschvoll von außen zu schließen.

Wow. Ich bin irritiert.

Logan anscheinend weniger, denn er wendet sich sofort an Madison. „Hol mich aus diesem verfluchten Vertrag raus!"

„Sicher?", fragt sie und tippt nebenbei auf ihrem Smartphone herum.

„Ganz sicher!"

„Wie viel bist du bereit dafür zu zahlen?"

„Frag nicht, sondern erledige es!"

Madison nickt und begibt sich zum Telefonieren ins Nebenzimmer.

Ich komme mir in diesem Moment ein wenig verloren vor und frage mich, natürlich tonlos, was ich eigentlich hier mache? Dies ist eine völlig andere Welt, in der ich mich gerade befinde und sie fühlt sich für mich kalt und fremdartig an. Ich glaube, dass ich hier gar nicht reinpasse. Dann sehe ich Logan an und spüre, wie mein Puls steigt und mich eine gewisse Nervosität befällt.

Emily! Du steckst in einem Dilemma.

Das wird auch nicht besser, als sich Logan bei mir für sein gestriges Auftreten entschuldigt und mich danach seinen Bandmitgliedern vorstellt. Völlig konfus bin ich, nachdem ich erfahren habe, dass er mich für die Band als Styling-Beraterin vertraglich binden möchte. „Das war ein Grund, warum ich gestern Abend bei dir war …", sagt er.

„Und gibt es noch einen zweiten …" Zumindest klang es für mich danach.

„Ja. Aber davon erzähle ich dir, sobald wir alleine sind." Mit einem Kuss auf die Stirn verabschiedet er sich und geht in die Richtung, in die Madison verschwunden ist.

Ich brauche frische Luft!
„Emily?", fragt Amanda zögerlich und kommt dabei auf mich zu. „Hast du Logans Angebot angenommen?"
„Du meinst …"
„Ja genau", sagt sie, greift nach meiner Hand und zerrt mich mit sich. Nur zögerlich folge ich ihr durch den Raum. Vor einer Menge Einkaufstaschen, Schuhkartons sowie Schmucksets bleibt sie plötzlich stehen. „Viel Spaß damit. Frag mich bitte nicht, was du damit anfangen sollst. Ich bin selbst überfordert. So überschüttet worden mit Designerkleidung sind wir noch nie."
„Okay." Zu einer anderen Reaktion bin ich nicht fähig, weil mich der Anblick überrascht.
„Brauchst du Hilfe?", fragt jemand aus dem Hintergrund. Plötzlich steht die aufgetakelte junge Frau neben mir.
Stimmt. Die gibt es auch noch.
„Ich bin Rebecca und für das Make-up und die Frisuren der Band zuständig. Ist mein erster Job in der Branche. Cassandra hat mir die Stelle besorgt …"
Cassandra. Die Backgroundsängerin. Ich verstehe.
„Emily", stelle ich mich vor.
„Dann bist du meine neue Chefin."
„Gab es denn eine alte …"
Rebecca lacht. „Nein, nicht wirklich. Logans Ex hat sich hier immer etwas aufgespielt. Sie lebte aber mit ihren Modeansichten noch in den Neunzigerjahren."
Interessant.
„Und wie sieht das Logan?"
„Ihn nervte das total. Ständig gab es Diskussionen darum. Sieh ihn dir doch an …", sagt Rebecca und zeigt in seine Richtung.
Besser nicht.
„Gut. Na, dann machen wir uns an die Arbeit …" Ich greife nach der ersten Einkaufstasche, die mit der

goldenen Schrift – *Valentino* – versehen ist und packe sie aus. Zum Vorschein kommen exklusive Hemden für Männer, die mir schon mal sehr gut gefallen.

Rebecca widmet sich dem Inhalt der Schuhkartons, der ausgefallener nicht sein könnte. Es dauert wirklich nicht lange und ich bin von meinem zusätzlichen Job so verzückt, dass ich nicht bemerkt habe, dass der Rest der Anwesenden bereits gegangen ist. Nur Rebecca und Logan sind noch da und sie schickt er jetzt ebenfalls aus der Suite.

„Wieso hat sich niemand von mir verabschiedet?", frage ich mit jammerndem Unterton.

„Das stimmt nicht. Damian hat dir sogar einen Kuss auf die Wange gegeben", sagt Logan und lacht dabei so herzlich.

Jetzt komme ich ins Zweifeln.

„Ernsthaft?"

„Ernsthaft", bestätigt er.

Einen Atemzug später liege ich in seinen Armen. „Du behinderst mich bei meiner Arbeit. Mein Chef wird sauer auf mich sein", versuche ich mich rauszureden.

„Der ist ein Idiot."

Ich möchte darauf antworten, doch Logan weiß das zu verhindern, indem er mich einfach küsst. Dieses Mal ist es nicht flüchtig, sondern leidenschaftlich. Fordernd. Nur zu gern lasse ich mich darauf ein und die nächsten Minuten machen wir nichts anderes. Wir küssen uns. Sinnlich. Leidenschaftlich. Neckisch.

Logan hebt mich hoch und ich schlinge meine Beine um seine Hüfte. Wild küssend trägt er mich ins Schlafzimmer der Suite und zusammen landen wir auf dem Kingsize-Bett.

Für mich fühlt es sich surreal an. Ich weiß nicht, wie viele Male ich mir Sex mit Logan vorgestellt habe und nun spüre ich seine Hand unter meiner Bluse auf meinem

nackten Bauch.
Hör auf zu denken!
Unter weiteren Küssen und mit viel Geschick knöpft Logan meine Bluse auf. Plötzlich hält er inne, nimmt den Kopf etwas zurück und sagt: „Du bist so wunderschön."

Er reißt sich sein T-Shirt über den Kopf und es landet im hohen Bogen auf dem Parkett. Für einen kurzen Moment komme ich in den Genuss, seinen durchtrainierten Oberkörper zu betrachten. Ich kann nicht anders und muss ihn anfassen. Doch er nimmt meine Hand und drückt sie sanft aufs Bett. Dann küsst er meine nackte Schulter, meinen Hals und wieder meine Schulter.

„Geht es dir gut?", fragt er zwischen seinen Küssen.

„Ja", sage ich leise, weil ich jeden seiner Küsse bis in die Zehenspitzen spüre.

„Sicher?"

„Ganz sicher."

Er antwortet mir mit noch mehr Küssen. Sein Mund wandert weiter über meine Brüste hinunter zu meinem Bauchnabel. Ich muss mich zusammenreißen, um nicht zu stöhnen, denn ich spüre seine Zunge, seine Lippen und sogar seine Zähne. Als er den Knopf meiner Jeans öffnet, packe ich in seine Haare, die sich weich und voll anfühlen und ziehe vor Erregung daran. Logan lässt sich davon nicht beirren und streift mir die Hose gekonnt ab. Er schenkt mir einen kurzen Blick, bevor er beginnt, meinen Innenschenkel zu küssen. Seine Hände umfassen meinen Po und ich spüre seine kalten Ringe auf meiner vibrierenden Haut. Scharf sauge ich die Luft ein, als er mir über mein dünnes Höschen streicht. Behutsam schiebt er es zur Seite und seine Finger begeben sich auf Erkundungstour. Schon die erste Berührung lässt mich laut aufstöhnen und ich hoffe, dass er damit nicht aufhört.

Er scheint meinem Wunsch, den ich nicht ausgesprochen habe, nachzukommen und verwöhnt mich abwechselnd mit seinen geschickten Fingern und seinem Mund. Es dauert nicht lange und mich überrollt eine Welle der Lust, so dass ich völlig die Kontrolle verliere. Ich zittere am ganzen Körper und mich durchströmt ein Gefühl von Glückseligkeit.

Logan ist Mann genug, um mir einen Moment der Ruhe zu gönnen, bis ich plötzlich seinen Mund auf meinen Lippen spürte. Er schmeckt nach mir.

„Hast du schon genug?", fragt er mich und legt sich auf mich.

„Nein. Ich will dich spüren. In mir." Dass mir dabei meine Stimme versagt, liegt definitiv an ihm.

„Du bist dir sicher?" Logan grinst mich frech an.

„Ist das eine rhetorische Frage?" Ich ziehe seinen Kopf zu mir und küsse ihn. Wild und fordernd. Ich lasse auch nicht von ihm ab, als er im Kasten des Nachttisches nach Kondomen fischt.

„Finde es heraus", sagt er und rollt sich zur Seite, um sich seiner Jeans und Shorts zu entledigen. Dann reißt er die Verpackung des Kondoms auf und ich beobachte ihn dabei, wie er es sich überzieht. Bei dem Anblick bin ich mir sicher, dass ich ein weiteres Mal die Kontrolle verlieren werde. Schnell entledige ich mich meines Spitzenhöschens.

Unter weiteren leidenschaftlichen Küssen legt sich Logan auf mich und meine Hände gleiten über seinen Rücken zu seinem festen Hintern. Als er sanft in mich eindringt, fasse ich fester zu. Ich fühle, wie er mich ausfüllt und genieße jede Bewegung von ihm. Wir sind beide so erregt, dass wir schon nach kurzer Zeit laut stöhnend die Kontrolle verlieren. Völlig außer Atem und nur durch einen Schweißfilm getrennt, liegen wir da.

Und ich bin selig.

***

Es ist dunkel draußen und für einen Moment weiß ich nicht, wo ich bin. Ich drehe mich zur Seite und sehe Logan. Sofort denke ich an die letzten Stunden mit ihm, die mit wiederkehrenden neuen Kontrollverlusten gespickt waren. Irgendwann habe ich aufgehört, die Kondome zu zählen, die wir verbraucht haben.

Gerade will ich mich an ihn kuscheln und in seinen Armen weiterschlafen, als mein iPhone hell aufleuchtet.

Wer schreibt mir um diese Uhrzeit?

Um meiner Neugierde Genüge zu tun, entsperre ich das Display und entdecke darauf drei Nachrichten von Josephine. Sofort beschleicht mich ein ungutes Gefühl. Hoffentlich hat Oliver keinen Blödsinn verzapft.

Ich lese die erste Nachricht und zu meiner Überraschung geht es nicht um ihren Verlobten.

Josephine schreibt: „Hat er dich jetzt zur Mutter gemacht?"

Was soll diese blöde Frage?

Ich öffne die zweite Nachricht und in ihr ist ein Foto. Darauf ist John zu sehen, wie er freudestrahlend einen Kinderwagen schiebt.

Bitte?

In der dritten Nachricht steht: „Das Kind in dem Wagen heißt Grace, ist drei Monate alt und die Mutter ist eine Cassandra. Logan ist der Vater."

Bäng. Das glaube ich jetzt nicht.

Entsetzt sehe ich auf den Mann, der neben mir liegt und ich bin so fassungslos, dass ich keinen klaren Gedanken fassen kann. Nur eins weiß ich. Ich muss hier raus.

Leise verlasse ich das Bett und suche mir meine Kleidungsstücke zusammen. In Windeseile ziehe ich mich an, schnappe mir meine Tasche und schleiche zur Tür. So geräuschlos wie möglich öffne ich sie und treffe dort auf Jake. Er läuft tatsächlich noch Patrouille. Als er mich entdeckt, stutzt er kurz und kommt dann auf mich zu.

Wahrscheinlich sieht man mir meine Enttäuschung und Verbitterung an, denn er schließt von außen für mich fast lautlos die Tür zur Suite.

„Wohin soll es gehen?", flüstert er.

„Ibiza", antworte ich und kämpfe mit den Tränen.

„Das schaffe ich heute nicht mehr. East Hampton schon."

Ich nicke.

Hauptsache weg von hier und weg von Logan.

ENDE

Danksagung

Als ich „Eine Hochzeit in den Hamptons" geschrieben habe, ist es mir nie in den Sinn gekommen, dass es jemals einen zweiten Teil geben könnte. Für mich fand die Story ein passendes Ende.

Eigentlich.

Meine innere Stimme war anderer Meinung und nicht nur die. Einige Leser:innen wollten ebenfalls eine Fortsetzung.

Und jetzt ist sie da. Ich freue mich nicht nur darüber, sondern bin gefesselt von meinen Romanfiguren.

Das alles wäre nie möglich gewesen, wenn ich nicht Unterstützung gehabt hätte.

Allen voran danke ich meiner Familie. Tiffany, ich bin nicht nur stolz auf dich, sondern liebe dich über alles. Mum, du bist eine ganz tapfere Frau und Dad fehlt mir auch so sehr.

Ohne meine hochgeschätzte Lektorin Daniela Humblé-Janßen wäre auch dieses Buch nicht das, welches es letzten Endes geworden ist. Ich danke dir von Herzen dafür.

Angelika Hoffmeister, dir danke ich für deine Unterstützung zu jeder Tages- und Nachtzeit.

Acelya Soylu, das Cover ist ein Traum und ich danke dir von Herzen dafür.

Ralf Taube, ohne deine Unterstützung wäre dieses Projekt so schnell nicht möglich gewesen. Ich danke dir.

Meinem Club der Erstleserinnen - Silke Gruner, Anja Laigre, Konnie Lüttgen, Jolina Steiner, Christina Epping,

Stefanie Süselbeck, Katrin Morgenstern und Martina Giesing-Tekampe - gilt ein ganz besonderes Dankeschön. Eure jahrelange Treue weiß ich sehr zu schätzen.

Ein ganz großes Dankeschön geht an alle Leser:innen. Ich hoffe, dass ich euch mit dieser Story ein paar charmante Momente zaubern konnte.

All the best,

Shelia

... und die Story ist immer noch nicht zu Ende erzählt ...

Milton Keynes UK
Ingram Content Group UK Ltd.
UKHW042139031224
452078UK00004B/320

9 783769 309911